Franz Liszt's Briefe

Band III

Briefe an eine Freundin

Elibron Classics
www.elibron.com

Elibron Classics series.

ISBN 1-4212-2305-8 (paperback)
ISBN 1-4212-2304-X (hardcover)

This Elibron Classics Replica Edition is an unabridged facsimile of the edition published in 1894 by Breitkopf und Härtel, Leipzig.

Franz Liszt's Briefe.

Gesammelt und herausgegeben

von

La Mara.

Dritter Band.

Briefe an eine Freundin.

Leipzig

Druck und Verlag von Breitkopf & Härtel

1894.

Franz Liszt's Briefe

an eine Freundin.

Herausgegeben

von

La Mara.

Leipzig

Druck und Verlag von Breitkopf & Härtel

1894.

Der vorliegende dritte Band der Briefe Franz Liszt's zeigt, den beiden ersten zu Weihnachten vergangenen Jahres von mir herausgegebenen Bänden verglichen, einen anderen Charakter. Ihm fehlt die Mannigfaltigkeit der Personen, an die sich die Kundgebungen des Meisters richten, und somit zugleich die Fülle wechselnder Reflexe, welche auf jene fällt. Einer einzigen Persönlichkeit, einer Freundin nur theilt Liszt sich hier mit; aber diese Mittheilungen gewinnen dafür an intimem Reiz. 31 Jahre von Liszt's Leben umfassend, beginnen sie mit dem April des Jahres 1855 — das ist um die Zeit, da Liszt als Componist grosser Orchester- und Vocalwerke hervortrat — und enden im Juli 1886, wenige Wochen vor seinem Tode. Sie begleiten den grossen Künstler demnach nahezu durch seine volle zweite Lebenshälfte und geben von seinem äussern und innern Dasein, von seinem Erleben und Schaffen, seinem Denken und Empfinden beredte Kunde.

Am mittheilsamsten ist seine Feder naturgemäss innerhalb der ersten Jahre, wo sie sich mit der Unmittelbarkeit von Tagebuchaufzeichnungen ausströmt. So gern Liszt sonst meidet, von dem zu sprechen, was ihm das Herz beschwert, hier weicht er ihm nicht immer aus. Manches Echo der Kümmernisse und Kämpfe, welche die Lösung der Ehe der Fürstin Wittgenstein und die erstrebte Vereinigung mit ihr mit sich brachte, wird in diesen Briefen vernehmlich. Allmälig legen sie sich grössere Zurückhaltung auf, ohne dass die Aufrichtigkeit der Freundin gegenüber Einbusse litte. Nur einmal verstummt der Briefwechsel für längere Zeit. Zwischen dem 12. Mai 1869 und dem 14. August 1878 enthält die Correspondenz, wie sie mir im Original vorliegt und in ihrer Gesammtheit in meinen Besitz übergegangen ist, keine Zeile. Vielleicht verirrten sich einzelne Briefe aus jener Zeit in andre Hand, wie dies mit drei Schreiben früheren Datums geschah, die mir der Eigenthümer, Herr Alfred Bovet in Valentigney, für gegenwärtige Sammlung gütig zur Verfügung stellte.

Wer aber war, so frägt man, die Empfängerin?

Im Jahre 1853 kam Madame X. — der Name thut nichts zur Sache — nach Weimar, und Liszt gewährte ihr die Gunst seiner Unterweisung, ohne dass sie das Clavierspiel als Beruf auszuüben gedachte. Sie verweilte bis zum April 1855, um kurz nach Liszt's Namenstag (2. April) über Paris zu ihren Angehörigen nach Brüssel zurückzukehren. Dunkel und ungewiss — die Briefe sagen es deutlich — lag ihre Zukunft dazumal vor ihr. Sie plante vorübergehend, durch Clavierunterricht ihren und ihrer zwei Söhne Lebensunterhalt zu gewinnen, betheiligte sich aber bald am Berufe ihres Vaters bei diplomatischen Missionen, wie bei Redaction politischer Zeitschriften. Ihre Beziehungen setzten sie in den Stand, Liszt über Constellationen und Vorkommnisse der europäischen Politik zu berichten, noch bevor dieselben öffentliches Gemeingut geworden waren. Wie Liszt ihr Vertrauen erwiderte und ihr seine Freundschaft lebenslang bewahrte, dessen sind diese Briefe ein Zeugniss.

Leipzig, 22. October 1893,
an Liszt's Geburtstag.

La Mara.

Weimar

1.

Mercredi, 11 Avril [1855 Weimar], 8 heures du soir.

C. m'apporte votre lettre. Elle me trouve seul à la maison — tout le monde étant allé au théâtre .... Merci de ce que vous me dites et ne me dites pas; seulement ne craignez pas de m'en dire trop long et écrivez-moi à tort et à travers sans rédaction ni style .... comme si nous causions auprès de ce poële où je m'étais arrangé une ottomane d'un bûcher!

A notre dernier soir j'étais remonté ou plutôt retombé chez vous sans savoir comment ni pourquoi. Quelques minutes après je me suis souvenu que je voulais emporter cette guirlande dont vous avez entouré mon médaillon le jour de ma fête. L'avez-vous emportée? qu'elle y reste attachée même alors qu'elle sera toute desséchée. — Il est aussi resté chez vous un gros foulard jaune. Je n'y penserais certainement pas, si un souvenir particulier ne s'y rattachait. C'est Wagner qui me l'a donné à Zurich il y a deux ans, un jour que je pleurais à chaudes larmes en *musiquant* avec lui. Gardez donc cette vilaine *pièce* jaune! —

Que d'obscurités me viennent maintenant par ces deux fenêtres, où je vous ai vue si souvent! — Hier j'y ai aperçu un visage de femme quelconque — ce doit être quelque nouvelle locataire. Elle partagera l'affection que vous savez que je porte déjà au propriétaire! ....

Comme j'ai *gagné* un refroidissement définitif qui m'oblige à tousser etc., je garderai ma chambre pendant trois ou quatre jours pour me soigner officiellement.

Mme Patersi[1]) m'écrivait hier qu'en effet vous lui faisiez *l'effet* d'une femme charmante, comme il lui avait été dit.

Je vous sais gré de votre sympathie pour Cosimette[2]). Elle était si malingre et si chétive dans son enfance que je lui faisais des passe-droits de sentiment sur sa sœur aînée — et je crois qu'au fond j'ai gardé plus de faible pour elle. L'une et l'autre sont de bonnes natures, très bien élevées (grâce à Mme Patersi). . —.[3])

Je vous remercie d'avoir été voir ma mère. Vous l'aurez trouvée comme je vous l'ai dit — sans ressemblance avec son fils — mais excellente de cœur, et s'arrangeant de la vie telle quelle, ce que je n'ai jamais su ni voulu.

J'ai tant et tant de choses à vous dire que malgré ma paresse épistolaire je vous écrirai beaucoup. Je crains seulement que vous n'ayez de la peine à lire mon horrible écriture. Mais vous vous habituerez, aussi bien qu'à suivre le décousu, ou si vous voulez un mot plus noble, le vol de mes impressions. Pour ne pas vous faire attendre je vais faire jeter cette lettre à la poste et vous écrirai demain à la même adresse. Quand vous saurez à quoi vous en tenir de vos projets, écrivez-moi, et plus au long que cette fois. Votre cœur ne vous trompe point — je ne vous ai point quittée — et ne changerai point pour vous.

Avant-hier après le premier acte de »*Geneviève*«[4]) je suis monté à la »Wolfsschlucht«[5]), où j'ai retrouvé Meyerbeer qui est venu de Gotha par curiosité voir cet ouvrage. Il m'a dit qu'il reviendrait passer un jour ou deux avec moi vers la fin du mois de Mai, avant de se rendre à Londres, où on prépare l'*Etoile du Nord*. Hier matin il est reparti pour Berlin.

Je vous parlerai de Geneviève demain et puisque vous avez rencontré Alex. Potocki qui est certainement une des plus

---

1) Die Erzieherin der Töchter Liszt's in Paris.

2) Liszt's Tochter Cosima.

3) Das Zeichen: . —. deutet, wie in den ersten Bänden der Liszt-Briefe, Auslassungen an.

4) Von Schumann.

5) Benennung einer Theaterloge.

loyales natures qui soient sous la calotte des cieux, je vous raconterai quelques anecdotes qui vous feront rire.

A. A. (devinez-vous?)

2.

12 Avril 55.

Avez-vous vu les Guizot à Paris? Parlez-m'en. L'*Equilibre européen* est-il prêt pour l'impression? Donnez-m'en aussi des nouvelles. Quoique je ne trouve plus le temps ni de lire ni de relire, je ne manquerai pas de faire connaissance avec l'*Equilibre* aussitôt qu'il aura paru. —

Je voulais vous parler de *Geneviève*, mais j'ai la tête tellement cassée de musique aujourd'hui qu'autre chose me vient plus à propos — même Saphir[1]) qui m'a fait un bout de visite tout à l'heure et qui fait mine de passer une semaine ici, car il attend sa fille qui ne peut arriver que dans quelques jours à cause d'une indisposition. Le gouvernement autrichien l'ayant nommé commissaire (ou je ne sais quoi) à l'exposition de Paris, il doit s'y rendre à la fin de ce mois pour remplir ses fonctions officielles. Entre autres drôleries il m'a raconté qu'Alexandre Dumas père venait de traduire et de publier (sur *du papier bleu*) le premier volume des œuvres complètes de Saphir en les rendant encore beaucoup plus complètes par les ajoutements et ajustements qu'il y a pratiqués, ce dont l'auteur original paraît fort enchanté. Il paraît qu'il y aura bientôt une douzaine de volumes comme suite à ce premier. Dumas n'a pas appris trois mots d'allemand — mais on ne s'embarrasse pas de si peu — et les gens de qualité savent tout sans rien apprendre.

Peu avant de quitter Vienne, Saphir rencontra Rubinstein qu'il avait assez mal traité dans son journal. Notre ami Van II[2]) lui dit: »Sie sind hart gegen mich verfahren«. —

---

1) Der Wiener Humorist und Satyriker (1795—1858).

2) Scherzname Liszt's für Rubinstein, wegen dessen Ähnlichkeit mit Ludwig van Beethoven.

»Das liegt in der Natur der Edelsteine«. — »Deswegen nehme ich es Ihnen auch nicht übel als *Rubinstein.*«

Dans sa »Vorlesung« qui aura lieu demain soir au théâtre Saphir traitera les »questions orientales« de l'amour et du mariage. —

Puisque me voilà de retour au théâtre, revenons à *Geneviève.* Vous savez que je préfère même les sottises des gens d'esprit à l'esprit des sots, et que tels défauts me sont plus agréables que telles qualités. En ce sens il y a des ouvrages manqués qui ont beaucoup plus de valeur que d'autres très bien réussis et florissants de succès. Geneviève est au premier rang parmi les premiers et conservera une signification propre dans le développement de l'opéra allemand. Depuis plusieurs années c'est devenu une plainte steréotype à propos d'opéras nouveaux que de se récrier contre le livret. Il est singulier que Schumann qui avait si bien critiqué d'autres livrets ait donné quasi dans le même panneau. Ce sujet devait être traité légendairement avec ce je ne sais quoi de tendre et d'exquis, propre aux imaginations catholiques. Il fallait surtout que l'élément premier du Drame musical sans lequel tout le reste devient superflu, *la passion* n'y manquât pas. La musique ne peut absolument pas s'en passer. Elle est son nerf vital, plus encore que l'argent pour la guerre. C'est ce nerf qui a sauvé Weber et lui fait une place à part parmi les compositeurs allemands de son époque, qui se sont laissé *embiérer* par une manie de savoir apparent et de classicisme rétrospectif. Chez Schumann la passion arrive rarement à ces moments d'expansion ardente où elle fleurit instantanément dans d'autres cœurs; on dirait qu'elle se contracte dans le sien et lui donne des crampes — und dann summt und brummt er so dahin, wie ein *specifisch* musikalisches Spinnrad.

Ce nonobstant c'est un musicien qu'il faut grandement compter, et qu'il est nécessaire de bien étudier si l'on veut savoir à quoi s'en tenir sur ce qui se fait de plus distingué et de meilleur depuis une douzaine d'années. Joachim me disait très justement de lui »von allen Componisten ist er derjenige, der am meisten und am natürlichsten *Musik denkt*«.

C'est quelque chose et même beaucoup — mais pas le *tout* de l'art qui doit aspirer à plus que le tout, — car il est la tangente de l'infini, la source vive qui, comme l'amour, rejaillit jusqu'à la vie éternelle. — —

Je n'ai pu travailler que péniblement tous ces jours-ci, et me sens fort oppressé. Je ne vous parle ni de mes tristesses du dedans ni de mes ennuis du dehors. Que cette réserve ne vous empêche pas de me parler des *vôtres*, quels qu'ils soient. Vous pouvez être certaine de me *trouver au ton*. . — . A. A.

Ecrivez-moi bientôt et largement.

Je vous conterai les anecdotes sur Alexandre dans ma très prochaine lettre.

S'il y a des mots oubliés dans mes lettres vous y suppléerez — car je ne veux pas me relire. Suppléez aussi à tout ce qui y manque et que je ne sais pas dire, moins encore écrire.

3.

Mardi, 17 Avril (6 heures du matin).

Fra Angelico! Tes beaux anges avec leurs ondes de chevelure blonde .... quand les reverrai-je? [1]) —

Ces trois derniers jours je m'étais entêté à travailler d'arrache-pied à ma Messe et suis presqu'au bout du Credo, ce qui est plus de deux tiers de l'ouvrage, les 4 autres morceaux se trouvant presque faits dans ma tête. Ces choses doivent être comme le Christ »*genitum, non factum*«! — Il sera curieux de voir quelle impression cela produira; et je vous en parlerai avec ma sincérité habituelle. L'époque de l'inauguration de la basilique de Gran n'est pas encore positivement fixée, et d'après les dernières nouvelles il serait possible que la solennité ait déjà lieu en Juin. De toute manière je tâcherai d'être prêt — et le plus lourd de la partition est écrit maintenant.

1) Wohl eine Anspielung auf die beiden kleinen Söhne der Adressatin.

Berlioz fait exécuter par 900 musiciens son *Te Deum* la veille de l'ouverture de l'exposition (30 Avril) à St Eustache. Si par hasard vous étiez encore aux environs de Paris, tâchez d'y aller et donnez-m'en des nouvelles.

J'ai fait de fréquents *soliloques* en compagnie de l'*amulette* avec la croix brodée en perles bleues, blanches, rouges et or. Vous ne sauriez imaginer combien ce souvenir m'est cher et précieux. J'y rattache toute une échelle de Jacob de pensées et de recueillements que les anges de Fra Beato Angelico montent et descendent.

Dimanche matin.

Je n'ai pas continué à vous écrire, sans pour cela discontinuer à vous dire toutes sortes de choses. Il me tardait d'avoir de tes nouvelles — enfin hier un peu avant le théâtre C. m'apporte votre douce lettre. Tu sais bien que je ne veux pas t'être une gêne — ainsi ne m'écris que quand tu en trouveras le temps — mais écris-moi toujours ainsi, d'abondance de cœur.

Ta journée de Versailles m'a mis du baume dans l'âme et je te demande en grâce de ne pas me frustrer du moindre bout de ce que tu nommes ta sentimentalité allemande et *blonde*. Je te prie bien de ne pas t'excuser de me donner ce dont je veux et ce qui est selon mon cœur. Ainsi tu m'enverras des violettes desséchées, n'est-ce pas? et ne te feras pas scrupule de m'écrire parfois des *niaiseries* que je te rendrai avec usure. A quelque minute qu'une de ces *niaiseries* vienne me trouver, elle est certaine de rencontrer une marée montante de *niaiseries* analogues dans mon cœur. . — .

Mais parlons plutôt de l'*Equilibre européen* [1]) et du *Publiciste* [2]). Le programme que vous m'avez envoyé fait la part suffisamment large aux idées et aux chances que les événements amèneront nécessairement. Il a même une remarquable hauteur et indépendance d'allure, et qui me plaît beaucoup. La grande difficulté sera de manœuvrer d'une part avec »le prin-

1) u. 2) Zeitschriften.

cipe des nationalités« et les engagements inévitables des cabinets de l'autre. La Pologne, l'Italie et la Hongrie, sans parler de l'Allemagne, ne peuvent guère être traitées comme les chœurs des anciens opéras, destinés à chanter à un moment donné leur perpétuel refrain de *libertà* ou *felicità*, et les complications survenant il faudra dire *bona sera*, soit au Basilio des nationalités, soit à celui des gouvernements établis.

En attendant, le point capital pour le journal, c'est assurément le *capital* qu'on lui fournira, et si cette question est bien réglée, votre père a assez d'expérience et de dextérité pour faire marcher la chose du mieux qu'il se pourra. L'équilibre en lui-même est un principe assez élastique, et les équilibristes ont souvent beau jeu pour toute sorte de cabrioles et de culbutes. Le mot sur la bureaucratie: »S'il y a des peuples qui s'étiolent par le boudoir, il y en a d'autres qui s'hébètent par la bureaucratie« est très bien frappé — et ce qui suit: »l'époque actuelle est remarquable par le désaccord qui existe entre les Sociétés et les Institutions qui les régissent«, résume parfaitement à mon sens la situation générale. Reste à savoir comment on parviendra à établir un autre ordre de choses sans compromettre gravement l'*Equilibre* en question — et pour m'éclairer là-dessus je lirai avec toute l'attention dont je suis capable le *Publiciste* que je vous prie de m'envoyer régulièrement. . —.

Je ne veux pas manquer cette poste. Adieu donc et merci.

4.

4 Mai Vendredi 55.

Un tel accablement a pesé sur moi ces huit derniers jours qu'il me semblait comme impossible de continuer à vivre. Et pourtant j'ai un projet quoiqu'il ne se réalisera probablement pas. Il y a le 33me Festival musical Rhénan le 27, 28 et 29 Mai (les trois jours de la Pentecôte) à Dusseldorf. On y exécute »la Création«, une Symphonie de Hiller et le »Paradis et la Péri« de Schumann. Hiller dirige ce festival et la Lind y chante. Je pourrai m'arranger de façon à y venir.

Mon voyage de Hongrie aura lieu vers la mi-Août et l'inauguration de la cathédrale de Gran paraît fixée pour les premiers jours de Septembre, toutefois rien n'est très positivement fixé encore. J'ai entièrement terminé la partition de ma *Messe* à laquelle je pourrais mettre comme épigraphe »Laboravi in gemitu meo .... Sana me, Domine, quoniam conturbata sunt ossa mea«.

Je te bénis. — A. A.

5.

5 Mai 55.

Tout ce qui me tient à cœur je vous l'ai dit dans mes trois lignes d'hier. Pour aujourd'hui je continue mes causeries sur le premier sujet ou objet venu.

Dans le Discours de l'Empereur au Lord-maire je note trois phrases.

1° »Depuis l'abolition de l'esclavage jusqu'aux vœux pour l'amélioration du *sort des contrées* de l'Europe« (*sort des contrées* est ici un mot pour un autre — en *pendant* de l'abolition de l'esclavage il aurait fallu l'affranchissement du *Prolétariat* — mais ce mot est mal sonnant et évidemment l'Empereur a dû préférer choisir un mot vague indiquant quasi la même pensée).

2° »Non seulement la France et l'Angleterre possèdent d'incomparables ressources, mais surtout, et c'est là leur immense avantage, elles sont à la tête de *toutes les idées généreuses*. Les regards de ceux qui souffrent se tournent instinctivement vers l'Occident.«

Cela est noblement dit. Il s'agit seulement de ne pas le démentir en pratique — mais en tout cas il y a une singulière différence entre ce langage et celui des harangues usuelles d'autres souverains, et le désavantage n'est certainement pas du côté du plus nouveau venu. Il y a depuis 89 jusqu'à Lamartine et l'Empereur Napoléon un élément particulier dans l'éloquence politique française, qui manque, ce me semble, à d'autres nations, et qui tient précisément à ce côté d'idées généreuses. On peut le traiter de phraséologie et même de blague (et je ne disconviens pas que ce ne soit assez juste parfois), mais ce nonobstant il exerce un prestige actif sur l'Europe.

En fait de phrase, la conclusion du Discours: »Le spectacle imposant qu'offre l'Angleterre, où la vertu sur le trône dirige les destinées du pays sous l'empire d'une liberté sans danger pour sa grandeur« est un véritable chef-d'œuvre dans ce genre. Tout s'y trouve dans l'espace le plus resserré possible. *La vertu* pour la reine, *les destinées* du pays, et l'*empire de la liberté, sans danger* pour sa grandeur. Impossible de mieux dire, et les vers dorés de Pythagore ne sont que des gros sous en comparaison de ce superbe Napoléon d'or.

Lisez-vous la *Presse*? Il y a eu (le 23 Avril, je crois) un premier article intitulé »Questions à examiner« de Peyrat, si je ne me trompe, où l'*Equilibre* se trouve assez mal mené. Effectivement l'*Equilibre* est un peu comme la raison de Montaigne *un pot à deux anses*, et il sera toujours fort difficile de l'établir entre les loups et les moutons. Si ce numéro vous tombe sous la main, lisez cet article qui contient plusieurs données aussi justes que peu nouvelles. Dans les numéros du 2 et 3 Mai la *Presse* donne des articles sur Lord Palmerston qui entaillent vivement ce personnage et démasquent assez bien par des dates et des faits positifs la croquemitainerie dont on est convenu de l'affubler. —

Madame Sand à l'»histoire de sa vie« continue ses incursions ravageuses contre les croyances et les pratiques catholiques. Je ne serais pas surpris si cela lui valait des apostrophes peu agréables dans les *conférences* de l'Assomption ou de la Madeleine. Elles ne les auraient pas plus volées que Mme de Metternich son diadème en diamants. En parlant de l'Imitation elle hasarde cette phrase: »Ce livre sublime et stupide à la fois peut bien faire des saints, mais ne fera jamais un homme.« (Je cite de mémoire, mais assez exactement.)

Reste à savoir ce que l'on entend par Saint et par Homme! et sur ce dernier je doute que l'on s'entende jamais! — Mr de Lamennais disait à mon sens plus justement des *Prisons* de Silvio Pellico: »C'est la moitié d'un chrétien!«

Plus loin, au récit de la mort de la grand'mère, Madame Sand introduit un archevêque, qui est peint à la manière de certains tableaux de Murillo (le mendiant à la recherche de ses puces par exemple). Les curés inviteront probablement leurs ouailles à se désabonner de la *Presse*, et on ne saurait les en blâmer. — —

Puisque je vous parle de journaux, je dois vous informer que notre journal officiel de Weymar changera de rédaction à partir du premier Octobre. Les négociations avec Biedermann [1]) (qui va publier le second volume de sa »Culturgeschichte« dont on fait un sérieux éloge) ont heureusement abouti et c'est lui qui remplacera avantageusement, comme il est à présumer, Mangoldt. Biedermann a beaucoup d'expérience du journalisme, par la rédaction de l'*Allgemeine* Leipziger (Brockhaus) qu'il a eue quelque temps, et d'autres feuilles dont j'oublie le nom. Il faisait partie du Parlement de Francfort et depuis professait à l'Université de Leipzig. On a sensément considéré comme non advenus ici quelques antécédents politiques qui ne le maintenaient pas en bonne odeur à Dresde, et je crois qu'en somme c'est une bonne acquisition que fait Weymar.

Notre Cour attend le Roi et la Reine de Saxe le 20. Il y aura un grand concert dans cette salle à colonnes où vous êtes venue un matin à la répétition de Berlioz — et le 25 je partirai peut-être pour Dusseldorf.

Veuillez donner ordre à la poste de Bruxelles pour que vos lettres vous soient expédiées à votre nouvelle adresse, car je vous écrirai encore ces jours-ci, puisque tu as la patience de déchiffrer mes lettres. Mais comment me demandes-tu si je t'accorde la permission de m'écrire plus souvent? Seulement je ne veux pas que tu te fatigues à m'écrire, et tu auras souvent tant d'ennuis que je me ferais conscience d'y ajouter en t'imposant une obligation quelconque. Mais de grâce écris-moi aussi souvent que l'idée t'en viendra et sois bien rassurée sur l'opportunité qu'aura chacune de tes lignes pour moi.

A. A.

---

1) Der bekannte Leipziger Historiker und Culturhistoriker.

Extrait de la *Presse* du *1r et 3 Mai.*
(Lord Palmerston.)

Lord P. a désappointé tout le monde; nous ajoutons qu'il n'a trompé personne, et que si on s'est trompé sur son compte, c'est qu'on l'a bien voulu. — —

Le parti absolutiste a inventé pour les besoins de sa politique un Palmerston révolutionnaire qui n'a jamais existé; ce parti démocratique a eu la naïveté de prendre l'invention au sérieux et, ce qu'il y a de singulier, c'est qu'elle a réussi en Angleterre presqu'aussi bien que sur le continent. Cette *mystification* a duré plus de vingt ans.

(Suivent les dates depuis 1807.)

En Angleterre dans toutes les luttes de boxeurs il y a un président, assis dans un fauteuil et tenant à la main une bouteille de wiskey, qu'il distribue aux combattants pour les réconforter. On l'appelle *Bottleholder*.

En 1848 .... une députation populaire se présenta Downing Street. Elle allait demander à Lord Palmerston de soutenir les Italiens insurgés. Le ministre l'accueillit avec sa gracieuseté ordinaire et, après s'être excusé de ne pas révéler le secret des négociations diplomatiques, il ajouta: »Mais vous pouvez être tranquilles, vous savez que je suis le *Bottleholder* de la révolution.« »Oui«, répondit un des membres de la députation, »mais jusqu'ici il n'y a jamais rien eu dans la bouteille«.

(Dans ce même genre beaucoup de Princes sont aussi protecteurs nés et éclairés des beaux-arts...

O les Bottleholders!)

6.

7 Mai 55.

J'ai passé cette dernière semaine à me mettre au pair de ma correspondance (que j'avais complètement mise de côté pour terminer ma Messe) et il m'a fallu écrire une douzaine de lettres, ce qui fait à peu près les deux tiers de ma tâche. Aussitôt que le troisième tiers sera expédié je me remettrai à barbouiller des notes, et ferai d'abord la *Partition de Piano* de ma Messe et ensuite je reprendrai les Chœurs du *Prométhée* de Herder qu'il faut que je remanie en plusieurs endroits avant de les donner à l'impression. Je les ferai paraître aussi à l'entrée de l'hiver prochain et j'imagine qu'ils ne feront pas mauvaise figure, car décidément ils ne sont pas plus mauvais qu'il ne faut. Comme il y en a huit (Océanides, Tritons, Dryades, Moissonneurs, Vendangeurs, »unterirdische Geister« zweierlei Gattungen und ein Musen-Chor, zu Ehren der Menschheit als Schluss), j'aurai besoin de 6 à 7 semaines au moins pour récrire, comme il est nécessaire, la partition de piano en entier, et l'autre partition à plus de moitié. Dans l'intervalle j'irai pour deux jours à Leipzig la veille de l'Ascension (16 Mai). Le 17 on exécutera à l'Eglise catholique mon *Ave Maria* et le 26 au soir je serai probablement à Dusseldorf.

Cette pauvre Mme Patersi a été vraiment sous le *coup* du Te Deum de Berlioz, et m'écrit qu'elle ajoutera désormais à sa prière: »Préservez-nous, Seigneur, de la peste, de la guerre, de la famine, — et des Te Deums de Berlioz«! De son côté lui est enchanté de l'exécution et de l'impression de cet ouvrage, et me dit que son chœur de quelques centaines d'enfants a chanté comme un millier d'artistes, et les autres 5 ou 6 cents artistes exécutants et chanteurs comme un seul enfant. »Mon œuvre«, ajoute-t-il, »est venue au monde comme Richard III avec des dents, mais sans bosse, et il a *mordu* au cœur du public!«

Avant-hier j'ai eu la visite d'un brave et digne musicien qui n'a pas encore réussi à mordre au cœur du public, Grädener de Hambourg[1]). Je crois me rappeler t'avoir engagée à pratiquer quelque dévouement à son endroit — mais tu n'en voulais pas entendre parler, tant le Trio que Hans avait joué à son concert t'avait laissé une impression ineffaçable. Ce Trio n'en est moins une œuvre très soigneusement faite, et qui ne manque même pas de sentiment — seulement c'est

1) Carl Grädener, Componist u. Musikschriftsteller (1812—1883).

une nature de sentiment qui se contracte plutôt qu'elle ne s'épanche; et je comprends aisément que tu n'y aies pas pris goût. Pour ma part, j'ai fait mon métier *d'essayeur* de musique en conscience avec Grädener et nous avons passé plusieurs heures hier à parcourir avec lui son Trio, son Quatuor, sa Sonate etc. etc. en nous promettant de continuer aujourd'hui. Mais comme il est d'une productivité relativement assez modérée, et qu'il n'a que des *mappes* de manuscrits, et non pas des *caissons* et *fourgons* comme notre ami Rubinstein, je suppose que nous arriverons aisément à bout ce soir. — A propos de Rubinstein, son persisches Lied: »O wenn es doch immer so bliebe!« fait littéralement fureur à Vienne, ce qui semble indiquer le prolongement du *statu quo* politique.

L'autre jour Mme la Grande-Duchesse à laquelle ces »12 persische Lieder« sont dédiés, en a chanté plusieurs d'une manière charmante, et je suis persuadé que si quelque chanteur un tant soit peu en vogue les adoptait ils auraient partout le même succès qu'à Vienne. Cela doit plaire à tout le monde comme de petits pâtés aux huîtres, quoique pour ma part je ne me livre guère à l'excès de souhaiter »dass es immer so bliebe!« —

Présentez mes hommages à Augustine que je remercie beaucoup du bon souvenir qu'elle me garde. Qui sait, peut-être m'apparaîtra-t-elle comme *Péri* au Festival de Dusseldorf (où l'on exécutera »le Paradis et la Péri« de Schumann).

A. A.

7.

7 Mai 55, 3 heures de l'après-midi.

Je t'ai écrit ce matin — et suis allé mettre moi-même à la poste (ce qui par parenthèse ne m'était pas encore arrivé à Weymar ni ailleurs, je crois — mais ce que j'ai déjà pratiqué plusieurs fois depuis huit jours) — ensuite j'ai fait une visite à la *Bade-Anstalt* chez Pruckner [1]) pour revoir ton piano — je l'ai rouvert avec

1) Liszt's Schüler, jetzt Professor am Stuttgarter Conservatorium.

[1]

et puis en rentrant vers 1 heure C. me remet ta lettre *non raisonnable,* datée du 4 Mai 1 heure du matin.

Merci, mon doux *Fra Beato,* de m'avoir écrit après une longue journée de travail, d'explications, de combinaisons et de — stériles projets à 1 heure du matin — mais de grâce, et en l'honneur des beaux anges de Fra Angelico, soigne-toi et ne me meurs pas! — Tu craches le sang, me dis-tu — et tousses davantage qu'à Weymar — »qu'est-ce que de vous«? —

Tu me demandes des nouvelles de ma maladie chronique; fi! le vilain mot que celui de *chronique* dont je me suis servi. Il ne s'agit pas de cela vraiment. — Bayle appelle quelque part l'orgueil une maladie sacrée. Cette expression m'avait beaucoup frappé autrefois et m'est restée enfoncée dans la mémoire. Mais il est une maladie plus que sacrée: divine — celle que les anges de Fra Angelico chantent et dansent — elle n'a qu'un médecin — le Christ — un seul remède — la vie éternelle. La »noblesse de cœur«, dont tu me dis très justement que Nélida a manqué n'en est que l'ombre — parfois théâtrale.

Tiens donc parole, Agnès, et sois »ce qu'il y a de meilleur« et *prions* que Dieu nous agrée comme des autels fumants.

Franz L.

8.

14 Mai 55. (6 heures du matin.)

Voici la lettre d'invitation officielle [2]).

Je répondrai ce matin affirmativement au Comité et à

1) Aus dem Adagio der Sonate pathétique von Beethoven.
2) Zum Düsseldorfer Musikfest.

Hiller en demandant à ce dernier qu'il veuille bien me retenir une chambre à un hôtel quelconque et refuser en mon nom l'hospitalité que telle ou telle personne de la ville serait plus ou moins disposée à me faire. . — .

8 heures.

Depuis 4 ou 5 jours la chambre de Rubinstein à l'Altenburg est habitée par un jeune littérateur français, qui m'avait déjà fait visite à la fin de l'été dernier, Mr Armand Baschet. Mr Fortoul lui a donné une mission littéraire pour l'Allemagne, et Vienne inclusivement. Il est comme il faut d'habitudes et de manières et fera probablement un bon bout de chemin dans la presse d'ici à peu. En automne il publiera un volume sur Balzac, intitulé Balzac et son temps, qui contiendra des documents assez intéressants, et peu après il fera paraître un livre sur la Hongrie.

Il m'a raconté entre autres anecdotes parisiennes plusieurs mots d'Alexandre Dumas fils dont je vous citerai ceux-ci.

Son père le sermonnant un jour sur quelques peccadilles d'inconduite, il lui répondit: »Jusqu'ici votre exemple m'avait plutôt servi d'excuse que d'enseignement.«

Quelqu'un s'informant des armes que prendrait l'auteur des »Impressions de Voyage« qui venait de découvrir ses parchemins du Marquisat de la Pailleterie, le fils s'empresse de trancher la difficulté en déclarant qu'il fallait *beaucoup de gueule* sur peu d'or — ajoutant que »pour faire croire au luxe de son train de maison et de son personnel de domestiques, son père finira par se mettre lui-même derrière son cabriolet en guise de nègre.« —

On m'annonce Hackländer que j'ai déjà entrevu ce matin et qui m'a parlé de toi. Il publie ses œuvres complètes (une vingtaine de petits volumes chez Krabbe à Stuttgart) et a pris la rédaction d'une nouvelle revue allemande qu'il espère mettre sur un bon pied: »das Hausblatt« à Stuttgart. Comme il partira demain matin il faut que je m'occupe un peu de lui ce soir et le conduirai à notre club.

Quelque bien que tu me fasses en me répétant plusieurs choses que je ne sais pas assez te dire, tant elles sont vraies et véridiques, je te supplie de ne pas veiller pour m'écrire et d'avoir soin de ta santé. Je ne veux pas être une charge ou un surcroît de peines pour toi. Ainsi ne m'écris que les jours où tu n'auras pas trop d'autres besognes. Parle-moi un peu des conversations de ton père et de ses affaires. Ecris-moi bêtement au besoin — je t'en donne assez bien l'exemple, ce me semble. A. A.

9.

Leipzig, 16 Mai [1855]. (Hôtel de Bavière.)

Le changement de lieu n'entraîne pas de changement dans mes idées, comme tu vois, et je pense à toi toujours et partout. — Comme je crois te l'avoir déjà dit, on doit exécuter mon *Ave Maria* demain (jour de l'Ascension) à l'Eglise catholique, et j'ai tenu à faire la politesse de ma visite au personnel chantant que j'ai trouvé dans les meilleures dispositions ce matin à la répétition. Ce morceau a quelques difficultés d'intonation et d'accentuation, inconvénients qu'offrent la plupart de mes ouvrages, — mais pour être juste il faudrait, ce me semble, mettre aussi la moitié du tort sur le compte des chanteurs et exécutants lesquels sont tantôt trop *mous*, tantôt trop *durs*, et manquent d'ordinaire (aussi bien que les caractères) à la fois de douceur et de fermeté. Il y a une espèce de *badigeon* en musique que je ne puis supporter et qui n'est que d'un trop fréquent usage en tous pays. Berlioz qui dans son *Roméo et Juliette* a déjà placé ce charmant avertissement: »Le public en général n'a point d'imagination, par conséquent les ouvrages qui s'adressent surtout à l'imagination« etc., me disait qu'il était fort tenté d'ajouter à la nouvelle édition de son *Faust* une petite note en ces termes: »Les chanteurs et les exécutants sont priés de ne pas faire comme d'habitude le contraire des intentions de l'auteur.« — Chaque transformation notable de la *composition* a amené des modifications particulières dans *l'exécution*. Or l'exécution a aujourd'hui un sensible progrès à faire (surtout dans le sens du rythme et du coloris) pour ne pas interpréter à faux les idées et les sentiments dont nous sommes pleins. Ce progrès s'accomplira nécessairement peu à peu, et les *Zukunfts-Musiker* finiront par avoir leur personnel d'exécutants tout aussi bien que Haydn et Mozart, Gluck, Rossini et Verdi. — En attendant, Mlle Clauss[1]) s'est mariée avec Mr Szarvady, ces jours derniers à Londres. Cet époux lui convient fort bien, sauf quelques difficultés de *passe-port* (qui finiront probablement par être aplanies); car Szarvady a été quelque chose comme un des secrétaires de Kossuth en 48 et 49 et obligé d'émigrer après la debâcle. Il y a plusieurs années qu'il est très amoureux de la Clauss et qu'il chante ses louanges dans les journaux allemands et français sur tous les tons. C'est une très bonne façon de préluder à la vie conjugale par laquelle on se trouve quasi compromis vis-à-vis du public et obligé de faire bonne contenance de son bonheur. Szarvady a aussi publié, il y a deux ou trois ans, deux volumes si je ne me trompe, sur la France (en allemand) et prend assez mine de faire un bout de chemin dans le journalisme pour arriver ailleurs probablement. Le journalisme est une sorte de voiturement par lequel on est conduit ou éconduit partout. Pour beaucoup d'écrivains ce n'est qu'un *omnibus*; d'autres s'en servent comme d'un tilbury; d'autres encore comme des voitures de déménagement etc. etc. (Il vous sera aisé de suivre ma comparaison et de parcourir les variétés de l'espèce des voitures depuis le coucou jusqu'au waggon.)

Hackländer me disait modestement en me parlant de ses »Hausblätter« qu'il rédige depuis le commencement de cette année et qui ont déjà réussi, à ce qu'il paraît, à gagner près de deux mille abonnés: »C'est une espèce de Revue des deux Mondes« et Baschet me raconta qu'à la fenêtre du bureau de rédaction de cette noble ménagère »des deux Mondes« il avait vu dernièrement une grande pancarte avec l'inscription d'usage »Boutique à louer«. —

Votre mot sur le mot de Mr de Metternich à Drouin de L'huys que vous qualifiez si justement de compliment *malhonnête* m'a beaucoup diverti. Evidemment il n'y a place en

1) Die ausgezeichnete, in Paris lebende Pianistin.

France que pour un seul homme d'état qui est lui-même l'Etat — S. M. Louis Napoléon. Puisque vous avez la tête si farcie de politique, parlez-m'en quelque fois et soyez persuadée que je ne me ferai pas faute d'application pour arriver à quelqu'intelligence des combinaisons de l'Equilibre européen dont quelques-unes, je vous l'avoue, m'ont paru jusqu'ici plus *mystifiantes* que mystérieuses. Que devient le »*Journal du Nord*«? Le Publiciste prend-il sa place ou bien aura-t-il à compter avec lui? —

La partition des Chœurs du Prométhée de Herder, qu'il me faut récrire en entier pour la publication, me prendra de cinq à six semaines de travail. C'est une besogne assez ingrate, mais que je tiens à faire aussi bien que j'en suis capable. Il ne suffit pas de faire; il faudrait réussir à parfaire — méthode que j'ai recommandée à Rubinstein qui ne s'en préoccupe pas beaucoup d'ordinaire. Il vient de m'écrire quelques lignes de Munich et me dit qu'il passera l'été à Biebe-rich où il a déjà fait une assez longue villeggiatura l'année dernière. Il est possible qu'il vienne à Dusseldorf, où il y aura une masse de gens de ma connaissance.

J'embrasse tes mains et prie les anges de Fra Beato de te conduire.

10.

Jeudi matin 6 heures. [Düsseldorf, 31. Mai 1855.]

Je te dis encore ces derniers mots dans cette même chambre[1]). En revenant à la maison vers 5 heures hier j'ai pris possession de ton appartement d'où je n'ai pas bougé jusqu'à 9 heures.

Dans la matinée on a fait de la musique chez Mme Schumann. Elle a joué la Sonate (en ré mineur) de Schumann avec Joachim, l'Ouverture de Geneviève avec moi et les Etudes

1) Die Adressatin hatte, gleich Madame Kalergi — der als Frau v. Moukhanoff nachmals vielgenannten Freundin Liszt's und Wagner's — dem Musikfest beigewohnt.

symphoniques (un des premiers et des bons ouvrages de Schumann); pour ma part j'ai dû m'exécuter aussi, malgré le peu d'envie que j'en avais, et après beaucoup d'insistances j'ai cédé pour ne pas désobliger Mme Schumann, et leur ai joué la Fantaisie chromatique de Bach. Ensuite nous sommes allés dîner avec Joachim, Brahms, Wasielewski [1]) et Lührss [2]) chez un Confiseur-Restaurant, et ce n'est que vers 5 heures que Herrmann m'a remis ta lettre qui m'a fait un bien extrême, car j'ai pu pleurer abondamment.

Ce matin les oiseaux qui nichent dans les arbres du Musée en face, m'ont réveillé par une espèce de »Trauergesang«. Dans une heure je pars pour Cassel avec David [3]) et Lührss (jeune compositeur qui habite Berlin, où il a fait, il y a deux ans, ce qu'on appelle un bon mariage, et que j'ai toujours assez goûté pour ses bonnes façons). David me racontait hier soir que Weber avait l'habitude d'écrire presque toujours la même maxime sur les albums: »Beharrlichkeit führt an's Ziel«, et qu'il possédait aussi cet autographe de l'auteur du »Freischütz«. Rossini pratique une méthode analogue, mais plus compliquée. Il a certainement composé une centaine de versions musicales différentes, éparpillées à travers l'Europe sur quantité d'albums, pour ces vers de Métastase:

»Mi lagnerò tacendo
della mia sorte amara,
ma ch'io non t'ami, o cara,
non lo sperar di me!«

Le premier vers m'a toujours semblé une allusion ironique à la manie des albums (»Mi lagnerò tacendo«) avec laquelle pour ma part j'ai rompu en visière depuis nombre d'années en refusant imperturbablement aux amateurs *d'albuminations*, comme les appelle Berlioz, ma signature.

---

1) Der bekannte Musikschriftsteller und Schumann-Biograph.
2) Carl L., Schüler Mendelssohn's.
3) Der berühmte Geiger und Concertmeister in Leipzig (1810—1873).

Cassel, *Vendredi matin, 1 Juin.*

Avant de partir j'ai rouvert le Dante et en ai relu le dernier chant (33me du Paradis) qui termine par ces 3 vers:

Ma già volgeva il mio desiro e 'l velle,
Si come ruota, che igualmente è mossa,
L'amor, che muove 'l sole e l'altre stelle.

J'ai fait route en causant avec mes deux compagnons de voyage, David et Lührss. Dans la soirée nous sommes allés à la Wilhelmshöhe et en revenant à l'hôtel du roi de Prusse nous avons fait 3 rubber de Whist. Spohr que nous avons revu pendant notre dîner n'avait pas sa soirée libre et ne semble pas très empressé de nous faire les honneurs de Cassel, comme nous le méritons; en conséquence nous partirons ce matin à 11 heures et demie, et à 6 heures je serai à l'Altenburg. Spohr est un excellent et digne homme, bieder und tüchtig; il a maintenant quelque soixante-quinze ans — et de tous les musiciens de sa période je l'estime comme le plus valable et le meilleur de beaucoup. Sa double carrière de virtuose et de compositeur est également honorable; mais elles ont manqué l'une et l'autre de cet élément de l'extraordinaire qui est tout simplement le génie. Il a écrit un grand nombre d'ouvrages, de tout genre, — Opéras, Symphonies, Quatuors, Trios, Concertos, Sonates, Oratorios, Lieder etc. Les plus connus sont parmi les opéras »Jessonda« et »Faust« — et dans ses Symphonies »Die Weihe der Töne«, »Irdisches und Göttliches«. En fait d'Oratorio je connais de lui »la Chûte de Babylone« et »Die letzten Dinge«. C'est un patriarche de l'art — mais non plus un prophète, ni un apôtre. Entre autres mérites il a eu celui de s'intéresser aux ouvrages de Wagner et a fait donner ici plusieurs fois le »Fliegende Holländer« avant qu'on ne songeât à monter cet ouvrage ailleurs. David me raconta qu'il a écrit aussi une espèce de Concerto de Violon intitulé »Sonst und jetzt«, ajoutant que le *Jetzt* se différencie particulièrement du *Sonst* par un accompagnement de triangle et de cymbales, ce qui n'est guère plus malin ni plus caractéristique qu'il ne faut! —

Mercredi soir je reçus à Dusseldorf une lettre de Mme d'Agoult d'un ton assez adouci, avec son ancien cachet »in alta solitudine«, à l'entour d'un rhododendron qu'elle a fait faire à Genève. Elle m'engage beaucoup à venir pour 48 heures à Paris, pour m'entendre avec elle sur les arrangements à prendre relativement aux enfants dans le cas que Mme Patersi viendrait à leur manquer. Je me priverai de ce voyage quoiqu'elle m'assure à la fin de sa lettre que je ne »regretterai pas d'avoir consacré ce court espace de temps à des affections vives et profondes« et lui répondrai de Weymar.

Avant le voyage de Hongrie je ne quitterai point Weymar. On y attend la G^{de} Duchesse Olga et la Princesse de Prusse après-demain — et dans une huitaine de jours j'espère que je pourrai me remettre à mon travail sans désemparer. Je tiens à terminer la partition des Chœurs du Prométhée (ce qui est une besogne de cinq à six semaines) pour entreprendre de suite après le *Dante* — que je veux finir en 55.

A. A.

11.

Mardi 4 Juin 55.

Voilà trois jours que je cherche à t'écrire sans y réussir. Je suis revenu harassé de fatigue et courbaturé Vendredi vers 5 heures de l'après-midi avec mes deux compagnons de voyage que tu connais. Les nouvelles que j'ai trouvées de Madame Patersi ne me laissent que peu d'espoir de la conserver. Il faut que j'avise à d'autres arrangements pour mes filles, et comme je ne veux pas pour plusieurs raisons les établir chez leur mère, je les changerai probablement d'air et les ferai venir en Allemagne — peut-être à Dresde ou à Berlin.

Le Grand Duc m'a trouvé si mauvaise mine hier soir qu'il m'a engagé à passer quelque temps à la campagne. Il m'a offert l'appartement de Goethe au château de Dornburg entre autres, mais d'ici à la fin du mois je ne quitterai pas Weymar. Il faut que je dirige deux ou trois opéras pour achever la saison théâtrale qui finit le 24 courant. Hier nous avons eu une répétition de 5 heures du »Tannhäuser« qu'on donnera ce soir en l'honneur de la Princesse de Prusse que j'ai eu grand plaisir à revoir. Depuis une douzaine d'années elle a constamment marqué une grande bienveillance pour moi et ne semble pas disposée à changer. Sa fille (pour laquelle il est question d'un mariage avec le Prince-régent de Bade — ou un prince anglais?) est charmante. Hans[1]) lui a donné quelques leçons de piano à Berlin et elle m'a très joliment joué hier matin un de mes Lieder:

»Der Du von dem Himmel bist ....
Süsser Friede, komm in meine Brust. —
Ach, ich bin des Treibens müde!« . —.

J'ai un tas de lettres à écrire avant de me remettre au travail de mon Prométhée. On m'a envoyé de Paris quelques numéros de la »Revue contemporaine« avec l'article de Mr Guizot »*Nos mécomptes et nos espérances*«, et un autre de Ponmartin sur les Mémoires de Madame Sand. Dans ce dernier, fort dur pour l'auteur de Lélia, il y a un passage assez drôle. »Après les hâbleries intarissables de l'auteur des ‚Mousquetaires', après les fatuités bouffonnes du Bourgeois de Paris, on pensait que rien n'était plus possible; eh bien! l'on se trompait, il y avait encore un pas à faire, et Mme Sand vient de s'en acquitter à la stupéfaction générale. Il y avait l'écrivain, l'artiste, la femme célèbre, annonçant à grand bruit ses Mémoires, et se croyant le droit et le pouvoir d'intéresser ses lecteurs en leur faisant l'histoire de sa vie .... avant sa naissance.«

Et plus loin il rapproche ces Mémoires »*d'avant berceau*« des Mémoires *d'outre tombe*. Le fait est que de publier *neuf volumes d'histoire de sa vie* et au neuvième n'en être arrivé qu'à l'âge de *7 ans* peut paraître un peu singulier, mais l'explication qu'en donne Mr de Ponmartin, (développant la thèse de l'*hérédité d'organisation* que Mme Sand met en avant) par laquelle Mme Sand n'appartient ni à l'aristocratie ni au peuple, la bâtardise ne lui donnant pas plus de droits à l'une que

1) von Bülow.

les mœurs dissolues de »Marie Rainteau, dame de l'opéra, s'appelant de son *nom de guerre* Mademoiselle Verrières, une des innombrables victimes du maréchal de Saxe et arrière-grandmère de Mme Sand et d'Antoinette-Victoire-Sophie Delaborde livrée dans sa jeunesse à des *hasards effrayants*«, ne l'autorisent à revendiquer une origine populaire.

Où en êtes-vous de vos affaires? Ma pensée vous suit constamment à travers ces dédales de pourparlers et d'expectatives si bien que j'en suis peut-être plus agité que vous-même. Après tout »une seule chose est nécessaire« — Suivons donc plutôt Marie que Marthe —

Cœur nobyle cœur immobyle.

A. A.

12.

Gotha — Stadt Altenburg, Dimanche 10 Juin, minuit.

»Tes autels, Seigneur, tes autels!« ....

C'est dans ces mêmes chambres que je te lisais, il y a 3 mois, le magnifique passage des Soirées de St Pétersbourg sur les Psaumes. Toute mon âme respirait à ce moment, et ce soir ta lettre est venue m'apporter comme le parfum de cette heure de tressaillement. Je t'en supplie, sois parfois ainsi »déraisonnable enfant«, ou comme tu voudras l'appeler; écris-moi ce qui te passe par le cœur et fais de moi ton »confessionnal« comme tu dis si bien. Tes larmes sont belles, pures et saintes! Je ne puis t'en dire plus; écoute-moi cependant, et laisse les rayons de mon amitié se répandre et pénétrer comme un baume dans les plus profonds replis de ton âme. —

Je vais t'expliquer comment je me trouve à Gotha. Rietschel vient de passer deux jours à Weymar pour terminer le buste en marbre de la Princesse Marie qui est un chef-d'œuvre. Il désirait voir les peintures de Schwind à la Wartburg, et nous nous sommes mis en route ce matin pour Eisenach avec Preller dont je fais grand cas, tant pour ses rares dons comme artiste que pour ses nobles qualités personnelles. Ce soir nous sommes revenus pour nuiter à Gotha, et j'ai profité de la première demi-heure de liberté pour décacheter ta lettre. Demain matin nous repartons pour Weymar où l'on redonne le Tannhäuser le soir. Certes je t'ai cherchée du regard et du cœur à cette place que tu te rappelles, et je ne t'exagère rien en te disant que tu ne me quittes point! — Bussenius a terminé la Biographie dont tu as les 2 premières livraisons [1]). Il voudrait te faire parvenir le tout, mais il me faudrait ton adresse exacte; car probablement il chargera le Baron Jossika qui habite Bruxelles de te la remettre. Jossika est un romancier d'un renom distingué; sa conduite politique durant les événements de Hongrie a été des plus honorables; il a tenu bon jusqu'au bout quoique la modération de ses opinions antérieures semblât lui indiquer et lui faciliter une ligne plus prudente. Depuis quelques années il vit retiré à Bruxelles avec sa femme qui est également de bonne naissance et entièrement dévouée à son mari. Si tu as occasion de faire sa connaissance, parle-lui la langue familière aux esprits et aux caractères de cette trempe. Plusieurs de ses romans ont acquis une grande popularité en Hongrie, et ont été traduits en allemand et en français.

Bussenius a eu de grosses affaires sur le bras, mais s'en est tiré, comme je l'espérais, à son honneur et avantage. Il vient d'acheter une maison à Gotha et à partir du mois de Juillet commencera son nouvel établissement avec son nom, sa raison sociale et individuelle. Quand il publiera cet automne meine gesammelten Schriften, je t'en ferai adresser un exemplaire [2]).

Wagner m'a écrit une longue lettre ce matin sur le Dante. Le canard que plusieurs journaux ont reproduit sur son départ

---

1) Kleine Biographie Liszt's, die Bussenius, ein in Gotha lebender Verlagsbuchhändler, in der Sammlung »Die Componisten der neueren Zeit« (Cassel, Balde) unter dem Pseudonym W. Neumann veröffentlichte.

2) Nur ein erster Band derselben: »Die Göthestiftung. — Chopin« erschien (Cassel, Balde 1855); aber in so völlig unzulänglicher deutscher Übersetzung, dass Liszt die Ausgabe sogleich einzog.

précipité de Londres est à peu près de la même grosseur que celui par lequel on annonce mon départ pour l'Amérique. Wagner restera tranquillement à Londres jusqu'à la fin des concerts de la Société philharmonique (jusqu'au 26 courant), et pour ma part il va sans dire que je ne quitte point Weymar.

D'après les dernières nouvelles Mme Patersi va un peu mieux; mais je n'ose guère espérer dans la durée de son rétablissement à cet âge, et très probablement j'établirai mes filles à Dresde chez Mme Ritter[1]), dans laquelle j'ai une entière confiance et qui ne me refusera pas ce très grand service. C'est une femme d'un caractère extrêmement respectable, d'un esprit judicieux et cultivé, — et mes filles trouveront toute sécurité et suffisamment d'agrément dans sa maison. Daniel restera encore une année au Lycée Bonaparte où il continue ses études avec beaucoup de succès — et plus tard je verrai si je ne trouverai pas moyen de le faire entrer à l'Ecole polytechnique.

Le moment de mon départ pour la Hongrie est encore incertain et il serait même possible que ce voyage se trouve ajourné par le fait de quelques circonstances qui peuvent venir à la traverse. Mais de toute façon j'irai à Zürich dans quelques mois, car je l'ai positivement promis à Wagner, qui sera rentré dans ses foyers d'exilé à la fin de ce mois.

Avez-vous entendu parler de E. Förster à Munich[2])? C'est un homme bien méritant qui a épousé la fille de Jean Paul et vit d'ordinaire à Munich. Son »*Handbuch*« pour Allemagne et l'Italie est très répandu. Il publiera prochainement un gros in-folio sur Fra Beato Angelico da Fiesole, avec une quantité de gravures d'après les dessins qu'il a faits en Italie, où il a aussi traduit en 8 volumes le Vasari qui a paru chez Cotta. La Princesse l'a beaucoup vu à Munich, et depuis quelques jours il a pris ses quartiers à l'Altenburg où il compte passer une couple de semaines. Je vais assez souvent

---

1) Mutter von Carl und Alexander Ritter (dem Componisten des »faulen Hans«).

2) Kunsthistoriker von Rang.

lui tenir compagnie pendant qu'il dessine un groupe d'anges d'après Fiesole.

»Espère, enfant« et sois bénie! — Ne te plains pas trop de l'incertitude de ton sort; quelque pénible qu'elle soit, il te restera toujours dans mon cœur de quoi reposer ta tête.

13.

Ettersburg — Jeudi 14 Juin, 7 heures du soir.

J'ai dîné ici aujourd'hui chez le G^d Duc avec Förster dont je t'ai parlé dans ma dernière lettre, et Monseigneur nous ayant congédiés jusqu'au thé j'en profite pour jaser avec *Votre* Altesse Sérenissime — ou Tristissime, comme moi. Qu'ai-je à vous dire, à travers tant de silences qui pèsent sur ma destinée? »And if it was lightning, I would speak!« dit Childe Harold.... Quand ce volume te tombera sous la main relis ce passage du 3me chant, que j'ai pris pour épigraphe d'un morceau passablement *confus*, qui a paru dernièrement dans le 1^r volume de mes »*Années de Pèlerinage*« (Suisse) et qui pourrait me valoir peut-être une modeste place au »*Parnasso confuso*« que le brave Métastase rêvait jadis, et que nous avons singulièrement agrandi depuis![1]) —

En fait de confusion je viens d'en commettre une de belle sorte. Au moment de me mettre en voiture à Weymar on me remet une dépêche télégraphique pour Mme la G^de Duchesse. Elle était restée tranquillement dans ma poche jusqu'à ce moment où j'apprends par hasard par le médecin de S. A. R. qu'on était fort inquiet de n'avoir pas encore reçu des nouvelles de Berlin etc. etc. Or j'ai dû m'excuser du mieux que j'ai pu. . —.

Par ce que je t'écrivais de Gotha tu auras vu que nous nous étions rencontrés. Bussenius t'enverra probablement aujourd'hui le petit volume relié de ma Biographie qui a

1) Nr. 6 der Années de Pèlerinage: »Vallée d'Obermann«. Genau citirt lautet der Vers (97, III. Gesang): »And [if] that word were lightning, I would speak«.

beaucoup mieux réussi que je n'y comptais. Ce pauvre Bussenius tousse horriblement et crache le sang. Alfred Meissner[1]) qui vient de passer deux jours à Weymar me dit qu'il y a fort à craindre que B. ne puisse pas vivre au delà de cette année — mais j'imagine qu'il se trompe et que B. a assez de nerf de volonté pour se faire même une espèce de santé quelconque.

Quelqu'abus qui puisse en résulter, je te renouvelle ma prière de m'écrire *quand* et *comme* bon te semblera.

D'ici à quelques jours j'espère que je pourrai me remettre au travail. J'en ai grand besoin, car je sens que je me consomme ainsi.

Pourras-tu aller à la campagne, reprendre ton piano, rêver et lire? — Tu me dis que ce serait le bonheur. Oui, à la manière dont l'a défini Ducis je crois: »un malheur plus ou moins consolé«; mais le bonheur stable n'est possible que par le *renoncement* le plus entier et le plus absolu — tel que les Saints l'ont pratiqué — tel que l'amour à ses moments d'exaltation suprême le comprend! —

14.

[19. od. 20. Juni 1855.]

Tu me connais assez pour savoir que je ne suis pas *artiste* (dans l'acception courante du mot) au point d'être absolument privé de bon sens dans les choses de la vie réelle et positive. Parle-moi donc à cœur ouvert et laisse-moi ainsi au moins quelque possibilité de t'aider.

J'attends ta prochaine lettre pour t'écrire plus à loisir. Depuis mon retour de Dusseldorf je n'ai pas encore pu gagner une heure de tranquillité, et le mois de Juillet s'annonce assez mal pour moi. Lundi prochain j'irai à Jena où l'on exécutera ma Messe, (celle qui est déjà publiée chez Härtel depuis deux

1) Der bekannte Dichter, ein gern gesehener Gast auf der Altenburg.

ans) Mardi à 4 heures. Je t'écrirai probablement après la répétition.

»Espère, enfant« — et porte ta tête à la hauteur de ton cœur. A. A.

P. S. En résumé: épuiser les combinaisons B., écrire à M. etc. — et puis voir quel parti tu devras prendre pour ton propre compte — et en attendant ne point prendre des vessies pour des lanternes, et pratiquer le moins longtemps possible l'équilibre européen à St. P., quelqu'*indifférente* que puisse être cette circonstance si on est de force à la porter. Pour toi il faut que tu restes à Bruxelles et que tu emploies ton temps à lire et à écrire — et à faire plus ample connaissance avec cet ange gardien que tu me dis t'apparaître — et ne te tromperas pas! —

15.

Mercredi 5 Juillet [1855].

Je partirai probablement demain matin pour Dresde et ne puis t'écrire que deux mots aujourd'hui. Voici aussi quelques lignes sur la Messe exécutée à Jena qui ont paru dans notre Sonntags-Blatt. Elles constatent l'impression générale qui, comme je te l'ai dit, a été très favorable.

Depuis Samedi je me suis remis au travail, ce qui est mon seul moyen d'équilibre. A la fin du mois j'espère en avoir à peu près fini de mes Chœurs du Prométhée — et vers la mi-Août je tâcherai de commencer le Dante.

Je t'écrirai en tout cas de Dresde et répondrai à tes gronderies. Ne te laisse point abattre et tâche de te maintenir telle que tu dois être et que je te veux.

16.

Station de chemin de fer à Halle — 6 heures —
Samedi 7 Juillet.

»Tout cela n'empêche pas que je ne sois horriblement triste«, m'écrivais-tu dernièrement, Agnès. Ces mots continuent de psalmodies au fond de mon cœur ... mais tu sais que j'ai pour maxime qu'il faut *étouffer* et égorger certaines émotions, et ne tenir aucun compte de ce je ne sais quoi qui est le fond de notre vie même!

Tu ne peux imaginer combien je m'afflige de ne pouvoir t'être *bon à rien!* Quelque grâce que tu mettes à me gronder des quelques mots qui me sont échappés à ce sujet dans ma dernière lettre, je ne veux pas que tu te méprennes sur mon sentiment en pensant que je méconnais le tien. Ce besoin d'être *quelque chose à quelqu'un* est une blessure de ma jeunesse qui ne s'est jamais cicatrisée. Il y a une belle lettre sur ce thème dans *Werther* qui commence, si je ne me trompe, ainsi: »Je me briserais volontiers le crâne« ... etc. et je me souviens que la première fois que je l'ai lue, il y a 25 ans, je fondis en larmes et en inondai tout le livre. Mais ne parlons ni d'émotions ni de larmes — et sachons du moins taire ce que nous souffrons et subissons! —

Je suis parti avant-hier soir pour Dresde et dans peu d'heures je serai de retour à Weymar. Tu connais le motif de cette excursion — et probablement Mme Ritter acceptera de garder mes filles chez elle durant un an ou deux — après quoi il est présumable qu'elles se marieront. *L'atmosphère* de Paris leur devient de plus en plus malsaine. (Leur mère par parenthèse vient de publier dans la Revue contemporaine du mois dernier, je crois, un assez long fragment tiré d'une *histoire de Hollande* qu'on annonce, intitulé »Pouvoir et Liberté«. Si par hasard vous allez au cabinet de lecture, demandez ce numéro de la Revue contemporaine. La signature littéraire de Mme d'A. est comme vous savez Daniel Stern.) D'autre part je ne puis ni ne veux garder mes filles sous mon toit de l'Altenburg. Seulement je crois qu'il leur serait favorable de passer quelque temps en Allemagne — et Dresde ou Berlin me paraissent les villes les plus indiquées à cet effet pour elles. Je ne leur ai encore rien dit de ce projet et ne les en instruirai qu'alors que je les *reverrai*, pour éviter toute reflexion et explication superflue. On a déjà bien assez affaire des choses nécessaires et inévitables pour s'épargner au moins le superflu en ce genre — si nécessaire qu'il soit ailleurs! —

A propos de superflu je viens de lire dans un numéro du Journal de Leipzig que j'ai acheté en wagon, l'annonce du *Journal du Nord* paraissant à Bruxelles à partir du 1r Juillet[1]. Comme il est entièrement dans les eaux de la Néva, je suis surpris que votre père n'y soit pas mêlé. Peut-être la chose pourrait-elle s'arranger avec Mr C. à moins qu'on ne soit décidé de *ce côté* à laisser votre père *noyé* — ce qui ne serait pas impossible, mais ce dont je ne puis pas juger, n'ayant pas de donnée à cet égard.

Puisque tu l'exiges, je t'envoie encore un compte-rendu de l'exécution de ma Messe à Jena — sans scrupule de l'augmentation du port de lettres. En revenant à Weymar je ferai mettre à la poste un exemplaire de la Biographie de Bussenius où tu trouveras plusieurs choses qui t'amuseront.

»Tout cela n'empêche pas que je ne sois horriblement triste« — et pourtant j'attends et j'espère. — Je ne sais quel poète a dit: »l'espérance mène à des portes closes« — mais comment l'amour et la foi n'auraient-ils pas des clefs magiques pour ouvrir ces portes? — Sachons surtout ne pas nous abandonner, ne pas nous trahir nous-même — le reste nous sera donné par-dessus le marché«. — —

Pardonne, — sois douce et compatissante (»ce qu'il y a de meilleur«) pour moi — et laisse-moi te bénir, Agnès! —

17.

Dimanche matin, 15 Juillet 55.

Je te remercie, Agnès, de n'avoir pas attendu une nouvelle lettre pour m'écrire, et te bénis de me parler si doucement de moi-même. Je souffre beaucoup, tout en ne cessant de regimber contre tout aveu des plaies béantes de mon cœur.

---

1) Das bekannte, unter russischem Einfluss und mit russischen Mitteln gegründete Blatt.

Ce que tu me dis de ta tante m'a vivement ému. Oui, tu as raison, »la vie n'est qu'un long et amer suicide«, et la foi seule, mais une foi ardente, positive, celle qui transplante les montagnes, transforme ce *suicide* en *sacrifice* et résout ainsi lumineusement toute énigme, toute défaillance. Par elle seule chacune de nos moindres actions, et jusqu'à nos pensées les plus secrètes acquièrent une valeur éternelle, un prix infini, et je ne sais quel parfum, quelle sonorité inconnus au *monde*.

Prions donc, enfant! — Prions Dieu qu'il nous accorde cette foi qui sauve et sait consoler ceux qui pleurent! —

Depuis hier soir je suis resté seul à l'Altenburg. La Princesse et sa fille sont allées passer quelques jours à Berlin pour visiter le Musée, l'atelier de Rauch etc. Je les ai beaucoup engagées à faire cette excursion, car Weymar leur offre peu d'agréments en ce moment. Il s'agit simplement de patienter et de persévérer — mais cela n'est point gai. Heureusement en ce dernier temps la curiosité et l'intérêt passionné que la Princesse prend aux œuvres d'art (Peinture, Sculpture, Architecture) s'est assez réveillé chez elle, et comme elle n'a pas été à Berlin depuis une vingtaine d'années, elle trouvera aisément moyen d'employer son temps d'une manière agréable et instructive en ce sens. J'espère qu'elle y trouvera Kaulbach (avec lequel je suis assez lié d'autrefois), Rauch et peut-être même Mr de Humboldt. Cela lui vaudra mieux que des promenades dans notre Parc ou de stériles correspondances. Il est possible aussi qu'un établissement à Berlin s'arrange pour mes filles. La question de l'appartement rend la combinaison de Dresde impossible jusqu'au printemps prochain, et je ne voudrais pas tant tarder à les faire déguerpir de Paris, qui ne leur vaut rien dans les conditions données. . —. En conséquence il est de mon devoir d'aviser à ce qui sera utile et profitable à mes filles qui trouveront de meilleures chances à se marier en Allemagne qu'en France, où mes relations sont trop détendues pour que je puisse influer d'une manière avantageuse sur leur sort à venir . — .

Martha Sabinin[1]) a fait une course à Stuttgart chez une

1) Schülerin Liszt's, ging später als Musiklehrerin der Gross-

de ses parentes, je crois, où elle restera plusieurs semaines. Elle profitera aussi de cette occasion pour passer quelques jours à Baden. Le soir de son départ j'ai soupé chez elle — elle avait pris votre place et nous avons pour la première fois un peu parlé de vous. Malgré mon excessive susceptibilité sur certaines personnes, je t'avoue qu'elle s'est tirée de cette épreuve à son avantage. Je ne lui ai point caché que je ne te mettais pas dans la catégorie des personnes dont le nom commence par un S ou un K — et à sa manière elle me parut partager ma prédilection pour votre illustre personne, si bien que je vous engage à cultiver un peu vos relations avec elle, par correspondance. Martha a non seulement du bon sens (ce qui est le sens droit des choses), mais encore une certaine délicatesse de cœur et d'aperception qui me plaît chez elle. A son retour elle ira quelques semaines au Venusberg chez son amie Tony Hopfgarten. Tes réflexions sur le profit qu'il y aurait lieu de tirer de ce séjour m'ont amusé.

Après une demi-journée d'interruption j'ajoute encore quelques mots à cette lettre. Peut-être irai-je pour quelques jours à Paris, mais en tout cas je ne manquerai pas à la promesse que j'ai donnée à Wagner de lui faire une visite d'une dizaine de jours, à la fin de Septembre. Mon voyage de Hongrie sera probablement assez indéfiniment ajourné, car les travaux de construction de la cathédrale de Gran ne seront pas achevés aussitôt qu'on l'avait présumé.

Tâche donc de patienter et de te maintenir. Ecris-moi ce que tu lis, et comment tu arranges tes journées, — et donne une amicale poignée de main à Augustine de ma part, en lui disant combien je l'envie de vous servir de compagne dans vos tristesses et vos chagrins.

---

fürstin Marie, nachmalige Herzogin v. Edinburg, nach Petersburg und kam als Diakonissin im russisch-türkischen Krieg um.

18.

21 Juillet 55.

Vous voici donc encore malade, pauvre chère enfant! et je ne puis pas davantage contre ce mal physique que contre tant d'autres souffrances qui tiennent votre existence comme en suspens! — J'en reviens toujours à cette plainte éternelle sur cette impuissance où nous sommes les uns pour les autres que la distance rend encore plus amère!

La Princesse se plaît beaucoup à Berlin où elle a pris d'excellentes relations avec plusieurs notabilités et illustrations contemporaines, Olfers, Kaulbach, Marx, Varnhagen et Mr de Humboldt qu'elle voit fréquemment. Autrefois j'étais assez lié avec Kaulbach dont l'esprit et la manière d'être me plaisent beaucoup. D'après ce que la Princesse m'écrit, il viendra passer quelques semaines à Weymar et y fera le portrait de la P^esse Marie dans le courant de cet été. Je serai très charmé de le revoir et suis persuadé que nous nous entendrons et nous irons à merveille. Sa veine de causticité et d'ironie tient à sa supériorité même; par cela elle a quelque chose de *généreux* (comme on dit »un vice *généreux*«) et d'élevé qu'il est aisé de distinguer de la médisance et de la moquerie ordinaires, herbes parasites qui poussent sur le sol de l'envie et des passions mesquines. Je ne connais de lui que quelques cartons, mais la Princesse m'écrit qu'en cela comme en d'autres choses il se tranche très avantageusement des autres peintres allemands, que ses fresques sont supérieures à ses cartons, tandis que chez la plupart de ses collègues c'est l'inverse comme on l'a justement remarqué.

Depuis Mercredi Hans de Bülow est chez moi à l'Altenburg. Vous savez que je l'aime comme un fils. Il m'a joué plusieurs morceaux de sa composition que je ne connaissais pas et qui me paraissent charmants, entre autres une Rêverie fantastique et une Mazurka. Demain il partira pour Copenhague où il passera ses vacances. Les cours du Conservatoire de Berlin ne commenceront qu'en Septembre. — J'ai aussi accepté ce matin un nouvel élève âgé de 13 ans et demi, nommé Tausig (de Varsovie). Das ist ein ganz *tausiger* Kerl que je crois destiné à faire un chemin extraordinaire d'ici à 2 ou 3 ans. Il joue déjà toute chose d'une façon étonnante et compose des morceaux tout à fait piquants. Son père est professeur de piano à Varsovie et, contre l'ordinaire des papas d'enfants prodiges, fort sensé. Le bonhomme restera à Weymar pendant deux ans et vous en entendrez parler plus tard.

Martha Sabinin a fait furore à Stuttgart, où elle a joué plusieurs fois chez la G^de^ Duchesse Olga qui s'est montrée très aimable pour elle. Dans quelques jours elle ira à Baden. Si vous en avez le loisir écrivez-lui quelques lignes.

Dans ta prochaine lettre cite-moi quelques vers de la traduction de L[amennais] du Dante. Je n'ai pas encore pu me procurer ce volume que j'ai demandé à Leipzig il y a déjà une quinzaine de jours.

Je resterai probablement encore une semaine *seul* à l'Altenburg — et après le départ de Hans me remettrai à mon travail du matin au soir. — Tâche de guérir — ton écriture se ressent visiblement de la fièvre — mais tu peux me faire le même compliment sur la mienne — seulement je suis plus coutumier de ce fait que d'autres, et somme toute, m'en accommode tant bien que mal — jusqu'à un certain point où je me mets à chanter ton refrain »Tout cela n'empêche pas«. .... etc.

Avant Septembre je ne puis pas faire de projet. Où seras-tu alors? Quelles nouvelles espères-tu? Parle-m'en aussitôt que tu sauras quelque chose de positif, ce qui ne sera peut-être pas de sitôt, car les affaires de ce genre traînent fort en longueur. Es-tu décidée à attendre tout ce temps à Bruxelles, et y trouves-tu quelqu'avantage? — Il vaut sans doute mieux se tenir tranquille que de remuer inutilement. Enfin je compte sur ton bon sens et espère que tu sauras assez t'aider pour que Dieu t'aide à sortir définitivement de tous ces embarras. En attendant garde bon courage et bon espoir. Tu devines les interminables choses que mon cœur te dit pour te persuader à prendre patience.

A. R. Agnès.

Mes filles seront définitivement établies à B. chez Mme de B[ülow] cet automne.

19.

28 Juillet 55.

J'accepte le Dante — envoyez-le-moi d'Ems ou Francfort (sous bande). Merci des citations que vous m'en faites dans votre lettre. »Le moment qui nous *vainquit*« est beau — il faut seulement faire en sorte que ce soit vraiment une belle victoire et pas une défaite.

Voici pour vos menus plaisirs de voyage — que votre ange gardien vous accompagne et vous conduise! —

Je resterai jusqu'au 5 Août seul à l'Altenburg. D'ici à quinze jours j'espère avoir fini à peu près la composition du Psaume 13: »Herr, wie lange willst Du meiner so gar vergessen? — Wie lange verbirgst Du Dein Antlitz vor mir? Wie lange soll ich sorgen in meiner Seele und mich ängstigen in meinem Herzen täglich? Wie lange soll sich mein Feind über mich erheben? Schaue doch und erhöre mich!« etc.

J'ai suspendu la partition de mes Chœurs de Prométhée pour écrire ce Psaume qui m'est venu d'abondance de cœur.

A bientôt A.

20.

Samedi 4 Août 55.

Heureux voyage donc, et meilleur retour! Je suis bien désireux d'apprendre le résultat de votre entrevue avec M. S'il est positivement favorable écrivez-moi deux lignes de suite.

Il y a quelques jours Mme Kal[ergi] était encore à Ems — mais d'après une lettre de Martha S[abinin] (de Bade), elle doit y arriver aujourd'hui. Vous ai-je dit que Martha avait un grand succès à Stuttgart où elle a joué trois ou quatre fois en petit comité chez la G^{de} Duchesse Olga? —

Je me suis aussi un peu occupé de votre cousin Charles et l'ai très particulièrement recommandé au Prince Youssoupow

(Nicolas) qui possède une chapelle de 50 musiciens à Pétersbourg, et cherche un pianiste qui soit en même temps assez musicien pour écrire des accompagnements, corriger des fautes d'harmonie et au besoin diriger des concerts.

Cette position conviendrait beaucoup à Charles, et je suis persuadé qu'il réussirait parfaitement à Pétersbourg s'il s'y installait d'abord sur le patronage de Youssoupow.

Aussitôt que celui-ci m'aura écrit de Francfort, j'informerai Charles de cette proposition, et peut-être la chose pourra-t-elle s'arranger. Y. a fait assez parler de lui en dernier lieu par suite de sa liaison avec Pepita — ce qui ne l'empêche pas, à ce qu'il paraît, de jouer du violon et de publier même des morceaux de sa composition chez Schott et Hofmeister. Il m'a fait personnellement une assez bonne impression, malgré mon peu de goût pour les richards.

Un de mes anciens amis (qui n'a pas cet inconvénient), Beurmann, rédacteur en chef du Journal de Francfort, est venu passer une couple de jours à Weymar. Votre père l'avait précédé à la rédaction du J. d. F., et il m'en a parlé assez au long, prétendant entre autres choses que X. [1]) s'était ruiné *pour sa famille*, et en particulier en l'honneur de sa fille, ce que j'ai naturellement cru sur parole.

Sans voir en noir, je crains bien que la position de votre père ne soit gravement endommagée dans l'opinion des *personnes* qui seraient à même de le tirer d'affaire et qu'il ne rencontre de grandes difficultés avant de remettre le pied dans l'étrier gouvernemental. Il faudra probablement que vous vous mettiez en peine de remplir votre rôle de »femme à sort«, comme je vous ai *intitulée* un soir, et que vous sachiez déterminer le vôtre. La Bohème politique n'a même pas à la longue les avantage de la Bohème artiste .... mais vos réflexions sont faites et très bien faites à ce sujet.

A l'œuvre donc s'il se peut; le plus tôt sera le mieux. Encore une fois, bon voyage — et promptes nouvelles. Il

---

1) X. oder Mr de X., dessen in den Briefen häufig gedacht wird, ist der Vater der Adressatin.

n'y a pas d'inconvénient à ce que vous n'ayez pas vu M. à Bruxelles. Vous aurez probablement plus de chance à rencontrer le moment opportun qui vous est nécessaire à Ems.

La Princesse reviendra après-demain de Berlin où elle a vu et pratiqué plusieurs hommes plus que distingués (Kaulbach, Rauch et Humboldt). Cette diversion lui aura fait du bien et rafraîchi son esprit.

Merci de ce que vous me dites de votre petite société de *Fra Beato* à Bruxelles.

Que Dieu te conduise, Agnès!

21.

15 Août 55.

Le Dante est sur ma table à manuscrits dans la chambre bleue que vous avez entrevue un instant. J'espère que dans une huitaine de jours je serai plus libre de mon temps et pourrai lire avec un peu de suite. Mme de Bülow a passé deux jours ici. Elle me ramènera mes deux filles et le garçon Lundi ou Mardi prochain et je garderai mes enfants pendant une quinzaine de jours à l'Altenburg — après quoi j'aviserai à l'établissement ultérieur de mes filles.

La P^sse^ est revenue fort satisfaite de ses explorations artistiques de Berlin — elle a rapporté entre autres une belle esquisse de la »Hunnenschlacht« de Kaulbach — et je suis fort tenté de faire une composition musicale d'après cette esquisse. Il s'entend que ce ne sera pas un Solo de Guitare et qu'il s'agira de mettre une bonne portion de cuivres en mouvement. Mais pour le moment il faut que je termine d'abord mon Psaume par une éclatante péroraison fuguée. »Ich will dem Herrn singen, dass Er so wohl an mir thut!« et il me faut encore trois ou quatre jours de travail ininterrompu pour cela.

Cornelius [1]) a fait une nouvelle Messe. Elle sera exécutée demain à l'Eglise catholique à l'occasion de la St Napoléon qui

1) Der Componist vom »Barbier von Bagdad«, »Cid« und »Gunlöd«, der zu jener Zeit bei Liszt in Weimar lebte (1824—1874).

est toujours fêtée ici par une Messe en musique, sur la demande et aux frais de la Légation de France. Cet ouvrage qu'il a écrit en moins de quinze jours lui a parfaitement réussi et fera un très bon effet. Le 15 Août c'est aussi la fête de la Princesse Marie. Sa mère lui a fait un magnifique cadeau aujourd'hui par les cartons des peintures de Schwind à la Wartburg. Comme il arrive souvent aux peintres allemands que leurs cartons sont supérieurs à leurs tableaux, c'est aussi le cas pour ces *sept œuvres de miséricorde* de Ste Elisabeth.

La Princesse Marie possède un très noble cœur et une intelligence singulièrement droite et perspicace; c'est là un trésor que »les vers ne rongent point« et sur lequel la malice des hommes n'a point de prise. —

»A sotte question point de réponse«, serais-je tenté de vous dire, si je ne tenais à éviter même l'apparence d'une dureté avec vous! Mais vraiment, puisque vous renouvelez votre question au sujet de l'ennui supposé que me causeraient vos lettres, je dois vous signifier que ce genre de questions et de suppositions fait partie du style *pensionnaire* dont nous n'avons que faire. Ainsi vous voilà bien et dûment rabrouée; vous ne recommencerez donc plus.

Je vous quitte pour aller à la répétition de Cornelius, car j'ai accepté de diriger sa Messe demain. Merci encore du Dante. Aussitôt que je serai débarrassé de plusieurs ennuis que me tiennent à la gorge, je vous écrirai plus au long.

22.

Mercredi 22 Août, 4 heures.

La Princesse et sa fille sont parties Samedi pour Paris où elles passeront trois semaines à peu près. A leur retour elles traverseront Bruxelles, et s'y arrêteront assez pour visiter quelques ateliers. Les explorations artistiques que la Princesse a faites à Berlin l'ayant remise très en veine de voir et de goûter les beaux tableaux, je l'engagerai à s'arrêter deux jours au Musée d'Anvers où l'on peut le mieux contempler toute la hauteur et vigueur du génie de Rubens. De là on ira passer quelques heures à Bruges, charmant joyau de ville, et du 15 au 20 Sept. je suppose qu'on sera de retour ici. — Pour ma part je ne quitterai point Weymar avant la fin Novembre, Wagner m'ayant prié de différer jusque-là ma visite à Zurich à cause de l'indisposition *obligée* d'une de ses amies qui ne sera débarrassée de ses couches que vers la fin d'Octobre. C'est une très aimable jeune femme et que Wagner tient particulièrement à associer à nos causeries esthétiques.

En attendant je remplirai de notes un certain nombre de feuilles de papier de musique — et songerai creux le reste du temps.

Mes deux filles et mon fils Daniel (qui s'est de nouveau distingué au concours de cette année) sont arrivés hier sous la garde de Mme de Bülow. Mes filles m'ont très gentiment parlé de votre visite rue Casimir Périer. Je reviendrai sur ce chapitre avec elles après en avoir épuisé quelques autres préalablement. Elles ne manquent ni d'esprit ni d'intelligence, et j'espère qu'elles tourneront à bien — sans se retourner après. Elles ont assez de perspicacité et de rebondissement, joints à une pointe de malice juvénile et vive qui leur sied. Je les garderai pendant une dizaine de jours avant de les expédier à Berlin. On me propose deux partis pour Blandine, dont probablement aucun ne lui conviendra.

Cornelius (qui n'est pas sur les rangs) part ce soir pour *Bernhards Hütte* où il restera jusqu'à la fin d'Octobre chez sa mère.

Henselt a passé la journée d'hier et cette matinée avec moi. Le restant de l'été il habitera son château de Gersdorf en Silésie où sa femme demeure toute l'année — et à la fin d'Octobre il retourne à Pétersbourg. L'année prochaine je lui ai promis de lui faire un bout de visite à Gersdorf. Cette terre n'est qu'à 4 heures de distance de Dresde, et il paraît qu'il s'y est confortablement arrangé — c'est-à-dire sa femme pour laquelle il en a fait l'acquisition moyennant une cinquantaine de milliers d'écus.

Je ne m'explique pas comment vous n'avez pas vu M. à Ems. La Princesse Latour l'a vu à la promenade le Dimanche 12 Août, et m'assure qu'il n'a quitté Ems que le 13 ou 14.

Après avoir accompagné la Princesse jusqu'à Eisenach (Samedi) je suis allé à Wilhelmsthal qu'habite maintenant Mme la G^de Duchesse régnante, en qualité de »Strohwittwe«. Je me suis permis de lui tenir compagnie tant bien que mal jusqu'à Lundi matin — et le même soir me suis arrêté quelques heures chez le Duc de Coburg à Reinhardsbrunn, en passant par Gotha, où j'ai fait quelques promenades solitaires dans la chambre de la »*Stadt Altenburg*«, dont vous vous souvenez. Comment va Mr George?[1] Embrassez-le pour moi et donnez-moi de ses nouvelles.

Sans »*varietas*«, ni »*delectas*«!

23.

Dimanche 26 Août 55.

Les lignes que je vous ai écrites avant-hier étaient toutes remplies de départs et d'arrivées de visiteurs .... et à tant d'autres tristesses se joint pour moi celle de vous parler d'ordinaire de choses si indifférentes. Mon cœur est surplein de choses que je ne puis ni ne dois dire. »J'ai quitté le désir et passé l'espérance.«

Mes filles me prennent les deux tiers de mes journées. Ce sont de gentilles jeunes personnes, intelligentes, vives et même un peu reniflantes. Elles tiennent à la fois de papa et de maman. Des deux ou trois partis convenables et avantageux qui s'offrent pour Blandine elle paraît ne vouloir d'aucun. L'établissement de Berlin ne leur soucit pas beaucoup non plus, quoique ce soit ce qu'il y ait de plus sensé et d'avantageux pour elles à faire. Mme de Bülow est dans les meilleures données de caractère, d'habitudes, de culture d'esprit et de position pour remplir la tâche que je lui ai

---

1) Sohn der Adressatin.

confiée. Aussi j'espère qu'après les avoir envoyées dûment promener à tous les trente six mille diables avec leur rêvasseries et leurs arguments empruntés à la folle du logis (ce qui s'est déjà fait à plusieurs reprises durant ces trois jours) elles finiront par acquérir une conviction entière de la sincérité et sagesse de ma sollicitude pour elles, et s'associeront de cœur à mes intentions; car elles ont un grand fond de tendresse pour moi.

Voilà le mois de Septembre qui vient — mais je ne puis bouger d'ici — — ma visite à Wagner est remise jusqu'à la fin de Novembre, comme je vous l'ai écrit.

Quelle réponse avez-vous de M. ? A Ems il s'est beaucoup occupé de plusieurs dames américaines et l'on parlait de son mariage avec l'une d'elles.

Les nouvelles que me donne la Princesse de Paris sont excellentes. Scheffer fait le portrait de la Princesse Marie — et je n'attends leur retour que vers la mi-Septembre.

A. A.

24.

. —. J'espère qu'au mois de Novembre je vous retrouverai quelque part. Il n'est pas surprenant que M. ne vous ait pas répondu de suite, et je regrette seulement que vous ne l'ayez pas vu. Les projets *interrompus* de votre père sont au-dessus de toute explication; Dieu veuille qu'il sorte de cette bagarre — un de mes croissants chagrins est de me trouver dans l'impossibilité de vous prêter une assistance sérieuse et décisive.

Les nouvelles que je reçois de Paris sont bonnes. Pour mes fillettes il s'offre plusieurs partis très sortables et même avantageux, mais elles sont d'une récalcitrance étonnante, et je dois me borner à les traiter de précieuses ridicules, en les laissant faire à leur gré. Il leur faudrait pour mari quelque chose comme un Beethoven ou Raphaël-*Nabob!* — Excusez du peu! — En attendant qu'elles deviennent plus raisonnables je les envoie promener avec Miss Anderson à

Tieffurt, Belvedère, Ettersburg etc. — Vous ai-je écrit que cette petite séquelle s'était déclarée en pleine »*tapageocratie*«, nouvelle invention de gouvernement (de leur crû) dont ils tempèrent les inconvénients par cette maxime fort sage, gravement énoncée par mon fils: »Morale bien ordonnée commence par soi-même!« —

Dans une huitaine de jours je compte expédier les fillettes à Berlin pour y faire leurs réflexions et travailler un peu leur piano avec Hans. Peut-être finiront-elles par bien s'arranger, car elles ne manquent ni d'esprit ni de perspicacité.

Bussenius publiera dans quelques jours une Biographie de Wagner que je vous enverrai avec la mienne qui a paru dans le même format. Cela vous remettra sur la voie de quelques-unes de mes conversations de Weymar. L'autre soir j'ai abondamment et doucement pleuré en regardant un merveilleux arc-en-ciel qui m'a suivi du Carlsplatz jusqu'au coin de la Erfurter Strasse.

Impossible de vous écrire davantage aujourd'hui — je suis trop souvent interrompu par vingt gens au moins — mais je vous reparlerai un jour tout au long de cet arc-en-ciel qui correspond à un moment unique dans ma vie — rappelez-le-moi quand nous nous reverrons.

30 Août.

25.

Mardi 11 Sept. 55.

Je ne puis hélas! que vous écrire des choses indifférentes; mais peut-être ne vous est-il pas indifférent que je vous les écrive. Il faut supporter ce qu'on ne peut ni empêcher ni changer — et je souffre incessamment de ne pouvoir alléger le lourd fardeau que vous avez à porter! Quelle issue entrevoir à votre malheureuse situation? Mon cœur se serre dans un navrement inexprimable à la pensée des mauvaises chances qui vous circonviennent. »Espère pourtant, enfant!« — cette lutte avec le sort est la trempe des nobles caractères; la voie des adversités peut nous conduire au royaume du Ciel, si nous savons résister à nos défaillances et nous affermir dans la douceur et l'humilité du cœur que le Christ nous a révelées.

Vous me parlez de votre projet de donner des leçons. Serait-ce à Bruxelles? — En ce cas, je vous engagerai d'aller trouver Mme Pleyel [1]) de ma part et de lui parler sans réticence de votre position. Elle pourrait vous être utile, vous recommander à Fétis [2]) — et si vous désirez, je vous enverrai quelques lignes pour ce dernier comme aussi pour Mme Pleyel. Je vous ai suffisamment parlé de Mme Pleyel, pour être dispensé d'entrer dans plus de détails à son sujet. Je me tiens seulement à ce qui est l'essentiel pour le moment, et me persuade qu'elle ne me refusera pas une preuve d'amitié qui contribuerait à vous tirer un peu d'embarras. Réfléchissez-y et parlez-m'en dans votre prochaine lettre.

Mes filles sont maintenant établies à Berlin chez Mme de Bülow. Hans leur fera travailler le piano, et selon toute apparence elles arriveront assez promptement à un très joli degré de talent, car elles sont déjà assez avancées, et ont beaucoup entendu de bonne musique. L'aînée n'a positivement voulu d'aucun des trois partis (très sortables et qui me convenaient parfaitement) qui lui ont été proposés. On verra si de nouveaux candidats rencontreront plus de chances. L'une et l'autre ont beaucoup d'esprit — et nonobstant une certaine *vaguerie* d'imagination et de sensibilité, ce sont de bonnes et droites natures. Quant à mon fils, il s'annonce à merveille; il a de la candeur sans manquer de fermeté, et il est à présumer qu'il maintiendra un assez harmonieux équilibre dans le développement de ses facultés — peu ordinaires d'ailleurs.

Il y a très longtemps que je n'ai lu la légende de Hugo et vous savez que je jouis d'une détestable mémoire. Quand vous trouverez quelque chose qui vous plaît vous me ferez plaisir de m'en parler avec plus de détail, comme vous avez

1) Ausgezeichnete Pianistin und Gattin des bekannten Clavierfabrikanten, damals Lehrerin am Brüsseler Conservatorium.

2) Der berühmte belgische Musikgelehrte und Director des Brüsseler Conservatoriums (1784—1871), Verfasser der »Biographie universelle des musiciens« etc.

fait pour le Dante par exemple. Je n'ai plus guère le temps ni de lire ni même *de relire*, comme disait Mr Royer Collard[1]) à V. Hugo (prétendant ne pas connaître les ouvrages de l'illustre chef de l'école romantique) quand celui-ci vint lui demander sa voix lors de sa présentation au fauteuil académique. »Je ne lis plus, je ne fais que relire« est, si je ne me trompe, la version exacte de la réponse de Mr Royer Collard. Si donc vous voulez pour votre bonne part contribuer à me préserver de l'hébètement dans lequel je risque d'être plongé par mes ennuis quotidiens et par mon travail de composition qui m'absorbe d'année en année davantage, vous ferez une bonne œuvre dont je vous serai reconnaissant.

La Princesse ne reviendra ici que vers le 24 Septembre. Je comptais profiter de ce mois pour écrire plusieurs choses qui encombrent ma tête — mais mon temps a été tellement pris par mes enfants, et tant d'autres obligations accessoires sont venues à la traverse que je n'ai littéralement rien fait — ce qui m'est insupportable.[2])

26.

22 Sept. 55. Weymar.

Si la certitude de trouver dans un autre cœur du moins un écho à toutes vos souffrances vous est de quelque douceur, croyez bien qu'elle ne sera jamais troublée! — Je m'interdis toute parole oiseuse à ce sujet, car d'une part je ne sais pas dire certaines choses comme j'en aurais besoin, et de l'autre je me suis fait une habitude de ne parler *d'abondance* de cœur qu'en musique qui est comme ma langue maternelle.

. —. En Décembre probablement j'irai pour une dizaine de jours à Berlin où j'aurai à diriger le cinquième des 6 concerts de »l'Orchester-Verein«, dont je vous joins le programme général. J'y ferai exécuter deux de mes Poëmes symphoniques, le Psaume 13, et Hans jouera mon Concerto

---

1) Französischer Schriftsteller.
2) Der Schluss des Briefes fehlt.

de Piano. En Octobre j'aurai une commission analogue à remplir à Brunswik — et pour Noël j'irai trouver Wagner à Zürich, si d'ici là il ne se présente pas quelqu'obstacle majeur à ce voyage.

Votre idée de Stuttgart me paraît excellente et je ne sais pourquoi j'ai plus d'espoir qu'elle tourne à bien que les précédentes. Quand il y aura un résultat, informez-m'en de suite.

Pour ma part je n'ai jamais imaginé que les circonstances vous obligeraient à vous frayer une carrière de professeur de piano — et même aujourd'hui cela ne m'entre guère dans l'esprit. Si pourtant il devait en être ainsi, il y aurait bien à réfléchir si vous n'auriez pas plus d'avantage à choisir une autre ville que Bruxelles — à défaut de Paris (où il y a plusieurs points d'interrogations) peut-être Berlin, ou même Hambourg vous offriraient d'assez bonnes chances, ce me semble. — Quoi que vous décidiez j'ai confiance dans votre *bon sens* qui est un des charmes de votre esprit et de votre caractère.

La Princesse se plaît beaucoup à Paris et ne reviendra que dans une huitaine de jours. J'ai très mal employé tout ce mois à m'occuper d'une quantité des choses auxquelles je ne devrais avoir rien à faire. Si du moins il me réussissait d'être bon à quelque chose ou à quelqu'un! — Cela me compenserait d'être mauvais et ennuyeux à moi-même! —

Avant de me mettre à mon Dante, il faut que j'écrive deux morceaux pour orgue qui me prendront assez de temps. Mercredi prochain Sach Winterberger[1]) jouera ma Fantaisie et Fugue sur le Choral du *Prophète* à Merseburg pour l'inauguration d'un orgue magnifique (qui a coûté près de 10 000 Thalers) et sur lequel ce morceau fait un effet prodigieux. Cela m'a donné l'idée d'écrire deux autres morceaux du même calibre. Je vous en écrirai. Kaulbach devant venir ici en Octobre, je tiens à ne pas tarder avec ma »*Hunnenschlacht*«

1) Schüler Liszt's, vortrefflicher Clavier- und Orgelvirtuos (geb. 1834), lebt als Componist seit Jahren in Leipzig.

(qui fera suite de mes Poëmes symphoniques et une sorte de pendant au ‚*Mazeppa*') — de sorte que le *Dante* sera ma besogne d'hiver.

Fasse le ciel que vous sortiez bientôt de votre purgatoire de Bruxelles, où ma pensée vous visite si souvent.

Embrassez Mr George pour moi et soyez bien raffermie dans le sentiment inaltérable que vous garde F. L.

Mes filles se plaisent suffisamment à Berlin et s'harmonient parfaitement avec Mme de Bülow.

Par la même poste je vous envoie le petit volume de Bussenius.

27.

Mardi 25 Sept.

Voici quelques mots pour Mme P[leyel]; vous ajouterez verbalement le reste. L'autre *lettre* avec le *contenu* vous sera envoyée après-demain (par la poste de Jeudi soir); ce n'est pas sans quelqu'embarras que je suis parvenu à me la procurer.

Si comme il est probable vous vous décidez à rester à Bruxelles et à y donner des leçons, je pourrai vous faire parvenir dans le courant d'Octobre deux ou trois lettres de recommandation qui vous serviront.

Ecrivez-moi un petit compte-rendu de votre visite à Mme P.; je ne demanderai les autres lettres qu'après avoir été informé par vous sur la détermination que vous prendrez.

Que votre bon ange vous conduise!

28.

7 Octobre 55.

Je voudrais pour votre retour de St[uttgart] inventer un proverbe »Mêmes gilets, mêmes sentiments« — et en l'honneur de S. M. W. remettrai ce matin le gilet rouge que vous prétendiez être exactement pareil au sien.

Mme Pleyel a donné un concert à Paris, il y a une dizaine de jours, dans lequel elle a produit sa fille comme cantatrice, et joué pour son propre compte toute sorte de morceaux, entre autres aussi »les Patineurs«[1]) qui ont été bissés deux fois.

Je garde encore quelques doutes sur votre établissement à Bruxelles, en qualité de professeur. Si pourtant vous finissez par vous décider à prendre ce parti, je vous engage à le maintenir durant quelque temps — et je tâcherai *poco a poco* de vous trouver quelques recommandations utiles. Fétis doit venir à Weymar à Pâques pour y produire ses Concerts historiques, et à ce moment il me sera assez aisé de lui parler mieux de vous que *d'autres* ne le feront en attendant. Litolff[2]) aussi est personnellement lié avec une fraction de l'aristocratie belge — et je lui demanderai une ou deux lettres en votre honneur quand je le reverrai à Brunswik où j'irai d'aujourd'hui en huit. Le concert que je dois y diriger est fixé au 18 courant et il faut que je sois là 3 ou 4 jours avant pour les répétitions.

Si pas avant, écrivez-moi *poste restante* Brunswik de façon que votre lettre m'y trouve entre le 15 et le 18.

La Princesse est de retour depuis avant-hier — et je n'ai pas le temps de vous écrire plus au long.

A. A.

29.

Brunswik, 19 Octobre 55.

Enfin voilà une bonne nouvelle — et mon nouvel art de divination à l'aide de *gilets rouges* ne m'avait pas trompé. Ce certain gilet va être particulièrement élevé en faveur et en dignité par cette heureuse coïncidence.

Selon vos instructions je vous ai écrit quelques mots poste restante Cologne, qui vous prévenaient de mon excursion à

1) Aus dem »Propheten«, von Liszt bearbeitet.

2) Der geniale Pianist und Componist (1818—1891), der zu jener Zeit als Musikverleger in Braunschweig lebte, als welcher er die bekannte Collection Litolff begründete.

Brunswik, où je viens de passer quatre ou 5 jours. Ci-joint un programme du concert que j'ai dirigé hier soir et qui en somme m'a donné quelque satisfaction par la remarquable exécution de la chapelle et ses bonnes dispositions à mon égard — dont je prendrai peut-être occasion plus tard de tirer profit plus au long. La musique devient tellement ma seconde nature qu'elle fait quasi disparaître la première. — Dans le courant de cet hiver j'aurai plusieurs courses de propagande à faire — à Berlin d'abord, où je ferai exécuter cinq de mes morceaux (au commencement de Décembre) à un des concerts de l'*Orchester-Verein* de Stern — puis à Leipzig etc.

Mais parlons de vous. Avez-vous décidément choisi Bruxelles pour votre nouvel établissement et maintenez-vous votre détermination professorale? — S'il en est ainsi je demanderai à Litolff de me donner une lettre de recommandation en votre honneur pour Mme Prisse. Je l'ai connue avant son mariage à Gand et revue un instant à Bruxelles il y a dix-huit mois. Elle joue très joliment du piano et s'occupe de musique avec passion. Son mari est officier d'ordonnance ou aide-de-camp du Roi et parfaitement en position de vous servir. Ecrivez-moi si vous conservez votre nom de Weymar ou si vous reprenez celui de votre père. Il est très possible aussi que Mme Kalergi passe quelques mois à Bruxelles et je ne manquerai pas de vous recommander de nouveau à elle quand je la verrai, ce qui sera probablement avant la fin de l'année.

Votre dialogue avec S. M. W. est charmant et je vous remercie de prendre ainsi courageusement fait et cause pour la *Zukunfts-Musik*. Elle vous le rend avec usure, je vous le certifie, en ma personne! —

Au moment où je vous écrivais ces lignes Litolff chez lequel je demeure est entré dans ma chambre — et j'ai longuement parlé de vous avec lui.

Voici ce dont je suis convenu avec lui. Dans le cas que vous restiez à Bruxelles *écrivez-lui* en français sans retard quelques lignes (à l'adresse de Brunswik), pour lui dire que je vous ai informée de son obligeant empressement à vous envoyer quelques recommandations comme professeur de piano à Bruxelles. Je suis persuadé que ces lettres pourront vous être utiles. Comme c'est un homme de cœur, parlez-lui un peu affectueusement — donnez-lui votre adresse — et rendez-moi compte du résultat subséquent. A. A.

30.

30 Oct. 55.

Combien longtemps depuis que je ne vous ai écrit! — A mon retour de Brunswik j'ai trouvé ici quelques lignes de vous, par lesquelles vous me faites part de vos ajournements du professorat. J'y souscris bien volontiers et quand cette question se posera de nouveau, vous engage encore une fois à bien réfléchir si d'autres villes que Bruxelles ne vous offriraient pas de beaucoup meilleures chances, comme je suis tenté de le croire. Ce nonobstant vous me ferez plaisir d'écrire sans retard quelques mots aimables à Litolff, qui a été plein de prévenance et de bons procédés en cette circonstance, et pourrait en cas de besoin vous être assez utile à *Bruxelles*, où ses relations avec plusieurs personnes influentes de la société sont bien établies. Si par hasard vous finissiez par y demeurer quelque temps, ce à quoi je ne voudrais pas prendre la responsabilité de vous engager particulièrement, je vous engage aussi d'écrire deux mots au Marquis de Ferrières Levager à Stuttgart qui pourrait vous donner quelques lettres pour la légation de France d'abord. (Le Comte Lallemand y est 1r Secrétaire et vous trouveriez en lui un homme parfaitement distingué, zélé catholique d'une assez rare instruction, et presque de mes amis.) Mais à vue de pays je crois entièrement comme vous que Londres, Paris — ou même Berlin, si ce n'est Stuttgart, vous vaudrait beaucoup mieux. Martha Sabinin retourne dans cette dernière ville, où un de ses cousins occupe auprès de la Gde Duchesse Olga la même position que son père ici auprès de Mme la Gde Duchesse douairière. Elle a déjà été parfaitement accueillie par la Gde Duchesse Olga, et il ne serait pas impossible qu'elle ne finisse par s'établir à Stuttgart; — mais cette expectative est encore une sorte de secret, et je ne vous en parle qu'en confidence. Vous pourriez lui écrire dans le courant de cette semaine pour lui donner de vos nouvelles, lesquelles, grâce au Ciel et à votre intelligence, sont assez bonnes pour le quart d'heure.

Je vous enverrai par la poste de demain un exemplaire imprimé du »Festspiel«, intitulé »Des Meisters Walten«[1]) qui a été représenté avec un énorme succès à l'Altenburg le jour de ma fête, le 22 Octobre, et qui doit nécessairement faire partie de votre petit musée dont vous me parlez. Ce »Festspiel« est l'événement de la semaine à Weymar, et la Cour et la ville en retentissent. Le soir de la représentation il y avait une centaine d'invités à la maison — et mon absence de Brunswik a parfaitement servi pour garder le mystère des répétitions et préparatifs.

En même temps vous recevrez aussi une pièce de vers de notre ami Cornelius qui a été imprimée en l'honneur du »Neu Weymar Verein« où elle a été d'abord produite à un souper splendide que ces Messieurs m'ont arrangé pour le lendemain de ma fête, comme »Nachfeier«.

La date de mon voyage à Berlin n'est pas encore fixée — mais je suppose que je partirai d'ici les derniers jours de Novembre et que le concert de Stern que je dirigerai aura lieu dans la première semaine de Décembre. Je compte passer de dix à douze jours à Berlin, et vous écrirai aussitôt que j'aurai reçu des nouvelles positives de Stern. Vers Noël j'irai à Zürich — et peut-être à mon retour m'arrêterai-je 24 heures à Stuttgart, pour y faire l'emplette d'un petit orgue de Schiedmayer dont j'ai besoin pour notre théâtre. Cette fabrique d'orgues ou plutôt d'harmoniums (à l'instar de celle d'Alexandre à Paris) est très recommandable; les instruments sont très bien construits et à bon compte. .—.

Que Dieu vous garde et vous conduise!

---

1) Von Gustav Steinacker.

31.

22 Décembre 55.

Vous connaissez ce Lied de Schubert? — Il fait pendant à notre mesure de l'Etude de Chopin, que *vulgairement* on écrirait ainsi:

ce qui pourtant ne serait pas cela du tout, car cette mesure (comme d'autres choses de plus longue durée) n'a sa véritable valeur que par ce qui précède et ce qui suit.

Merci de vos bonnes lignes de Stuttgart qui m'ont fait un extrême plaisir.

Je ne suis presque pas sorti depuis votre départ[2], et passe mon temps à répondre à toute sorte de lettres, et quand je puis gagner une heure de liberté, à préparer une 2de édition de mes Lieder dont les 6 premiers paraîtront assez

---

1) As-dur-Etude, Nr. 10 aus op. 10.
2) Die Adressatin war inzwischen wieder in Weimar gewesen.

prochainement chez Schlesinger à Berlin. Il s'y trouve entre autres un: »Freudvoll und leidvoll, gedankenvoll sein« — et le »Fichtenbaum« de Heine:

»Er träumt von einer Palme,
Die fern im Morgenland
Einsam und schweigend trauert
An brennender Felsenwand!«

Hier il y avait un petit concert dans les appartements de Mme la G[de] Duchesse. Aux diverses questions qui m'ont été faites, »si j'avais été *content* de mon séjour à Berlin«, je réponds toujours: »Suffisamment! très suffisamment!« Quelqu'un me disait, en fait de nouveauté, que je revenais couvert de lauriers. »En salade — et mêlés de chardons«, lui répondis-je [1]). J'ai aussi cité la *Xénie* de Gœthe:

»Sollen dich die Dohlen nicht umschrein,
Musst nicht Knopf auf dem Kirchthurm sein!«

Et aussi:

»Ich hätte 's gern euch recht gemacht,
Es wäre aber nichts geworden.«

Du reste il paraît qu'on est convenu d'admettre mon concert de Berlin comme un grand succès — et on m'assure que la *Kreuzzeitung* a fait en dernier lieu un article dans ce sens, que je n'ai pas encore lu.

Mon voyage à Vienne est maintenant décidé et je vous informerai des circonstances accessoires en attendant que je puisse vous écrire.

Ici tout est resté sur le même pied. Notre club du *Neu-Weymar* continue son petit train comme devant, et notre séance de Lundi, qui devait être très orageuse n'a amené aucun trouble sensible. De la Wilhelmstrasse [2]) il ne m'est parvenu aucune nouvelle. En fait d'étrangers nous possédons maintenant Mr Tausig (père) de Varsovie, et le Comte Kamienski (neveu de la Princesse) dont je vous ai déjà parlé et qui est tout à fait un charmant garçon, plein d'esprit et de

---

1) Liszt's Compositionen hatten in Berlin einen Misserfolg erlebt.
2) Wohnung von Liszt's Töchtern in Berlin.

moyens. Il prétend que sa cousine H. avait quelques visées sur Mr Hans — mais cela me paraît une pure médisance.

Berlioz s'est annoncé pour le commencement de Février. Le *Cellini* sera représenté le 16, et le 17 il dirigera de nouveau un concert de Cour que je lui arrangerai. Quelques jours après Johanna Wagner donnera ses trois représentations.

Quand vous aurez une demi-heure de libre, écrivez une lettre intéressante à la Princesse.

Encore merci de votre lettre — et ne tardez pas trop à me récrire.

32.

2 Janvier 56.

Voici une version musicale du Lied que vous me citez: »Anfangs wollt' ich fast verzagen«[1]. Je l'ai écrite pour vous hier. C'est une manière de correspondance qui m'est plus naturelle avec vous que toute autre. Si l'abondance des *ff* ne vous moleste pas, vous jouerez tout à fait à mon gré cet opuscule — et le chanterez même de la voix de l'âme.

Votre lettre à la Princesse est à merveille et nous nous sommes fort divertis de la maxime: »Quand les gouverneurs font ce qu'ils doivent, les gouvernés ne font pas ce qu'ils veulent.«

De la Wilhelmstrasse on m'a écrit deux lettres pleines d'expression de cœur sur notre revoir de l'année écoulée.

Ici rien de nouveau n'est survenu. Dans une dizaine de jours je vous écrirai plus au long.

Il est possible que je parte d'ici le 10 ou 11 de ce mois.

33.

Berlin, hôtel Brandenburg, 8 Janv. 56.

.—. On m'apporte une lettre de Weymar — ce sont quelques mots d'une tendresse et d'amour infinis. —

J'étais venu ici hier sur l'invitation de Mr de Hülsen pour

1) Gesammelte Lieder, Heft III. Leipzig, Kahnt.

assister à la première représentation du *Tannhäuser* qui a eu lieu hier soir. L'exécution était satisfaisante dans son ensemble, et la mise en scène admirable. Gropius a fait vraiment des œuvres d'art de ses décorations de la grotte de Vénus, comme du paysage de la Wartburg, et la salle de la Wartburg a été copiée avec une complète exactitude d'après l'ordre du Roi sur les plans de la restauration actuelle avec tous les drapeaux historiques, appartenant aux familles et aux contrées, telle enfin que nous la verrons l'année prochaine sur les lieux. On a fait une dépense de 800 écus pour les sièges seulement destinés aux seigneurs et aux Minnesänger. Je n'ai jamais rien vu de cette noble splendeur. La Wagner[1]) était superbe comme Elisabeth — une sainte divinement vaincue par l'amour! — Le public sans comprendre tout ce dont il s'agissait a pourtant senti confusément que cela devait être beau et grand. On a beaucoup applaudi et la queue d'opposition qui ne pouvait faire défaut servira plus tard de zéro au chiffre du succès. J'envoie une dépêche télégraphique à Wagner: »Vortreffliche Vorstellung, wundervolle Inscenirung, entschiedener Beifall. Glück zu!«[2])

Samedi soir je pars pour Vienne où j'arriverai Lundi ou Mardi matin. Adressez Poste restante, Vienne.

Puisque vous vous occupez de politique, lisez les »30 Lettres d'un Véteran russe de l'année 1812«, publiées par Ostavief ou of (un volume in-8°) — c'est ce que je connais de plus distingué dans le sens russe. L'auteur en est le Prince Wassinski (père du Secrétaire de la Légation de Carlsruhe) qui me portait beaucoup de bienveillance autrefois — et que j'ai revu encore assez dernièrement à Weymar. Il avait fait durant mon séjour à Pétersbourg un charmant quatrain russe sur mon nom qui signifie *feuille* en russe. Que Dieu me donne la force d'y inscrire ma foi, mon espoir et mon amour! —'

.—. Nous célébrons aujourd'hui le 26me anniversaire de

---

1) Johanna Wagner, Richard Wagner's Nichte.
2) Siehe »Briefwechsel zwischen Wagner und Liszt.« II. Nr. 208.

la naissance de Mr Hans, et j'ai invité une douzaine de personnes à cet effet. Probablement je serai obligé de rester jusqu'à demain soir, car le Comte R[edern] vient de me dire que S[a] M[ajesté] était dans la gracieuse intention de me recevoir demain; ce dont je ne puis lui être que très reconnaissant. A. A.

34.

Vienne, 18 Janvier 1856. (Kaiserin von Oesterreich.)

. —. Je crois vous avoir dit dans mes lignes de Berlin que j'ai dû y prolonger mon séjour de 48 heures pour me rendre à la gracieuse invitation du Roi qui dans cette circonstance a été de nouveau d'une parfaite amabilité pour moi. Le surlendemain de la 1re représentation du *Tannhäuser* (Mardi 8 Janvier) il y avait un grand concert au château (im *weissen Saal*, avec plus de 2000 bougies, et de 1200 à 1500 invités) auquel j'ai assisté comme spectateur, sans participer au programme.

Entre autres morceaux on y a exécuté une Ouverture du Comte Redern, le Finale de *Loreley* de Mendelssohn, et Taubert a joué fort médiocrement le 1^{r} morceau du Concerto en mi^{b} de Beethoven. Entre les deux parties du concert S. M. m'a fait l'honneur de s'entretenir quelques minutes avec moi et m'a complimenté de la manière la plus spirituellement affable sur mon *Tasse* dans lequel il a en particulier relevé la *scène de Cour*. L'occasion donnée je dis au Roi que mon intention était de revenir assez prochainement à Berlin; »car après avoir passablement travaillé ces 3 dernières années il m'importerait de *volatiliser* un peu mes produits«. »Je comprends«, me répondit-il avec un à propos frappant, »il vous faut maintenant des *cheminées*« — et cet entretien m'est une assurance que le Roi daignera me continuer les bontés qu'il a toujours eues pour moi et dont je lui suis resté, comme vous savez, très sincèrement reconnaissant.

La veille de mon départ mes deux filles sont venues me trouver à l'improviste à l'hôtel Brandenburg pour me demander avec beaucoup d'insistance de les emmener à Weymar pour un jour ou deux. Je me suis rendu à leurs prières et les ai conduites à Weymar, où elles devaient rester jusqu'à la fin de cette semaine pour retourner à Berlin avec Mme de Bülow qui est venue les chercher avant-hier après avoir fait une visite à sa sœur Mme Frege à Leipzig. La Princesse a été fort surprise de cette démonstration tout à fait inattendue et les a accueillies avec toute l'affection vraiment *maternelle* qu'elle n'a cessé de leur porter. .—.

Sur toutes les questions qui tiennent aux intérêts et aux calculs de ce monde je suis d'un *indifférentisme* absolu — et à cet égard le mot de la princesse Belgiojoso »vous vivez comme si vous étiez immortel«, est parfaitement juste. Mais comme jusqu'à présent cette méthode ne m'a pas plus mal réussi qu'à d'autres la méthode contraire, je me tiens à la mienne comme à la plus naturelle et la moins sujette à des inconvénients subséquents.

A mon retour à Weymar j'y ai trouvé Dawison. C'est un *grand artiste* et il y a de l'affinité entre sa virtuosité et la mienne. Il crée en reproduisant. Sa conception du rôle de Hamlet est tout à fait neuve. Il ne le prend pas comme un songe creux, succombant sous le poids de sa mission, ainsi qu'on est convenu de l'envisager depuis la théorie de Goethe (dans Wilhelm Meister), mais bien comme un prince intelligent, entreprenant, à hautes visées politiques, qui *attend* le moment propice pour accomplir sa vengeance et toucher à la fois au but de son ambition en se faisant couronner à la place de son oncle. Ce dernier résultat ne pouvait évidemment pas être atteint dans les 24 heures — et les prévisions ménagées par Shakespeare au rôle de Hamlet, ses intelligences et négociations avec l'Angleterre, clairement dénoncées à la fin du drame, justifient pleinement, à mon sens, la conception de Dawison, n'en déplaise à Mr de Goethe et aux esthétiqueurs de la routine. Du même coup Dawison tranche aussi très affirmativement la question de savoir si Hamlet aime ou n'aime pas Ophélia. Oui, Ophélia est aimée; seulement Hamlet, comme tout caractère exceptionnel, exige d'elle impérieusement le *vin* de l'amour, et ne se contente pas du *petit lait. Il veut en être compris, sans se soumettre à l'obligation de s'expliquer.* De cette façon c'est Ophélia qui correspond à la notion généralement répandue du caractère de Hamlet; c'est elle qui est écrasée sous sa mission par son impuissance d'aimer Hamlet comme il *lui faut* être aimé, et sa folie n'est que le *decrescendo* d'un sentiment dont l'inconsistance ne lui permet pas de se maintenir dans la région de Hamlet.

Voici deux jours que je campe à l'hôtel de la »Kaiserin von Oesterreich« où mes chambres sont encombrées de visiteurs depuis 9 heures du matin. Les 2 grands concerts que je dois diriger auront lieu le 27 et 28. Je repartirai le lendemain pour Weymar. Malgré mon antipathie contre la photographie je remplirai votre commission et vous enverrai un Mr Blanc en *gris*. Si l'image se ressent un peu de l'humeur *noire* qui lui est habituelle — la ressemblance n'y perdra pas.

Restez-moi douce, bonne et entière telle que j'ai la faiblesse de vouloir que vous soyez pour moi, et devinez le reste selon votre habitude. Si vous en avez le temps écrivez-moi plus souvent maintenant. On me trouve ici (contrairement à Berlin) très bonne mine, mais je me sens plein d'ennuis et de fatigue — mais vous n'aurez pas à vous plaindre de moi! A. A.

35.

Prague, 3 Février 56.

Vos lignes de Cologne me sont parvenues quelques heures avant mon départ de Vienne. Pardonnez-moi de ne pas vous avoir écrit plus tôt; ce n'est certes pas faute de penser à vous! Du matin au soir et jusqu'assez avant dans la nuit toutes mes heures étaient prises et dépecées par une masse de visites à recevoir, de musique à entendre, de politesses à remplir, d'ennuis à subir, sans compter la série obligatoire des dîners et soupers. En somme ce séjour de Vienne, tout en me fatigant beaucoup, m'a, je crois, assez bien réussi. Nonobstant les »*bons*« services que quelques-uns de mes très honorés collègues ont cherché à me rendre, les deux concerts du 27 et 28 Janvier dont se composait la *Mozart-Feier* ont eu le *plus complet* succès, et les éloges officiels qui m'en ont été faits expriment parfaitement l'impression générale. Le Bourgmestre, la Municipalité et le Fest-Comité se sont conduits on ne peut mieux à mon égard — et je rapporte (pour enrichir l'armoire du cabinet vert de l'Altenburg) un bâton de mesure avec cette inscription: *Die Stadt Wien dem Dirigenten der Mozart-Feier*« etc., et la couronne de laurier qui ornait le buste colossal de Mozart durant l'exécution des deux concerts, laquelle m'a été remise par le Bourgmestre et le Président du Comité. La grande salle de la Redoute fraîchement décorée et splendidement illuminée avait un très bel aspect. Plusieurs jours à l'avance il était impossible de se procurer des billets. Leurs Majestés l'Empereur et l'Impératrice y assistaient et l'ensemble de l'exécution musicale par un personnel de plus de 500 était très satisfaisant. Je vous enverrai de Weymar (où j'arriverai après-demain soir) quelques comptes-rendus imprimés avec l'article que j'ai publié à mon arrivée à Vienne sur cette fête, qui me sert de préparation à la solennité de Gran, et de *transition* générale à ma position d'à présent. Quoique très fort partisan de ce qu'on se plaît à nommer »Zukunfts-Musik« je n'entends pas tout à fait que nous devions être ajournés aux calendes grecques!

Avant mon départ j'ai fait une visite à Mr de Bach[1]) qui m'a reçu avec une bienveillance *marquée* — et probablement à mon retour à Vienne (lors de mon voyage à Gran) j'aurai occasion de le revoir plusieurs fois. Il a la trempe et les allures d'intelligence appropriée à notre époque, et autant que j'en puis juger, à la distance où je me trouve placé, il sait maintenir le véritable sens du gouvernement même à travers les expédients de transition, ce qui est le fait d'une grande capacité politique. D'après ce qui m'a été dit il prend un intérêt *effectif* aux choses d'intelligence — et je conserve de

---

1) Damals österreichischer Minister des Innern.

cette demi-heure d'entretien avec lui une haute opinion de sa sagacité et de son coup d'œil.

J'ai revu aussi le Prince M[etternich]; mais à mon regret n'ai pu me rendre à son invitation pour dîner, car il y avait le même jour le dîner que le Bourgmestre donnait au *Fest-Comité* (et si je ne me trompe à moi en particulier), auquel j'étais obligé d'assister d'office. Le Prince est parfaitement conservé et maintenant son *statu quo* même après les dérangements qu'a éprouvés celui de l'Europe, s'occupant toujours avec une souveraine lucidité de toutes choses, sans en excepter celles »dont d'autres ne s'occupent pas«, comme il me le disait à propos des Mémoires de Mme Sand, qu'il m'a assuré avoir lu depuis la première ligne jusqu'à la dernière. Il m'a raconté aussi une anecdote assez curieuse sur *l'Ouverture* de *Sémiramide*[1]) composée presque dans son salon, lors du Congrès de Vérone, en réminiscence du »Volkslied: *Freut euch des Lebens*«, qu'un officier avait chanté devant Rossini sur la demande du Prince qui affectionnait particulièrement cette mélodie comme souvenir de jeunesse, à peu près comme Mme la Duchesse d'Angoulême celle de ce vieil air:

»Le premier pas se fait sans qu'on y pense,
Craint-on jamais ce qu'on ne connaît pas?«

Puisque me voilà en train de chansons et de vieux airs, je vous dirai que j'ai fait la connaissance d'une jeune femme charmante, la Comtesse Nako, qui joue les airs bohémiens (Zigeuner-Weisen) d'une manière ravissante, avec la passion et le génie qui leur sont propres. Elle entretient aussi à ses frais une petite troupe d'artistes bohémiens (dans le Banat) qu'elle a produite dernièrement à Meyerbeer; lors de mon arrivée ils étaient déjà repartis, mais je n'ai pas eu lieu de les regretter, car à elle seule Mme Nako vaut une légion de Zigeuner. En outre elle s'occupe assez sérieusement et non sans succès de peinture, et j'ai vu d'elle plusieurs têtes d'études et portraits (à l'huile) qui m'ont paru bien réussis. En un mot c'est une lionne qui a de plus que ses devancières un

1) Von Rossini.

sens assez prononcé de l'art. Elle a été à Paris l'été dernier (où elle a assez connu Mme Kalergi) et y retournera ce printemps en passant par Bruxelles.

En fait d'anciennes connaissances j'ai revu le Prince et la Princesse Paul Esterhazy (chez lesquels j'ai dîné il y a huit jours), le Prince Fritz Schwarzenberg qui est toujours demeuré un exemplaire à part d'honneur chevaleresque et d'esprit grand seigneurial, le Comte Schlick qu'on a surnommé non sans justesse le *Bayard* de l'armée autrichienne, la Comtesse Banffy (née Baronne de Schilling — Russe) que j'avais revue l'été dernier à Weymar et chez laquelle j'ai retrouvé le Baron Jossika, la Duchesse d'Anerenza, et la Princesse Khevenhüller (la sœur de Felix Lichnowsky) dont la fille est la rose printannière de la mode de cette saison — jeune personne de 16 ans qu'au bal on regarde avant toutes les autres et qui est vraiment très gracieuse.

Dresden, 4 Février.

J'ai été interrompu par la visite d'une ex-jeune personne qu'on regarde aussi avant d'autres — l'une des deux incomparables Baronesses K. ! — J'ai été les voir dans le courant de la journée et me souvenant que vous les aviez connues à Carlsbad, je leur ai demandé de me parler de vous, ce qu'elles ont fait avec les meilleurs éloges de vos charmes, agréments et qualités. Mme Schachten, le G^d^ Duc de Weymar, Lady Villers (chez laquelle vous n'avez mis aucun empressement à faire visite) et le Roi de Grèce ont naturellement figuré dans ce récit de votre séjour à Carlsbad, où vous avez laissé le souvenir d'une femme d'un esprit charmant, aussi élégante au dehors par ses toilettes que réservée de manières et posée de caractère. Je leur ai parlé de vos mois de solitude et d'études de piano à Weymar (en vantant votre talent de pianiste) ainsi que de notre rencontre inopinée à Berlin, mais en leur laissant ignorer votre séjour actuel, quoiqu'elles m'aient assez mis sur la voie en me racontant que déjà à Carlsbad on vous attribuait une partie des mémoires et articles de votre père et que des personnes bien informées assuraient que le personnage au gilet rouge vous avait attachée à son service diplomatique, circonstance que j'ai entièrement ignorée. Il y a aussi à Prague un Mr Fiedler qui vous a vue à Hambourg et leur a parlé de vous.

Après avoir entendu un acte de *Don Juan* je me suis remis en wagon et suis arrivé cette nuit à 4 heures. C'est la seconde nuit que je passe en chemin de fer — et à mon extrême fatigue d'esprit et de cœur se joint une lassitude dans tous les membres qui ne contribue pas à me rendre plus gai. Obligé de m'arrêter ici (où j'ai à arranger un concert pour le mois prochain) et quelques heures à Leipzig, je ne serai de retour à Weymar que dans la soirée de demain — à peu près en même temps que vous reviendrez à Bruxelles.

Je n'ai pas oublié Mr Gris; seulement comme ce n'est que la veille de mon départ de Vienne que j'ai rempli votre commission, l'épreuve vous sera envoyée de Weymar.

Après-demain, Mercredi j'irai à Gotha pour assister au concert de Berlioz. On y exécutera l'*Enfance du Christ* — et je vous écrirai quelques mots en rentrant à l'hôtel de la »Stadt Altenburg«. —

Je n'ai eu de nouvelles des enfants que par la Princesse et vous depuis mon départ de Weymar. Votre opinion sur mes filles s'accorde parfaitement avec la sienne.

Faites mes salutations et amitiés à Mr George.

36.

[Weimar] Lundi, 25 Février 56.

N'ayez pas d'inquiétude sur moi — je vais, me porte et me supporte — »aber fragt mich nur nicht wie!« — en attendant le printemps où j'espère travailler et respirer de nouveau.

Ces derniers quinze jours ont été absorbés par des répétitions (de 5 à 6 heures parfois) de *Cellini* d'abord, représenté pour la fête de la G^de Duchesse (16 Février) — très bien donné et parfaitement accueilli cette fois — et de *Lohengrin* (l'œuvre de ma prédilection) qui a fait hier de nouveau salle comble, malgré tout ce qu'en disent les juges compétents et incompétents. Depuis six heures jusqu'à onze heures du soir, le public a étouffé et admiré — et à la fin de la représentation je me suis permis de dire à S. A. R. la Princesse de Prusse: »Ces sortes d'œuvres peuvent très bien se passer de l'avantage d'amuser les gens.«

Litolff qui a passé trois ou quatre jours chez moi après ses triomphes de Gotha, où il a fait exécuter ses Ouvertures de Robespierre et des Girondins (à la représentation du drame de son ex-ami Griepenkerl »Dantons Tod«) et joué son 4me Concerto symphonique, dédié au Duc de Gotha, a renouvelé l'escapade de Rubinstein l'année dernière, et s'est enfui de Weymar la nuit avant *Lohengrin*, comme Rubinstein avant le concert de *Berlioz*. Quant à ce dernier il a tenu bon cette fois et a écouté Lohengrin d'un bout à l'autre. J'ai résumé à la Princesse en rentrant l'impression que B. a eue de ce merveilleux ouvrage, en lui disant qu'il le tenait dans une estime et affection analogues à celle qu'éprouve *Nélida* pour la Pcesse W.

Jeudi prochain on exécutera *la Damnation de Faust* de Berlioz sous sa direction, et je vous écris ces deux mots du cammerino du théâtre, où je viens de faire répéter les chœurs pour abréger la besogne de Berlioz. Indépendamment de ces ennuis de répétitions et de représentations au théâtre il y a eu trois ou quatre concerts à la Cour depuis mon retour etc. etc.

Dans quelques jours un jeune compositeur de talent, excellent pianiste et de manières parfaitement comme il faut vous portera quelques mots de moi. Il se nomme Mr Lassen[1]), appartient à une famille très aisée de Bruxelles et a obtenu autrefois le premier prix de composition au Conservatoire de Bruxelles, ce qui lui a donné occasion de voyager en Italie et en Allemagne. Il m'a apporté une partition d'opéra qui contient des choses charmantes et tout à fait distinguées.

---

1) Liszt's Nachfolger als Weimar'scher Hofcapellmeister, bekanntlich einer der hervorragendsten Liedercomponisten der Gegenwart, schrieb Musik zu den »Nibelungen«, »Faust« u. A.

Recevez-le bien, comme venant de Weymar — où il avait déjà passé quelques jours autrefois, avant vous.

On ne m'a pas encore envoyé de Vienne la photographie promise; probablement elle aura très mal réussi, car j'ai toujours eu un certain guignon avec les photographes. Je tâcherai pourtant d'aviser à ce qu'un Mr Gris *sortable* vous parvienne.

Pendant une quinzaine de jours encore je ne m'appartiens à aucune heure de la journée — et je n'ai que le temps de vous dire ce que vous avez deviné depuis longtemps et ne changera point. A. A.

37.

Samedi 1 Mars (après l'exécution du Faust de Berlioz).

Mr Lassen, qui vous remettra ces lignes, vient de passer une huitaine de jours à Weymar, où il m'a fait part de son opéra (en 4 actes) qui est un ouvrage écrit d'un bon style et avec bon goût. Permettez-moi, Madame, de vous recommander l'auteur en sa double qualité d'artiste distingué et d'homme comme il faut. Il vous portera des nouvelles fraîches de Weymar, qui, j'espère, continuent d'avoir pour vous quelqu'intérêt, et vous dira combien nous avons tous gardé un excellent souvenir de votre passage ici.

Mille hommages et amitiés. F. Liszt.

38.

Quelle joie m'a fait votre dernière lettre (avec l'extrait du livre de L.[1]), et combien j'aurais voulu vous le dire tout de suite! Hier je suis allé à Jena et comptais vous écrire un peu au long entre le dîner et le concert — mais la répétition s'est prolongée jusque vers 3 heures et à 5 heures il a fallu recommencer. On a du reste très bien exécuté mon Festgesang *»an die Künstler«*, le même qui a eu les honneurs

1) Der Name ist unleserlich.

d'une chute si triomphale à Carlsruhe, il y a deux ans, et qui jouit d'une renommée si exécrable auprès des coryphées enroués, asthmatiques et cacochimes du parti de l'opposition contre la »Zukunfts-Musik«. Ces braves gens ne sauraient s'accommoder d'une expression énergique et austère des strophes de Schiller. »Die Menschheits-Würde« est du chinois pour eux, et ils ne comprennent guère comment il se fait qu'on leur dise sérieusement:

»Erhebet euch mit kühnem Flügel
Hoch über euern Zeitenlauf,
Fern dämmre schon in eurem Spiegel
Das kommende Jahrhundert auf!«

Aussi se sont-ils révoltés, comme atteints d'une morsure sanglante à ces vers:

»Von ihrer Zeit verstossen, flüchte
Die ernste Wahrheit zum Gedichte
Und finde Schutz in der Kamönen Chor
. . . .
Und räche sich mit Siegesklange
An des Verfolgers feigem Ohr! —

La Princesse a comparé ma composition des strophes de Schiller à une des Sibylles de Michel Ange — et en la réentendant hier il m'a semblé modestement que cette comparaison n'était pas absolument dénuée de justesse.

Vous me demandez des nouvelles de mes *Béatitudes* et du *Dante.* Hélas! il se passera bien encore 6 semaines avant que je ne puisse m'y mettre tout de bon. J'ai passablement à faire avec les épreuves de mes Poëmes symphoniques et publierai en sus deux ou trois cahiers de Lieder que je tiens à beaucoup soigner.

Avez-vous vu Lassen? Continuerez-vous de demeurer à Bruxelles et avez-vous trouvé la maison que vous ambitionnez (entre cour et jardin)?

Quand vous aurez une heure de libre allez à l'atelier de Wiertz[1]) sur lequel Lassen vous donnera toute sorte de détails.

1) Der berühmte belgische Historienmaler (1806—1865).

Il paraît que l'individu est tout aussi singulier et extraordinaire que ses œuvres.

Le Vendredi saint j'irai à Leipzig pour entendre la *Passion* de Bach, et le Dimanche de Pâques à Gotha où l'on représente *Tony*, qui est à mon sens l'ouvrage le mieux réussi du Duc. Pour cette fois je tâcherai de gagner une heure pour vous écrire de Gotha — mais n'attendez pas jusque là pour me donner signe de vie. Vos lettres me sont douces et chères, et c'est comme une bonne action que vous faites de songer à moi, car je suis mortellement triste et lassé de toute chose!

11 Mars 56 (à l'Erbprinz). A. A.

Pohl[1]) donne après-demain une petite pièce en un acte »Musikalische Leiden«; si cela ne tombe pas lourdement je vous l'enverrai.

39.

[März oder April 1856.]

Ecrivez-moi ce qui vous occupe et comment vous vous êtes arrangée. Mr de X. est-il à Londres? Pensez-vous venir plus tard à Weymar? — Beurmann que j'ai vu à Francfort m'a assuré que Mr de X. était de la rédaction du Nord, mais je suppose que c'est une espèce de mystère.

Veuillez vous charger de mes amitiés pour Mr George ainsi que de mes meilleurs souvenirs pour Augustine. Lassen m'a fait un peu de chagrin en me disant que vous n'avez pas de piano. Tranquillisez-moi aussi sur l'exactitude de l'adresse que je mets à cette lettre, car je crains les méfaits de la poste.

Priez pour moi et que Dieu vous protège et vous garde!

A. A.

---

1) Richard Pohl, Musikschriftsteller Liszt-Wagner'scher Richtung, damals in Weimar, jetzt in Baden-Baden lebend.

40.

[April 1856.]

Je comptais vous écrire de Gotha où j'étais allé hier pour assister à un concert de Raff qui a fait exécuter plusieurs de ses compositions que vous connaissez assez pour ne plus vous en souvenir beaucoup; mais en revenant du théâtre j'ai été pris d'un sommeil de plomb et je me suis jeté tout habillé sur le lit, songeant à quelque rêve évanoui. A trois heures du matin j'étais de retour ici — et les frissonnements des arbres qui cernent l'Altenburg m'ont redit les fragments épars de ce même rêve.

Ici tout est à peu près comme autrefois. Je me suis remis au travail, et ne bouge presque pas de la maison. La semaine passée il y a eu une assez brillante représentation des *Huguenots* avec Formes, et pour la fête de Mme la Grande Duchesse j'ai fait monter *I due Foscari* de Verdi qui ont charmé cette majorité du public laquelle en tout pays restera toujours très sensible aux platitudes recrépises de sentimentalité, et aux vulgarités enluminées d'un semblant de passion. Ce n'est pas à dire que je trouve cet ouvrage plus mauvais que d'autres qui font partie du répertoire habituel, et je suis fort loin de contester ses mérites relatifs à Verdi, qui est bien en ligne directe l'héritier de Donizetti et même de Bellini; mais toute cette école de composition est en pleine décomposition à mon sens, aussi bien que l'école française représentée par les noms populaires à l'opéra comique, et j'appliquerai volontiers à l'une comme à l'autre le vers de Goethe à propos de la »*Ratt' im Kellernest*«:

»Ha, sie pfeift auf dem letzten Loch,
Als hätt' sie Lieb im Leibe!«

Du ridicule au sublime il peut aussi n'y avoir qu'un pas quand on cause avec vous, Madame. Laissez-moi donc vous parler du cours familier de littérature de Lamartine, et vous engager à lire la première livraison qui vient de paraître. Dans le numéro de la Presse du 10 Avril que je viens de parcourir, il s'en trouve quelques citations qui m'ont paru admirables, comme par exemple: »Je défie Caton lui-même d'avoir eu plus que moi la satiété du temps.«

Je vous recommande aussi comme curiosité les Lettres d'Horace Vernet publiées également par la Presse (8 et 10 Avril). Elles contiennent des mots très surprenants sur l'Empereur Nicolas, dont Vernet dit entre autres: »Il a tout ce qu'il faut pour se faire aimer des gens qui n'ont pas besoin de lui; mais pour peu qu'il ait à exercer sur vous la moindre autorité, c'est l'homme le plus dur que j'ai jamais rencontré. Il est vrai qu'en fait de discipline il lui est impossible d'être autrement. Les Russes de toutes les classes sont tellement enclins à la paresse qu'il n'y a que la crainte qui puisse les maintenir. Quand un Russe ne tremble pas, c'est le plus lâche de tous les hommes.«

Et plus loin:

»Voilà comme tout s'arrange en Russie: on laboure sans savoir ce qu'on récoltera; on accroche des oranges à un sapin et l'on croit avoir des fruits.«

Quand vous aurez un moment de libre donnez-moi de vos nouvelles. A. A.

Nélida[1]) ira à Berlin dans quelques jours.

41.

23 Avril (Cam[erino] d[u] Th[éâtre]).

J'ai toujours les mêmes choses à vous dire par les mêmes silences. Mon cœur se brise et se consume incessamment dans je ne sais quelle attente infinie.

Ces jours derniers j'ai beaucoup travaillé et suis tout près de terminer mon *Enfer*[2]) — mais il faudra que je le fasse essayer pour savoir à peu près à quoi m'en tenir, car il y a tant de *bufera* dans ma tête que je ne m'y reconnais plus.

Hélas non, je n'irai pas au Festival de Dusseldorf cette fois. Le Mardi de la Pentecôte nous aurons un concert d'or-

1) Die Gräfin d'Agoult.
2) Der erste Satz der Dante-Symphonie.

gue à Merseburg pour lequel j'ai écrit une nouvelle Fugue que Winterberger exécutera. Il faudra que j'y assiste et je passerai probablement une couple de jours à Merseburg comme l'année dernière.

Vers la fin de Mai on annonce aussi un Festival musical à Magdeburg et il serait possible que j'y aille. Aussitôt que la date sera fixée je vous en informerai. Si vous n'avez pas d'affaires pressées à ce moment, vous pourriez peut-être venir.

Lundi prochain Johanna Wagner viendra ici et chantera Iphigénie (en Aulide), Orphée et Roméo dans le courant de la semaine. Du reste rien ne se passe ici, pour moi du moins, qui me passe si complètement de ce qui se passe.

Hoffmann [1]) a des projets de Bruxelles qu'il exécutera le mois prochain. Il prétend avoir des recherches à faire à la Bibliothèque, mais de fait j'imagine que c'est pour trouver de meilleur cidre qu'on ne peut s'en procurer ici qu'il se mettra en route, — car, chose incroyable, l'excellent homme s'est pris d'une passion déterminée pour le *cidre*.

Les nouvelles qui me parviennent de Berlin sont bonnes. Hans vient de m'écrire une lettre pleine de cœur pour me demander définitivement Cosima en mariage. Le mariage pourra encore avoir lieu cet automne. . — .

Voilà qu'on vient me chercher — et je continuerai à écrire un autre jour. Ceci est seulement pour vous dire qu'il n'y a rien de changé. A. A.

42.

Merseburg, 12 Mai [56].

Ne vous effrayez pas de ce gros paquet. C'est Mr Blanc devenu plus gris qui fait tout cet embarras! La photographie de Vienne ne m'a pas été envoyée et celle qu'on débite à Weymar me déplaît — j'ai donc pris le parti de faire photographier le médaillon de Rietschel, lequel du reste aura bientôt les honneurs d'une réduction par la galvanoplastique que je tâcherai de vous faire parvenir par une occasion quelconque.

1) Von Fallersleben, der Liszt sehr befreundete Dichter.

Au lieu d'aller à Dusseldorf pour le Musikfest me voici depuis hier soir à Merseburg qui possède un orgue vraiment très remarquable, tel qu'il ne s'en rencontre que très peu de comparables en Europe. De plus le vieux Dôme d'ici est d'une admirable sonorité, et Alex. Winterberger prend tout à fait les allures d'un organiste hors ligne. Il manœuvre des pieds comme d'autres ne savent pas le faire des mains, et cette sécurité dans le maniement du clavier de pédale donne à son jeu une ampleur et un grandiose que je n'ai pas encore rencontré, quoique j'ai entendu les organistes les plus renommés.

Bülow est venu me trouver ici cette nuit et restera jusqu'à après-demain. Comme je vous l'ai écrit, le mariage se fera probablement à la fin de cette année.

Johanna Wagner a fait *furore* à Weymar la semaine dernière — et méritait complètement son succès (très en dehors de nos coutumes locales) dans les rôles d'Orphée et de Clytemnestre de Gluck. Le véritable milieu de son talent de cantatrice et de tragédienne, c'est la déclamation lyrique dont les ouvrages de Gluck nous ont laissé le modèle accompli. Le registre de sa voix ne lui permet malheureusement qu'un très petit nombre de rôles, car elle ne peut guère attaquer simplement et sans précaution préalable les notes indispensables dans presque tous les rôles. De loin en loin elle réussit bien à faire parader en passant un *la* ou un *si*♭ ; mais de fait elle ne dépasse pas commodément le *fa*, et son registre est celui du Contre Alto du *mi* au *mi*  ; mais dans cette octave et demie — du *la* au *mi*  — sa voix est d'un volume et d'une portée admirable. Ses plus beaux rôles sont Orphée, Clytemnestre (dans l'Iphigénie en Aulide), Tancrède, Roméo que je ne puis plus supporter. Cette musique me faisant l'effet nauséabond de la vieille pommade. Au commencement de Juin elle débutera dans l'Orphée à Londres au Théâtre de Sa Majesté que Lumley rouvre cette saison.

Le Musikfest de Magdeburg est annoncé pour le 11 Juin — je vous écrirai encore si je puis y aller. Du reste mes projets d'été sont fort casaniers jusqu'à la mi-Août du moins, où je ferai probablement le voyage de Zürich, et de là me rendrai par Stuttgart et Munich en Hongrie.

Mr de X. rencontrera N. à Kissingen, je suppose que vous avez été *avertie* du voyage du *gilet* à Paris.

La Princesse vous a écrit dernièrement en vous proposant de venir à Weymar. N'éloignez pas tout à fait cette idée, qui pourrait se réaliser plus tard.

Puisque je vous ai tant parlé d'Orphée aujourd'hui j'enveloppe Mr Gris dans une pièce de vers de Pohl, qui vous a peut-être été déjà envoyée lors du 2 Avril. D'autre part le baromètre n'est guère à la louange pour moi et je prévois une assez forte pluie battante de la critique à l'occasion de la publication de mes Poëmes symphoniques dont *6* numéros (Orphée, Mazeppa, Préludes, Tasse, Prométhée, Festklänge) viennent de paraître. C'est le commencement de ma prise de possession d'une carrière, où bon gré mal gré il me faut faire un grand bout de chemin. Dans trois ans la preuve sera fournie. En attendant je patienterai, ne serait-ce que pour justifier le reproche que me faisait la P^cesse^ Belgiojoso »de vivre comme si j'étais immortel«! —

Pour vous, très chère, vous savez que je suis plus *malade* qu'immortel, mais ne me plaignez pas! A. A.

Quand vous aurez un moment écrivez à Martha. Elle vient de donner un concert très brillant dans lequel Johanna Wagner a chanté. Martha s'est très bien tirée du Septuor de Hummel dont la *dimension* fit faire au Comte Beust cette réflexion judicieuse »qu'il fallait que l'auteur ait *consacré toute sa vie* à la confection d'une œuvre de pareille durée«.

Martha à ce même concert a aussi joué les *Préludes* avec Bronsart[1]) et un Nocturne de Chopin. Son père, son frère

1) Liszt's Schüler, der gegenwärtige Generalintendant des Wei-

et une de ses sœurs accompagnent Mme la G^{de} Duchesse Marie Paulowna à Pétersbourg. Ce voyage est fixé à la fin du mois prochain.

43.

»Manibus o date lilia plenis!«

Il m'a été impossible de vous écrire ces huit derniers jours. A Magdeburg il m'a fallu me mêler activement du »Musikfest«, Litolff étant tombé subitement malade. La chose n'en a pas été plus mal pour cela, j'imagine, et je crois même qu'on m'a assez loué pour la direction de la 9me Symphonie qui a marché à merveille avec un chœur de femmes (composé des sociétés de chant de Brunswik et Magdeburg excellentissime, et un orchestre très nombreux etc.) dont une douzaine de membres appartenaient aux notabilités contemporaines. — Quelques heures après (Dimanche) j'étais rappelé à Weymar en l'honneur de S. M. l'Impératrice douairière de Russie, qui a toujours été fort bienveillante pour moi et paraissait aussi s'accommoder cette fois de m'entendre. J'ai donc passé la nuit en chemin de fer pour arriver à temps au Belvedère. Le lendemain il y a eu le Tannhäuser — et depuis je n'ai fait que travailler à la seconde partie de mon *Dante* qui est maintenant terminé dans ma tête, et que j'aurai fini d'écrire à la fin de la semaine.

Cet après-midi je suis venu à Merseburg pour repasser quelques morceaux d'orgue avec Winterberger dont je vous ai déjà parlé. C'est un artiste de premier ordre comme organiste, et il ne tardera pas beaucoup à acquérir la réputation qu'il mérite. Avant de retourner à Weymar, j'ai voulu vous dire bonsoir — et me voici comme stupide de n'avoir rien à vous dire.

marer Hoftheaters, der sich als ausgezeichneter Pianist und feinsinniger Componist in der Oeffentlichkeit einführte.

Wissen Sie, was das heisst? Oui, sans doute; mais moi je ne sais plus, was das *mit mir* heissen soll, tellement la maladie m'envahit le corps et l'âme.

Pardonnez-moi d'être si sot et si monotone dans ma sottise — quelquefois je me figure pourtant qu'il se découvrira un sens à tout cela quelque jour.

Probablement je n'irai pas en Hongrie, mais bien en Suisse vers la mi-Août. Je tâcherai de venir vous faire un bout de visite à ce moment si vous n'êtes pas trop loin.

Ecrivez-moi un peu plus au long si vous pouvez.

Merseburg, 23 Juin 56.

44.

Voici bien des jours que je ne sais rien de vous; n'importe, je devine — et compte sur la réciprocité. Mes projets de voyage restent toujours en suspens, par suite du gâchis qui s'est fait à Gran, à laquelle occasion mes compatriotes se sont du reste admirablement conduits, tellement qu'en Allemagne on n'aurait jamais songé à rien de pareil. Quand cet incident sera parvenu à une conclusion je vous le raconterai in extenso. En attendant je ne sais pas encore si mon voyage aura lieu ou non, et n'aurai de nouvelles décisives à ce sujet qu'à la fin de cette semaine. Les journaux de Pest et de Bude sont *unanimes* pour réclamer *énergiquement* ma présence et l'exécution de ma Messe lors de l'inauguration du Dôme de Gran au 31 Août prochain, et il est présumable qu'on finira par *obtempérer* à un désir qui semble être l'expression d'un

---

1) Der schon früher einmal angeführte Tact aus Chopin's As-dur-Etude, op. 10.

sentiment national. Si tel est le cas je serai du côté de Stuttgart vers le 10 ou 12 Septembre pour me rendre à Zürich, où je devrai aller en tout cas. Seulement si mon voyage de Hongrie manque, j'avancerai le moment de ma visite à Wagner, et d'ici à une dizaine de jours je vous donnerai des nouvelles plus positives.

Mes filles sont ici depuis une semaine. Elles iront prochainement à Paris pour faire leur révérence à leur mère. Elles sont très gentilles, plutôt embellies et assez en bonne veine de *bon sens*. Dans l'acception que *nous* donnons au bon sens, comme la *demeure* des bons sentiments.

Alfred Meissner dont je vous ai parlé vient de publier un volume biographique sur Heine qui se lit agréablement et contient plusieurs choses d'un intérêt attachant. Dans un billet de Heine, daté de Janvier 56 à une amoureuse attardée, il y a ces mots que je vous copie:

»Werde ich dich morgen sehen? Eine weinerliche Stimmung überwältigt mich. Mein Herz gähnt spasmatisch. Diese *bâillements* sind unerträglich. . . .

Tiefster Jammer, dein Name ist H. Heine.«

et quelques semaines avant sa mort il écrivait à la même personne en anglais: »My brain is full of madness and my heart is full of sorrow.«

A propos d'anglais je vous cite encore une drôlerie du »Musical World« qui appelle Johanna Wagner »a sixfoot child with the golden locks«! —

15 Juillet. A. A.

Saluez la statue de Beethoven de ma part!

Ce matin la Presse vous a écrit à l'adresse que vous lui avez donnée dans votre dernière lettre. Faites réclamer sa lettre »*Poste restante Bonn*«.

45.[1])

Mon voyage de Hongrie est officiellement décidé depuis 3 ou 4 jours, et je partirai d'ici Jeudi prochain 7 Août. Veuillez me répondre avant mon départ où j'aurai à vous adresser.

L'inauguration de la cathédrale de Gran aura lieu le 31 Août. Les évêques de Hongrie, plusieurs cardinaux et S. M. l'Empereur avec tout le Ministère etc. y assisteront. — Vous aurez très prochainement de mes nouvelles plus au long, et si par hasard votre séjour du côté de Mannheim se prolongeait, je viendrai vous y voir vers la mi-Septembre à mon retour de Hongrie avant d'aller à Zürich.

Mme de Bülow et Hans sont ici depuis une huitaine de jours et j'ai expédié mes filles à Paris sous la conduite de Mlle Riese (dont vous vous souvenez) qui reviendra, je pense, seule pour sa part après-demain par ici. Mes filles ont passé par Strasbourg et demeureront chez leur *grand*-mère à Paris, attendu que la maman n'a pas de place. .—. La P^cesse et sa fille ont été vraiment *admirables* pour elles.

A la garde de Dieu donc! —

Il y a plus de 12 ans, on autographia sous mon portrait ces vers de Byron:

»Here's a sigh to those who love me,
And a smile to those who hate;
And whatever sky's above me,
Here's a heart for every fate!«

Je sentais déjà alors très pleinement que mon lot et mon partage étaient tout autres que celui des sentiments de famille, de la propriété, de l'établissement etc. etc. — et »*ce n'est pas pour mon plaisir*« que j'entends ou fais de la musique etc. etc. etc.

31 Juillet 56. A. R. A.

Ecrivez-moi de suite en deux mots où je devrai vous adresser ma prochaine lettre. Le 11 Août j'arriverai à Pest.

---

1) Das Autograph dieses Briefes wie der Nrn. 74 und 95 ist im Besitz von Hrn. Alfred Bovet in Valentigney.

46.

Voici une petite vue de *Gran*[1]) qui est depuis des siècles la métropole du catholicisme en Hongrie. La solennité de la consécration de cette basilique aura lieu le 31 courant. L'Empereur et quatre Archiducs arriveront la veille au soir avec une suite de 60 dignitaires et hauts fonctionnaires et quatre cardinaux, sept ou huit archevêques, et une quarantaine d'évêques s'y trouveront réunis. Si vous en êtes curieuse je vous enverrai le récit détaillé de cette grande cérémonie qui d'après le programme durera plus de 6 heures (depuis $7^1/_2$ du matin jusqu'à 2 heures).

Par suite d'une sotte vanité blessée d'un de mes anciens amis qui réclamait pour son œuvre les honneurs de l'exécution à ce jour, celle de ma Messe se trouvait compromise; mais à cette nouvelle il s'est élevé une protestation tellement énergique et unanime dans *tous* les journaux allemands et hongrois de Pest et de Bude, les musiciens et tout ce qui a idée d'un piano, d'un violon ou d'une note de musique, et même beaucoup de ceux qui n'ont fait qu'entendre parler de ces choses ont témoigné d'une manière si éclatante de leur sympathie pour moi que l'opposition (laquelle se trouve réduite à un individu, plus son ombre) qui, il y a 3 semaines, avait réussi à persuader à Son Eminence le Cardinal Archevêque-Prince Primat de Hongrie, que ma Messe durerait *3 heures* et occasionnerait des frais exorbitants, en considération de quoi il avait été décidé qu'on choisirait un autre ouvrage que le mien, — l'opposition, dis-je, a été tellement honnie et conspuée à chaque jour et presqu'à chaque heure pendant deux semaines dans les journaux, les salons, les cafés, au théâtre et à l'Église, qu'elle m'a valu à l'avance un triomphe presque sans exemple. Il est maintenant avéré et hors de conteste que je fais partie intégrante de la fierté nationale, et à mon entrée hier soir dans la loge de l'Intendance au théâtre hongrois, le public m'a applaudi chaleureusement. Il

1) Nämlich eine Abbildung auf dem Briefbogen.

faudrait que je fusse un terrible imbécile pour ne pas faire honneur à une position si exceptionnellement favorable, et malgré quelques difficultés qui ne manqueront pas de se présenter je tâcherai de bien prendre pied et racine. Dans le courant de la semaine j'aurai une demi-douzaine de répétitions à faire, car il faut que j'exerce séparément les solis, le chœur et l'orchestre; car dans les circonstances données je ne pouvais charger personne de me préparer la besogne (aussi ai-je expressément demandé qu'il ne soit pas essayé une note de mon œuvre). De toutes façons je compte sur une belle exécution et une grande impression — le »*sancto spirito*« s'y manifestera! — et probablement on me commandera une nouvelle Messe pour quelque cérémonie analogue.

Votre lettre m'est exactement parvenue une heure avant mon départ de Weymar. Je ne me suis arrêté que quelques heures à Prague et une demi-journée à Vienne. A Prague Dreyschock[1]) m'avait arrangé un dîner avec plusieurs personnes distinguées et qui ont de l'intérêt pour moi. Il n'est pas impossible que je retourne pour quelques jours à Prague; on y a le projet de célébrer à l'imitation de Weymar eine *Wagner-Woche*, en représentant dans la même semaine les 3 opéras de Wagner vers la mi-Septembre. Si ce projet n'est pas reculé je m'y rendrai. Prague occupe une position assez singulière dans les annales de la musique. Après les déboires que Mozart eut à Vienne à l'occasion de ses *Noces de Figaro*, auxquelles les Viennois préféraient je ne sais plus quel ouvrage parfaitement oublié depuis[2]) il rencontra à Prague un chaleureux accueil et de vives sympathies. »C'est pour Prague que j'ai écrit mon Don Juan!« disait-il; c'est là aussi pour le couronnement de l'Empereur qu'il fit représenter pour la première fois sa *Clemenza di Tito*. A ce sujet je vous raconterai une anecdote qui n'a été enregistrée par aucun biographe, mais qui m'a été garantie comme authentique.

---

1) Der als brillanter Claviervirtuos geltende Alexander Dreyschock (1818—1869).

2) Es war »Una cosa rara« von Martin.

Après le premier acte de la »Clemenza di Tito« S. M. quitte le théâtre: le Directeur arrive tout effaré communiquer cette désastreuse nouvelle à Mozart, qui du haut de sa conscience d'homme de génie lui répond à brûle-pourpoint: »Um so besser, da haben wir einen Esel weniger im Theater!« Je suis loin d'approuver de pareils propos; mais parfois ils me reviennent en mémoire quand j'entends des ânes non couronnés trancher sur des choses dont ils n'ont pas la moindre idée.

Durant son voyage en Allemagne dans les années 40 c'est encore à Prague que Berlioz rencontra le plus d'enthousiasme, et voici maintenant qu'une notable partie du public témoigne d'un goût assez élevé pour préférer Lohengrin même au Tannhäuser. C'est donc un phénomène assez curieux à observer de plus près pour quelqu'un de ma sorte.

Hans après avoir passé une douzaine de jours à Weymar a pris le chemin de Baden-Baden où il comptait rester deux ou [trois] semaines (Berlioz y dirigera, je crois, un concert le 16 Août).

Peut-être la fantaisie vous prendra-t-elle de faire un bout de visite à Mlle de Bülow. Vous y trouverez aussi d'autres connaissances de Weymar — comme Mlle Pohl etc. J'ai écrit à Mme Kal[ergi] pour lui recommander très particulièrement Hans, et lui ai demandé de me faire savoir si elle sera à Baden vers le 20 Septembre, en lui annonçant ma visite pour ce moment. Je doute que le Prince G. parvienne à se défaire du *corps diplomatique* composé *d'âmes* subtiles, éthérées et féminines, et je ne suppose même pas qu'il gagnerait quoi que ce soit à procéder avec brutalité à cet égard. La diplomatie *en crinoline* vaut tout autant au moins que celle du *paletot* — elles continueront de s'entraider réciproquement à travers les changements de costume et de personnages, et quant à Mme Kal. je doute qu'elle se laisse débouter même par le Prince G.

En vous notant Baden j'indique que mes projets de Suisse ne sont pas changés. Jusqu'au 1er Septembre adressez-moi Pest (Ungarn) *Hôtel zur Königin von England,* où je jouis de ma fenêtre d'une vue très grandiose sur le Danube, la ville et les montagnes de Bude. Je me lève de bonne heure pour avoir un tant soit peu le loisir de faire des songes creux! —

A. A.

13 Août 56 (Königin von England).

Ecrivez-moi tout au long et comme l'idée en viendra.

47.

Vienne, 16 Sept. 56.

Vos prévisions se sont réalisées — et ces dernières semaines m'ont donné une abondante moisson de sympathies. Dans quelques jours je vous enverrai les numéros suivants du Journal de Vienne pour vous tenir au courant des choses extérieures, et quand nous nous reverrons je vous raconterai ce que vous voudrez du reste. En résumé je note deux points: D'une part j'ai acquis cette pleine conscience que la tâche que je remplis en ce monde fait partie intégrante de la gloire nationale. (C'est dans ce sens que l'archevêque d'Udine m'a salué du titre de »gloria della Ungheria« — ce qui me met fort au large pour être *ad libitum* modestement fier ou fièrement modeste.) Et de l'autre j'ai pris sérieusement position comme compositeur religieux et *catholique*. Or c'est là un champ illimité pour l'art et que je me sens la *vocation* de cultiver vigoureusement. Pour l'année prochaine j'écrirai une nouvelle Messe qui sera exécutée à Kalosca où l'archevêque fait des travaux de restauration d'église fort considérables, qui seront terminés l'été prochain, et l'année 58 j'en écrirai une troisième pour quelque circonstance analogue.

La fraction intelligente du clergé m'a de suite *adopté*, après la première exécution de ma Messe, et le nombre de mes *adhérents* enthousiastes parmi les ecclésiastiques va en augmentant. Le fait est, je crois pouvoir le dire en bonne conscience et pleine modestie, que parmi les compositeurs qui me sont connus il n'en est aucun qui ait un sentiment aussi intense et profond de la musique religieuse que votre très humble serviteur. De plus mes anciennes et nouvelles études de Palestrina, Lassus jusqu'à Bach et Beethoven, qui sont les cimes de l'art catholique[1]) me donnent un grand appoint, et j'ai pleine confiance que dans trois ou quatre ans j'aurai pris entièrement possession du domaine spirituel de la musique d'église qui depuis une vingtaine d'années n'est occupé que par des médiocrités à la douzaine, lesquelles à la vérité ne manqueront pas de me reprocher de ne pas faire de la *musique religieuse* — ce qui serait vrai, si leurs ouvrages de pacotille et de prétintaille pouvaient compter comme telles. Là comme ailleurs il s'agit de »remonter aux fondements«, comme dit Lacordaire, et de pénétrer à ces sources vives qui rejaillissent jusqu'à la vie éternelle.

Après que ma Messe avait exécutée *trois fois* à Pest, devant un auditoire de quelques milliers, une fois à Gran où toute l'église avait les yeux fixés sur le chœur, j'ai fait chanter ma première Messe (pour voix d'hommes, seulement avec accompagnement d'orgue), publiée à Leipzig chez Härtel, à la cérémonie de la consécration de la *Herminen-Kapelle* à Pest qui a été érigée en mémoire de l'Archiduchesse défunte, Hermine, fille du Palatin Joseph et sœur de l'Archiduc Etienne. C'est le Cardinal Prince Primat de Hongrie qui officiait. Le même soir, 8 Septembre, il y avait un grand concert au théâtre que j'ai dirigé. Le premier numéro du programme était »les Préludes« et le dernier la »Hungaria« (Nr. 3 et 9 de mes Poëmes symphoniques). Les Préludes« ont dû être joués deux fois, les applaudissements de la salle ne cessant pas, et à la »Hungaria« il y a eu mieux que des applaudissements — femmes et hommes pleuraient!

Le soir de mon arrivée ici avant-hier Strauss a fait exécuter au »Volksgarten« en mon honneur trois morceaux de »Lohengrin« et Marche finale de mon »Mazeppa«[2]). Ce dernier morceau ainsi que deux des morceaux de »Lohengrin« ont été bissés.

Samedi (20 Sept.) je pars pour Prague où l'on exécutera ma Messe de Gran le Dimanche 28, jour de la St Venceslas, patron de la Bohême, dans l'église du Dôme. C'est le Cardinal Prince Schwarzenberg qui officiera.

1) Mit Bach citirt Liszt hier aus augenblicklichem Versehen den Meister *protestantischer* Kirchenmusik.

2) Symphonische Dichtung.

Ecrivez-moi à *Prague* jusqu'au 28. Vers le 2 Octobre je serai de retour à Weymar; mais n'y resterai que deux ou trois jours. La Princesse et sa fille vont en Suisse, je les accompagnerai jusqu'à Stuttgart où je m'arrêterai un peu, et les rejoindrai après une huitaine à Zürich.

Quels sont vos projets d'hiver? resterez-vous à Bruxelles? Mr de X. est-il parti pour P.? Vers la fin d'Octobre je rentrerai à Weymar et me remettrai à mon travail qui, j'espère, ne sera pas trop interrompu durant l'hiver. — Blandine reste à Paris auprès de sa mère, et Cosima revient à Berlin. Mon fils Daniel a obtenu un prix d'honneur, comme vous l'avez appris par les journaux, et a été complimenté par les plus illustres personnages. Il prendra son diplôme de bachelier en Décembre prochain, après quoi je lui ferai faire probablement son droit à Heidelberg ou Bonn.

Priez pour moi et restez-moi douce et compréhensive, so wie ich es inniglich fühle. A. A.

48.

Gotha, 30 Janvier 57.

Quelque longtemps qu'il y ait que nous ne nous soyons écrit, ma pensée n'a pas désappris la vôtre. Hier avant de venir à Gotha, on a reçu de vos nouvelles, assez semblables à celles que m'avait données Lassen. Celui-ci passera probablement trois mois à Weymar, car la mise en scène de son ouvrage donnera lieu à des modifications dans le texte et la partition. L'ouvrage se nommera »Landgraf Ludwig's Brautfahrt«; la scène se passera en partie à la Wartburg et en partie en Hongrie — et moyennant ces changements je m'attends à un *succès*. Comme vous le savez, je prends un intérêt très amical à l'auteur et ferai ce qui dépendra de moi pour contribuer à la réussite de l'ouvrage qui à la lecture m'a fait une très bonne impression[1]).

1) Diese ungedruckt gebliebene Oper Lassen's kam 1857 in Weimar zur Aufführung, und Lassen wurde 1858 daselbst Musikdirector.

Pendant trois mois j'ai été très fortement incommodé, probablement par suite des fatigues et des voyages assez brusqués de l'hiver et de l'été dernier. J'ai été obligé de passer près de 6 semaines au lit, et ce n'est que depuis une quinzaine de jours qu'il m'a été possible de me remettre sérieusement à mon travail. En premier lieu je me suis occupé de la dernière révision de ma Messe de Gran qui sera publiée par la Typographie impériale de Vienne et qu'il a fallu faire recopier en entier à cause des élargissements, améliorations et facilitements pour l'exécution que j'y ai pratiqués. Telle que la voilà, ma conscience d'artiste et de chrétien en est édifiée, et je crois que cette œuvre se maintiendra inébranlable contre le flot d'expectorations de la critique, auquel aucun de mes ouvrages ne saurait échapper de mon vivant. Du reste je n'ai pas trop à me plaindre — car je suis beaucoup plus attaqué que méconnu, et je compte déjà plusieurs *ralliés* parmi mes antagonistes d'autrefois, et des plus capables. J'ai reçu toute sorte d'invitations pour l'exécution de mes Poëmes symphoniques (de Vienne, de la Hollande, du Rhin, etc.); mais il ne me convient guère de beaucoup courir le monde en ce moment, et tiens avant tout à ne pas trop retarder l'achèvement de plusieurs ouvrages commencés; en conséquence de quoi j'ai écrit un certain nombre de lettres d'excuses, et tâcherai de ne pas bouger de l'hiver. Vers la mi-Février j'aurai terminé la »*Hunnenschlacht*« d'après Kaulbach, et pour Pâques, »*die Ideale*« (Symphonie en trois parties). Le 12 Février je dirigerai probablement à Leipzig (au Gewandhaus) »les Préludes« et »Mazeppa«[1]), et pour la Pentecôte le Comité du »*Niederrheinische Musikfest*« à Aix-la-Chapelle m'a offert la direction de ses 3 concerts. Le programme que ces Messieurs avaient déterminé me paraissant manquer d'à propos, je m'y suis refusé — mais il ne serait pas impossible qu'on se ravise, et dans ce cas je serais obligé d'y aller.

A Weymar tout reste à peu près sur l'ancien pied, et nous nous préparons seulement à faire un peu de bruit pour

1) Es geschah am 26. Februar.

le 3 Septembre pour le Jubilé de Charles Auguste. A ce moment on inaugurera l'admirable groupe de Schiller et Goethe modelé par Rietschel, et le Grand Duc fera ce qui se pourra pour donner de l'éclat à ces fêtes. Il m'a même parlé de la mise en œuvre définitive de mon plan de la Fondation-Goethe[1]. Vedremo!

Martha Sabinin est à Pétersbourg et Bronsart à Paris. Je me suis beaucoup attaché à ce dernier qui a acquis un véritable talent d'exécution et composé un Trio que j'estime comme un des meilleurs qu'on ait écrit en ce genre, et très supérieur par exemple aux Trios de Rubinstein. Je présume que Bronsart fera un très bon chemin; car il a du tact, de la mesure, beaucoup de talent, et un caractère ferme et distingué avec des formes avantageuses. Le concert qu'il a donné au théâtre avant son départ de Weymar a parfaitement réussi et il a laissé le meilleur souvenir.

La sympathie et l'intérêt que Wagner porte à mes ouvrages symphoniques m'a été une grande joie. Je ne m'attendais pas à ce qu'ils lui aillent à ce point et de tous points. Avez-vous appris qu'avant mon départ de Suisse (mi-Novembre) Wagner et moi nous avons dirigé un grand concert à St Gallen, où j'ai fait exécuter en son honneur »Orphée« et «les Préludes«? On avait réuni à cet effet un orchestre considérable et excellent, et ces choses ont produit une grande sensation, non amoindrie par la critique (cette fois très favorable) du lendemain.

A Munich je me suis beaucoup lié avec Kaulbach avec lequel j'avais eu autrefois déjà des relations fort amicales. C'est un grand artiste *au grand complet*, et que les pierres amassées sur son chemin ne font ni trébucher ni tomber. On a été injuste pour lui à l'exposition de Paris, car il méritait le superlatif des distinctions, et comme l'a très bien dit Maxime Du Camp dans son livre sur l'exposition, si l'on avait donné suite à la première idée proposée, de décerner une médaille unique à l'artiste qui a le plus mérité de l'art par le génie et l'importance de ses ouvrages, c'est à Kaulbach qu'elle

1) Siehe Liszt's Gesammelte Schriften. Bd. V.

revenait de droit. Je lui dédierai la »Hunnenschlacht«, et il m'a promis de venir passer quelques jours à Weymar dans le courant de ce printemps.

Wagner a achevé la partition du »*Rheingold*« et de la »*Walküre*« que j'ai parcourues avec lui — c'est *sublime!* Il travaille maintenant au »*junge Siegfried*« et à la fin de l'année je pense qu'il aura terminé »*Siegfried's Tod*« et sera ainsi arrivé au terme de cette tâche inouïe d'une tétralogie de drames lyriques. En 59 j'espère que les 4 ouvrages seront représentés en quatre soirées consécutives, et je m'emploierai de mon mieux à lui faciliter cette énorme entreprise [1]).

49.

.—. A mon avis c'est être sourd et aveugle que de ne pas reconnaître (comme je l'ai dit à la Pcesse Ch. de Prusse dernièrement, qui m'adressait des questions à brûle-pourpoint sur ce sujet) en Louis Napoléon la tête et le bras, ou si vous aimez mieux, le *pouvoir exécutif* d'une grande nation, accomplissant résolument le destin d'une grande époque [2]).

Avez-vous remarqué comme détail le don fait par décret (sur la liste civile) de 60 000 francs aux diverses associations d'artistes (fondées par Mr Taylor) à la naissance du Prince impérial? Je vous demande un peu à quel souverain l'idée serait-elle venue de s'occuper particulièrement des auteurs dramatiques, des peintres, des acteurs, et même des musiciens, à pareil jour? — C'est un trait de génie qui m'a beaucoup frappé. Quelqu'insignifiant que puisse paraître ce fait aux »*hommes graves et sérieux*«, il témoigne selon moi d'une haute intelligence *gouvernementale*.

Un de mes anciens amis de Stuttgart, Dingelstedt, m'a

1) Schluss des Briefes fehlt.

2) Die Leser der ersten Bände von Liszt's Briefen erinnern sich wol seiner an Schwärmerei grenzenden Verehrung, ja Ueberschätzung Napoleon's III. in dem Urtheil, das er nach dessen Tode über ihn fällte (Bd. II., Nr. 120). Vielfältige Belege dafür bieten auch die vorliegenden Briefe.

fait un bout de visite à Weymar. Il ne serait pas impossible qu'on le chargeât de l'Intendance de notre théâtre. Le Grand Duc est assez fortement indisposé et depuis huit jours obligé de garder le lit. Dimanche je compte aller à Gotha pour y entendre *Tony* (la seconde étoile dans la constellation des œuvres dramatiques du Duc, qui selon l'ordre de création se rangent ainsi: Zaïre, Tony, Casilda et Santa Chiara). Formes (la basse-taille) chantera le rôle principal. A. A.

Vendredi saint. Leipzig (hôtel de Pologne).

Ce soir on exécute à l'église de St Thomas la Passion de Bach.

50.

Ces lignes sont en retard — comme tout ce que je puis vous écrire et vous dire. L'hirondelle et l'éclair le seraient également! — Votre lettre m'est parvenue hier soir et m'a versé un baume de parfums dans le cœur. La Princesse Marie m'avait écrit votre visite à l'Altenburg. Merci de ce que vous dites de la malade [1]) à un autre plus malade. Merci de votre tendresse, de votre bonté et de toute cette grâce de simplicité et de poésie innée qui me captive. Ecrivez-moi encore avant de quitter Weymar. Toute ma vie est attachée à ce coin de terre et j'espère y trouver le dernier et suprême bien = une mort calme et resplendissante des ardeurs de la foi.

Depuis mon départ mes journées s'écoulent dans le vide — et vous savez que les choses extérieures ne m'occupent qu'à la surface. Or je n'ai même pas emporté de papier de musique, sachant à l'avance que je n'aurai pas le temps d'écrire [2]).

Ma santé est assez bonne. On ne me trouve pas mauvaise mine et je vous promets de me ménager. Mr Suermondt chez lequel je suis logé a pour moi tous les procédés d'une

1) Die Fürstin Wittgenstein war zu jener Zeit sehr krank.
2) Liszt hielt sich zur Direction des Musikfestes in Aachen auf.

affectueuse bienveillance. Sa femme est une des filles de Coqueril. Il y a un fils de 16 ans et 5 autres enfants que je n'ai pas encore entrevus et qui se trouvent probablement à leur maison de campagne. Suermondt qui ne s'occupe qu'en dilettante d'affaires a très fort le goût des tableaux et possède une magnifique Madone de Murillo, de beaux portraits de Velasquez, Rubens etc. Dans trois jours j'attends la Milde [1] et la Pohl [2] qui seront également logées dans la maison, et auxquelles j'ai naturellement laissé les chambres les plus élégantes.

Toutes les dispositions prises pour le Musikfest sont excellentes et les *dispositions morales* d'une forte majorité du Comité à mon égard de même. Je compte sur une réussite. La salle de spectacle, construite par Schinkel, est parfaite d'acoustique et d'aspect. Elle a le seul défaut d'être un peu petite pour la circonstance — mais ce n'est pas un mauvais défaut; car il y a moins d'inconvénient à refuser des billets qu'à en garder de reste. En fait d'étrangers qui ont retenu des loges on m'a nommé James Rothschild et la Comtesse d'Outremont (veuve du grand-père de notre G^de^ Duchesse). — Ci-joint le programme préalable. Si cela vous intéresse je vous enverrai à Bamberg le petit volume de texte avec les programmes qui ne seront publiés que dans quelques jours.

En attendant les harcelements des répétitions qui prendront leur train dès Mardi prochain, je passe quelques heures de la matinée à lire de l'*esthétique*, ce en quoi je ne vous engage pas à m'imiter. Vous en saurez assez long de cette science oscillante et encombrée de formules parasites sans recourir au charabia des écoles philosophiques — simplement en vous regardant dans le miroir à votre toilette. Mais si vous faites usage du livre que je vous ai donné, j'en aurai une grande joie. La traduction de G. se ressent malheu-

1) Die sehr poetische Primadonna der Weimarer Hofoper.

2) Die Harfenvirtuosin der Weimarer Hofcapelle, Gattin Rich. Pohl's.

reusement très fort des désavantages de la langue française pour laquelle la grande poésie est presqu'une chose contre nature. Elle est bien parfois comme la chauve-souris de la fable, et montre tantôt ses ailes, tantôt ses pattes; mais ses ailes ne rayonnent pas, et ses pattes n'ont pas les bonds du tigre, si ce n'est dans quelques écrivains hors ligne, comme Pascal par exemple, Joseph de Maistre, Lamennais. Le brave G. avec les meilleures intentions du monde illumine souvent des chandelles de sa verbosité la lumière innée du *Verbe*; mais ne nous laissons pas arrêter par toutes ces insuffisances, ces enveloppes, ces obscurités, et le déplorable change qu'on peut prendre sur tout ce qui s'appelle vérité en ce monde, et *collons indissolublement* notre âme au *Verbe*, *jusque sur la croix*, pour nous allaiter dans les larmes et le sang de rédemption et d'immortalité.

23 Mai 57. Aix-la-Chapelle.

51.

Vendredi, 5 Juin [1857].

Voici ma tâche d'Aix terminée, et pour le dire tout bonnement, le succès a dépassé de beaucoup mon attente. Il est à peu près avéré et de notoriété publique dans ces contrées que je sais compter jusqu'à 4 et même jusqu'à 6, dans les mesures de $^6/_4$. Tout le personnel chantant et exécutant (environ 600 individus) m'a suivi avec élan et docilité dès l'abord, malgré toutes les préventions qu'on avait répandues contre moi. Aussi les trois concerts ont marché à merveille, avec salle comble et sympathique, même aux répétitions. La Milde a eu un succès *immense*, ainsi que vous le verrez par la Gazette de Cologne — entièrement sous l'influence de ma partie adverse —; et, chose plus surprenante, mes *Festklänge* ont été bien accueillis, au point qu'on m'a demandé de les faire répéter au troisième concert. Quant à Berlioz, il m'a été physiquement et moralement impossible de donner l'*Enfance du Christ* en entier, et j'ai dû me borner à la seconde partie

(»La fuite en Egypte«), pour éviter le scandale qu'on avait préparé. La maladie de Dalle Aste m'est venue fort en aide, car il n'y aurait pas eu moyen de faire chanter la partie de Hérode par un remplaçant dans les dispositions malveillantes qui dominaient à l'égard de l'ouvrage de Berlioz. C'est à peine qu'on s'est résigné à écouter la »Fuite en Egypte«, qui en somme a pourtant produit une bonne impression.

A la fin du 3me concert on a fait pleuvoir des bouquets et des exemplaires d'une poésie que je vous envoie ci-jointe. L'auteur est un poète fort accrédité ici et je puis assurer sans outrecuidance que cette pièce de vers exprime le sentiment de la très grande majorité du public. A la prochaine fête musicale qui aura lieu dans 3 ans, il est très probable que je serai nommé à l'unanimité par le comité, et plus en mesure de me mettre au large que cela n'a pu être le cas cette fois.

Pohl va publier une brochure dans laquelle il réunira toutes les pièces relatives à ce Musikfest, et que je vous enverrai [1].

Berlioz a répondu par des excuses à l'invitation du Comité, et Fétis a été empêché de venir par l'arrivée du Grand Duc Constantin à Bruxelles. En revanche, Hiller et les Directeurs de musique de Dusseldorf et des villes environnantes ont été présents, et je sais parfaitement à quoi m'en tenir sur leur compte.

Mais voici bien autre chose. Parmi les auditeurs de ces trois jours se trouvaient plusieurs Belges, entre autres le Directeur de la musique de Ste Gudule qui m'a proposé de faire exécuter ma Messe lors des cérémonies de mariage qui auront lieu en Juillet, je crois. Je ne saurai définitivement si ce projet tient qu'après mon retour à Weymar et vous en écrirai aussitôt. A moins d'empêchement majeur, j'espère que vous serez de retour à Bruxelles quand j'y viendrai, si tant est que la chose puisse s'arranger aussitôt.

J'ai fait ici la connaissance du révérend Père Roh qui est

1) Sie blieb ungeschrieben.

une des bonnes têtes de la Compagnie de Jésus et un prédicateur tout à fait remarquable. Le sermon qu'il a tenu le jour de la Pentecôte sur *l'apostolicité* de l'Eglise était fortement noué et d'une éloquence pleine d'habileté. Ses missions dans la Westphalie, le Badois etc. lui ont valu une grande réputation qu'il me semble bien mériter. Il y a aussi à Aix, à la grande salle de l'hôtel de Ville, des fresques d'une grande valeur de composition, peintes par Rethel. Malheureusement Rethel qui a à peine 40 ans est devenu fou avant d'avoir pu achever sa tâche, et on a été obligé de faire peindre d'après ses cartons par un de ses amis et élèves les trois ou quatre pans de murailles qu'il a dû laisser vides. *Kehren* tâchera de faire en sorte qu'il ne reste pas le plus petit coin de *mur blanc*, si Dieu lui prête vie et assistance! —

Demain matin, Samedi, je partirai avec Bülow (qui a admirablement joué), Bronsart et Winterberger pour Wesel et passerai la nuit chez le père de Bronsart qui commande la forteresse. Bronsart a assez envie d'essayer s'il ne trouverait pas à bien s'établir pour quelques années à Bruxelles. Il va sans dire que je vous prie de faire ce que vous pouvez pour lui être utile.

Dimanche soir ou Lundi je serai de retour à Weymar. Dites-moi exactement où je dois vous adresser; car il est très possible que mon voyage de Bruxelles s'arrange pour le moment des noces au mois de Juillet.

Priez pour moi — et ne vous lassez point de mes défauts et de mes afflictions! A. A.

52.

Ettersburg, 13 Juin 57.

Revenu Lundi à 4 heures du matin à l'Altenburg j'ai passé presque tout ce temps dans mon lit et serai obligé de me soigner encore une huitaine de jours, car ce n'est pas précisément une cure que je suis allé faire à Aix. Ne vous inquiétez pas sur ma santé — en somme je me sens très bien portant et mon médecin est maintenant parfaitement certain que l'incommodité qui me tient aux jambes et me fait boîter n'est plus qu'une maladie d'épiderme. Avant la fin du mois je serai complètement remis.

Il ne m'est point parvenu de nouvelles de Bruxelles jusqu'à présent et je présume que la chose aura rencontré quelque difficulté, je ne sais laquelle. Le »Nord« contient un excellent feuilleton sur le *Musikfest* d'Aix, signé T., où des épaules roses et blanches — je suppose celles de Mme Hiller — assaisonnent d'une façon piquante la critique musicale. En revanche notre ami Hiller démontre plus qu'à l'évidence en trois ou quatre lettres dans la Gazette de Cologne que tout mon savoir-faire musical consiste à plaire aux dames et à me faire bien voir à la cour comme à la ville. Quant à composer ou diriger — Nenni! —

Comme je vous l'ai dit, j'ai très fort les gros et même les très gros bataillons des journaux contre moi — mais il est assez douteux que la victoire soit de leur côté, et il me paraît assez probable que dans peu d'années le personnel de la critique musicale se modifiera assez sensiblement, et que plusieurs des grands journaux qui nous sont hostiles maintenant, feront imperceptiblement une *conversion à gauche*. Il n'y a qu'à laisser aller tout bonnement les choses pour cela, sans jamais recourir aux mauvais moyens, trop souvent employés pour n'être pas usés, et à se montrer tel qu'on est = droit, loyal, convaincu et persévérant — et, s'il se peut, pas plus bête qu'autrui.

La convalescence de la Princesse continue avec une extrême lenteur.

Vers la fin de cette semaine on exécutera au Stadthaus »le Paradis et la Péri« de Schumann. Nonobstant sa monotonie et une certaine »Hausbackenheit« dans la partie déclamatoire, c'est un bel et noble ouvrage. Demain nous aurons pour la clôture de l'opéra de cette saison le »Tannhäuser« avec nouveaux décors et costumes, et le 24, jour de fête du Grand Duc, la »Tempête« de Shakespeare, arrangé pour la scène par Dingelstedt avec musique ratissée par Taubert, pour la clôture du théâtre qui ne rouvrira que le 4 Septembre, avec le Festspiel en l'honneur du jubilé de Charles Auguste et mon Concert.

Aussitôt que je pourrai me remettre au travail je terminerai les »Ideale« et puis il faudra que je fasse quelques menues besognes pour les fêtes de Septembre. (Marche et strophes pour chœur). Je réserve pour l'automne les »*Béatitudes*«, et la »*Ste Elisabeth*«. Je me sens un grand attrait pour cette œuvre à laquelle je me mettrai de tout cœur. Le livret légendaire qu'Otto Roquette m'a préparé me laisse beaucoup de marge, et j'espère réussir à y maintenir l'intérêt et la piété de l'art sans monotonie, ni tension, ni futilité.

Dans son petit opuscule »von der Macht des Gemüths, durch den blosen Vorsatz seiner krankhaften Gefühle Meister zu sein« Kant parle des »Selbstquäler« (»Heautontimorumenos«), pour lesquels il n'y a pas de remède. Joseph de Maistre emploie aussi ce mot barbare et expressivement interminable comme la chose qu'il signifie dans les Soirées de St Pétersbourg, et je pourrai sans exagération m'en servir comme de signature.

A. A.

53.

Dimanche 5 Juillet 57.

Rapportez-moi quelques bouffées de l'air des montagnes; en échange je vous jouerai une mélodie qui me plaisait autrefois, intitulée »Sehnsucht nach dem Rigi« composée par un de mes homonymes (Anton Liste). Par hasard j'en ai justement fait connaissance sur le piano qui se trouve à l'auberge du Righi, de manière qu'elle est restée indissolublement liée aux 18 lacs qu'on est censé voir à la fois du haut du grand plateau, et que vous aurez eu le bon esprit de voir, sans qu'il en manque un seul pour vous faire fête. —

Je regrette que vous n'ayez pas fait un bout de visite à Wagner. Mme de Staël disait qu'elle ne se dérangerait guère pour le Mont blanc — mais bien volontiers pour un individu qui en vaudrait la peine. Il est vrai qu'elle préférait son ruisseau de la rue de Bac à toutes les beautés alpestres. On peut être d'un autre sentiment sans déroger.

Me voici tout près d'achever d'écrire les »Ideale«, qui m'obsèdent depuis une semaine. Je les avais déjà fort avancés lors de votre séjour ici; mais n'ai pu m'y remettre qu'en tout dernier lieu, car j'ai été obligé de soigner mes sottes jambes à mon retour d'Aix, en gardant le lit jusqu'à la fin du mois dernier. Maintenant je suis tout à fait sur pied en ne boîtant que très légèrement — et la malade commence à se lever une demi-heure par jour.

Le mariage de Cosima aura lieu d'ici à un mois. J'irai à Berlin vers le 15 de ce mois pour divers arrangements à cette fin. Mme d'Agoult et Blandine sont en Suisse et comptent faire un voyage en Italie. Blandine a passé quelques mois à Nonnenwerth en 43 avec sa mère et moi. J'y traînais tant bien que mal mes jours jusqu'au soir et n'ai conservé de ces contrées qu'un souvenir qui refleurit pour moi maintenant dans la »Gazette de Cologne«, avec cette différence que je me divertis davantage de ce genre d'impressions que de celles que je subissais alors. En ceci du moins l'*amitié*[1]) a plus de charme que l'amour! —

Je ne vous en souhaite pas moins la très bienvenue à votre retour, et vous demande d'aller voir à mon intention la *Appolinariskirche* (à une demi-heure de Rolandseck) à Remagen. Ce sont à mon sens les plus belles fresques de l'art religieux de notre temps. Le crucifiement et la grande Madone de Deger me vont à cœur. Priez-y pour moi! .

Je n'ai point de nouvelles de Bruxelles; probablement il s'y sera trouvé quelqu'*ami* qui aura pris soin de me rendre service. Ce nonobstant je présume qu'on exécutera ma Messe à quelque beau jour, et que je vous reverrai en automne.

A. A.

---

1) Anspielung auf Hiller's sogenannte Freundschaft für Liszt.

54.

Mardi 12 Août 57. Aix-la-Chapelle.

C'est encore d'Aix que je vous écris ces mots. Le médecin a exigé que je prenne au moins 21 bains, et quoiqu'à contre-cœur je me suis soumis à la prescription. Tout en glissant, les heures m'ont souvent pesé ici, et je n'avais guère besoin de nouvelle confirmation pour savoir à quoi m'en tenir sur l'incurabilité de ma maladie. Dimanche Winterberger et Hahn (de Rotterdam) et Bronsart sont venus passer quelques jours avec moi. Depuis leur départ je ne suis presque pas sorti, afin de terminer la tâche que je me suis donnée pour les fêtes de Septembre à Weymar, et qui s'est augmentée d'une poésie de Cornelius (dont je vous envoie ci-après l'original). La composition m'en a, j'imagine, bien réussi, et le motif *choral* de la Marche écrite pour le G^d Duc m'a servi excellemment de point d'appui pour ce *Volkslied.* Pour plus d'usage j'ai été obligé de l'écrire deux fois; une première version pour Chœurs d'hommes (avec accompagnement d'une douzaine d'instruments en cuivre) qui pourra être chantée en plein air, à l'inauguration des monuments ou pendant la marche du cortège, et une seconde version pour Chœur et Soli, hommes et femmes, avec accompagnement de grand Orchestre, varié à chaque strophe, et commentant le sens du texte, qu'on exécutera probablement deux soirs de suite au théâtre. Le tout fait à peu près une vingtaine de pages de grande partition, auxquelles j'ai travaillé d'arrache-pied.

En fait de livres j'ai lu *Fabiola* du Cardinal Wiseman [1]) qui pèche par une certaine *roideur de bien,* peu compatible avec le naturel et l'abandon qui sont la vie et l'attrait du roman. Aussi ne vous engagerai-je pas à le lire, quoique la seconde héroïne soit votre patronne (Ste Agnès), et qu'une partie de l'office de la Sainte s'y retrouve. Mais s'il vous tombe sous la main un petit volume de la collection Hetzel, intitulé »Esprit de Champfort«, parcourez-le. J'y ai rencontré des

1) London 1855.

mots fort piquants et quelques pensées d'une vigoureuse sagacité — comme celles-ci entre cent autres:

»Les courtisans sont des pauvres enrichis par la mendicité.« —

»En général le public ne peut *s'élever* qu'à des idées *basses.«* —

»On est heureux ou malheureux par une foule de choses qui ne paraissent pas, qui ne se disent pas, et qu'on ne peut dire.«

Pour ma lecture en route j'emporte le Jules César de Lamartine que je lirai alternativement avec la fin de Fabiola.

Après-demain matin je serai à Weymar et deux ou trois jours après à Berlin d'où je vous écrirai. Ne me répondez qu'après mon retour de Berlin vers la fin de ce mois.

Que fait l'inventeur de Bouya Bouya [1])? Embrassez-le pour moi. A. A.

55.

Jeudi 13 Août 57. Aix.

Les propositions *Nord* me paraissent fort tentantes, surtout par le contrat de dix ans. Si vous acceptez, je m'abonnerai au journal et le lirai avec toute la conscience que mettait Mr de Metternich à lire celui qu'il rédigeait lui-même sous vos inspirations à Londres. Un peu de *Bouya Bouya* dans la grande et la petite rédaction ne ferait pas de mal au Nord — et vous réussiriez aisément à y fourrer la dose convenable.

Dans une heure je quitte Aix et vous redemande de ne m'écrire que vers la fin du mois à mon retour de Berlin, d'où je vous donnerai encore de mes très monotones nouvelles.

A. A.

56.

En apprenant le malheureux accident de Bouya, je me suis senti comme *deux fois* loin de vous; aussi ne cessé-je

1) Der kleine Sohn der Adrossatin.

point de prendre ma part de vos chagrins, tout en espérant que le médecin, en vous promettant son prochain et complet rétablissement, ne se sera pas trompé.

Tout mon temps est pris maintenant par les répétitions et préparations du concert du 5 Septembre (Samedi), dont je vous enverrai le programme. Nous aurons quantitativement et qualitativement un renfort très considérable pour notre orchestre ce soir-là, et je compte sur une exécution splendide, telle qu'on n'en a pas encore entendu de pareille à Weymar. En attendant, le *Volkslied* de Cornelius a eu un plein succès de cour et de ville.

Cosima a été mariée à l'Eglise de Ste Hedwig de Berlin le 18 Août, et m'a accompagné le même soir jusqu'ici avec Hans. Le jeune couple ne s'est pas arrêté à Weymar et a continué droit son chemin pour Baden et de là à Berne et Zürich. Je les attends ici à leur retour vers la mi-Septembre.

La visite de votre père *me* sera et *nous* sera très agréable. Dans votre prochaine lettre à la Princesse vous pourriez lui en toucher deux mots.

Si l'affaire du »Nord« se conclut, informez-m'en aussi, afin que je me procure le journal par Maltitz.

Puisque vous êtes désireuse d'avoir des nouvelles de ma maladie, je vous dirai que je suis assez bien remis sur mes jambes, par suite des bains d'Aix, et qu'on me trouve en général bonne mine. A. A.

Je vous écris ces deux mots de l'hôtel de Russie et vous donnerai des nouvelles des fêtes au commencement de la semaine prochaine.

31 Août 57.

57.

Wilhelmsthal, 14 Sept. 57.

J'espère qu'à cette heure votre cher *Bouya* est entièrement remis et que vous êtes rentrée dans le calme de votre vie habituelle. Vous avez bien assez de soucis à porter d'ailleurs pour que du moins ils vous soient épargnés du côté de votre enfant, que je me suis habitué à voir comme une joie et un adoucissement dans votre intérieur. Il serait difficile d'imaginer un garçon d'une organisation plus franche et plus normale, et vous avez tout lieu de vous attendre à toute sorte de satisfactions maternelles de sa part.

A l'Altenburg, la paix et le train habituel d'occupations, de lectures et de relations sont revenus. La santé de la Princesse va s'améliorant, et quoique boîtante encore assez fortement, elle a pu prendre sa part des fêtes de Septembre, en assistant à l'inauguration du monument de Goethe et Schiller, ainsi qu'aux représentations théâtrales illustrées à cette occasion par Dawison, Devrient, Mlles Seebach et Fuhr, et enfin au concert du 5 Septembre dont le programme était entièrement fourni par des compositions de ma façon. L'exécution en était admirable, et je n'ai qu'à me louer de l'accueil qui a été fait à la Symphonie de *Faust*, au Quatuor vocal »Ueber allen Gipfeln ist Ruh«, qu'on a bissé, au Chœur »An die Künstler« etc. Nous avions pour ce soir plus que doublé notre personnel habituel d'orchestre, en y associant des artistes de premier ordre, venus de Leipzig, Berlin, Meiningen, Sondershausen, tels que David, Bott, Ulrich, le Quatuor des jeunes Müller etc. etc., et le chœur d'hommes s'élevait à une centaine d'individus. Litolff et Raff se trouvaient parmi les musiciens-auditeurs réunis en assez grand nombre pour assister à cette démonstration très catégorique de la »Zukunfts-Musik«. Le dernier, en *ami prudent*, me donna quasi le conseil de ne pas faire tort à ma santé en poussant mon activité laborieuse à l'excès!

Le Volkslied de Cornelius qui a d'abord été exécuté en chœur le 3 Septembre, précédant la pose de la première pierre du monument de Charles Auguste par le G^d Duc, et le lendemain à l'inauguration de la statue de Wieland, a été réexécuté à la fin du concert (le 5) et paraîtra en 4 éditions à la fois, dont je vous enverrai 2 (celle pour piano seul et celle pour une voix) dans le courant d'Octobre. — Le 7 Novembre je dirigerai un grand concert au théâtre de Dresde dans lequel je compte faire exécuter les Chœurs de Prométhée et la Symphonie du Dante. Durant le carême j'irai probablement à Vienne pour y diriger la Messe de Gran.

Bülow et sa femme viendront me voir à Weymar dans une dizaine de jours. Cosima n'a plus trouvé sa mère en Suisse et Blandine vient de m'écrire de Florence pour me demander des nouvelles de sa sœur. Pour le moment le jeune ménage s'est établi chez Wagner à Zürich qui leur fait la plus amicale hospitalité dans sa villa qui est charmante, dit-on.

Si comme je l'espère Mr de X. nous fait l'honneur de sa visite à Weymar j'en serai très charmé, et je vous prie de bien l'assurer de mes sentiments respectueusement dévoués.

A. A.

Soyez sans inquiétude sur ma maladie. C'est dit et fait une fois pour toutes.

58.

20 Octobre.

Je me consume. Toute mon âme n'est que langueur et mes journées passent dans un immutable accablement. Vos lignes d'hier m'ont été une douce surprise — pardonnez-moi de vous avoir laissée si longtemps sans vous donner de mes nouvelles. Je désapprends de parler, et encore plus d'écrire. Il m'a été impossible de me remettre à mon travail durant tout ce mois, ce qui me rend fort discord. Si inutiles que soient les choses que je fais, elles servent du moins à me maintenir un peu en équilibre, ou du moins à me le persuader.

Les Bülow ont passé quelques semaines avec moi, et Hans est encore à l'Altenburg, laissant à sa femme le soin de préparer les quartiers d'hiver à Berlin, ce dont Cosima se tirera fort bien; car elle devient une jeune femme tout à fait sensée, alerte et même pratique. — Quelques journaux, à ce qu'il paraît, ont annoncé le mariage de Blandine avec Mr Emile Ollivier (avocat au barreau de Paris) [1]. Je ne connais pas

---

1) Unter Napoleon III. Minister, ist er auch als Schriftsteller vielfach hervorgetreten.

encore mon gendre présumé; mais on m'en a dit grand bien sous le rapport du caractère comme du talent, et il m'a écrit une lettre parfaitement intelligente et convenable, pour me demander mon consentement à ce que le mariage ait lieu le 21 Octobre à Florence, avant sa rentrée à Paris. Probablement je recevrai une dépêche télégraphique dans la journée de demain, qui m'annoncera ce nouvel événement de famille — et aux vacances de Pâques le jeune couple viendra me faire sa visite ici.

J'ai été vivement contrarié du silence de B[ach], j'aurais tant voulu vous rendre au moins ce léger service! Peut-être en trouverai-je quelqu'occasion plus tard, en me rendant à Vienne, ce qui sera au commencement de Mars prochain. Veuillez bien dire à votre père combien je suis chagriné de cette déception, à laquelle je n'avais pas lieu de m'attendre; car comme je vous l'ai dit, B. me porte quelques dispositions bienveillantes, et je tâcherai de les mettre à profit à ma première entrevue avec lui, en fixant son attention sur l'objet de la lettre qu'il a laissée sans réponse.

Je vous écrirai dans une huitaine de jours de Dresde. Si par hasard vous aviez quelque chose de pressé à me dire avant, faites-le par l'intermédiaire de la Princesse. Le 1r Novembre je partirai pour Dresde, où je resterai une dizaine de jours. La Princesse et sa fille y viendront le 4, et le concert avec Prométhée et le Dante aura lieu le 7.

Pour le quart d'heure tout l'Altenburg est sens dessus dessous en l'honneur des préparatifs de fête qu'on fait pour le 22 Octobre[1]. Je ne sais rien de ce qui se trame, quoique toute la ville en soit informée et fait partie du complot.

A. A.

1) Liszt's Geburtstag wurde auf der Altenburg durch Aufführung eines Festspiels gefeiert, bei dem die Adressatin selbst mitwirkte.

59.

Dresde, hôtel de Saxe — 2 Novembre.

Je veux espérer que vous n'avez pas tardé à vous remettre de l'indisposition dont Mr de X. me parle dans sa dernière lettre. Remerciez-le bien affectueusement pour moi de la bienveillance qu'il me porte et assurez-le une fois de plus de tout le regret que j'éprouve de n'avoir pas réussi à le servir, comme je l'aurais tant désiré, par mon intermédiaire auprès de B. Il m'est parvenu de ce dernier, il y a quelques jours, des compliments qui sont comme une réponse indirecte, mais malheureusement insuffisante, à ma lettre. Si comme il est probable, je retourne à V. au mois de Mars, je verrai s'il ne s'ouvre pas quelque nouvelle chance.

Blandine s'est mariée le soir du 22 Octobre à Florence et doit être de retour à Paris maintenant. Ollivier plaide une affaire assez importante contre Berryer. D'après plusieurs lettres qui me parviennent à son sujet, j'ai tout lieu de croire qu'il se fera une très belle position au barreau et peut-être aussi comme homme politique, quoique ce dernier point soit toujours assez chanceux en France. Ce qu'il y a de certain, c'est que les deux époux sont très enamourés l'un et l'autre; j'ai donc ainsi la satisfaction de savoir que mes deux filles se sont mariées selon leur cœur, tout en faisant des mariages parfaitement raisonnables.

Les Bülow viendront ici pour le concert du 7 Novembre, qui prend assez la mine de bien réussir, vu que le personnel exécutant y apporte les meilleures dispositions. Il est possible aussi que la critique me soit moins hostile cette fois que de coutume. En tout cas je n'en continuerai pas moins mon chemin, toutes mes reflexions étant faites, et je les crois *bien faites* à cet égard. Je vous parlerai de mon *Dante* quand je l'aurai entendu ici. Vous savez que je le dédie à Wagner, ce qui vous indique que je n'ai pas mauvaise opinion de l'ouvrage.

Hélas! notre vie n'est qu'une gamme indéfinie de soupirs

et de pleurs. Prions Dieu qu'il bénisse nos souffrances et nous fasse participer par elles à sa vérité et à son amour! —

Vers le 12 je serai de retour à Weymar.

Lassen va publier ces 6 Lieder qu'il m'a dédiés — le vôtre »Ich weil' in tiefer Einsamkeit« y compris. Je les trouve admirablement réussis — en particulier le vôtre. A. A.

60.

2 Déc. 57.

Un poète allemand (le Cte Auersperg[1]) a écrit »Die Nibelungen im Frack«. J'y pourrais aisément faire un pendant avec un »Job en paletot«, moins la maladie et le fumier pourtant, à moins qu'on ne prenne pour tel le *milieu* social dans lequel il faut bien, bon gré mal gré, se mouvoir; mais cette comparaison pécherait par un manque de charité, sinon par un manque de justesse.

Vous avez donc été malade durant le temps que j'ai passé à Dresde. Comment vous sentez-vous maintenant? Ne souffrez-vous pas du froid dans votre nouvel établissement? Combien je voudrais être là, comme dans votre logis du Carls-Platz, assis sur le panier à bûcher!

En revenant ici, il y a une huitaine de jours, j'ai pris la résolution de n'en pas bouger de tout l'hiver, jusqu'à la mi-Mars où je serai probablement obligé d'aller à Vienne pour l'exécution de ma Messe qui aura lieu le 26 Mars. J'ai d'assez bonnes nouvelles de Daniel qui fait mine de se distinguer à l'Université de Vienne comme auparavant au Lycée Napoléon. Cosima de son côté s'arrange fort bien à Berlin et prend les allures d'une femme d'ordre et de bon sens. Mon ancienne prédilection pour elle se maintient — je l'ai revue pendant quelques jours à Dresde (avec son mari) et me promets de lui rendre cette visite dans le courant de l'hiver à Berlin. Je pense aussi que mon nouveau gendre Ollivier viendra ici après Noël. De toutes parts il me revient de

1) Anastasius Grün (1806—1876).

grands éloges de son talent et de son caractère, de manière que j'ai tout à fait lieu de me trouver fort satisfait de la détermination un peu prompte de Blandine.

Tout ceci n'est que pour vous dire que je suis encore de ce bas monde, fort surpris et moins charmé d'ordinaire de m'y attarder ainsi .... et puis encore pour vous répéter sans mots ce que vous ne devez pas oublier. A. A.

61.

.—. Rien de nouveau à l'horizon de l'Altenburg. Bronsart que j'affectionne beaucoup, comme vous savez, viendra passer quelques jours avec moi au commencement de la semaine prochaine, et Cornelius reviendra pour plus longtemps avec son *opéra terminé*[1]) le jour de l'an.

Je vous enverrai par Martha ou Lassen quelques imprimés à la fois qui vous amuseront, je pense.

Au théâtre on remonte l'*Alceste* de Gluck; plus tard viendront le *Rienzi* de Wagner, *Comala* de Sobolewski (1re représentation à Weymar) et aussi le *Cellini*[2]) dont j'ai proposé la reprise prochaine.

En Février nous exécuterons aussi l'Oratorio de Rubinstein »*Le Paradis perdu*« dans la seconde partie duquel Rubinstein a été obligé de refaire la *Création* — ce qui ne laissera pas que de servir de pierre d'achoppement pour les vieux habitués du chaos, de la végétation, de la lumière et des moutons de Haydn! Van II vient de me faire la très aimable surprise de me dédier sa seconde Symphonie »*l'Océan*« qui a paru en partition à Leipzig, où la dédicace achèvera de compromettre l'ouvrage et l'auteur.

Je fais de sincères vœux pour l'entier rétablissement de notre bon *Bouya* et vous prie de me rappeler affectueusement au souvenir de Mr de X., qui, j'espère, se sera débarrassé des

---

1) »Der Barbier von Bagdad«.

2) Liszt hatte die 1838 in Paris ausgepfiffene Berlioz'sche Oper schon 1852 auf der Weimarer Bühne erfolgreich eingeführt.

incommodités d'un hôte de fort bonne compagnie, il est vrai, mais non moins désagréable pour cela.

L'Archiduc Etienne se trouve ici pour une quinzaine de jours. Il a d'anciennes et amicales relations avec le G^d Duc et la G^de Duchesse. Pour ma part je ne pense pas que je profite de cette occasion pour le revoir.

9 Décembre 57. A. A.

62.

Voici bien des jours que je n'ai pu vous dire un seul mot. — Au premier Janvier ma fille Blandine m'est venue avec son mari. J'ai été content de tous deux, et je leur rendrai leur visite dans le courant de l'année à Paris, en passant par Bruxelles. J'espère que j'y retrouverai Bouya Bouya en pleine efflorescence.

Du reste rien de changé ici. Dans quelques semaines (après le 18 Février) il y aura peut-être du nouveau par rapport à la position extérieure que j'envisage toujours de même, ni en rose, ni en noir, mais très en gris.

Lassen vous a-t-il écrit et envoyé deux numéros des »Anregungen« [1])? Savez-vous qu'il a transpiré ici une assez singulière nouvelle: celle de votre mariage avec L.? Cela m'est revenu de troisième ou quatrième oreille. Si cela devait me valoir le plaisir de vous revoir, j'en serais tout-à-fait d'avis — mais il ne s'agit évidemment pas de mon avis en cela.

Votre ancien appartement chez les Weber est habité par une Comtesse Merveldt (née Bismarck), qui débute ce soir dans le rôle de Fiammina. Le P^ce Pückler m'a écrit une lettre charmante pour me la recommander. En lui faisant ma visite hier j'ai pu remarquer le changement qu'elle a introduit dans le mobilier et l'arrangement de l'appartement.

Ce mot du Dante »come corpo morto cade«! me revient aussi en mémoire!!

30 Janvier 58. F. L.

---

1) Monatschrift, von Brendel gegründet.

63.

Prague, 13 Mars 58.

Demain soir je partirai pour Vienne, hôtel de l'*Impératrice d'Autriche*.

Les deux grandes exécutions de ma Messe (avec un personnel de 300 dans la grande salle de la Redoute) sont fixées à Lundi et Mardi 22 et 23 Mars. Nonobstant les crispations que mes œuvres causent à la *critique*, qui s'est fait le porte-voix d'une coalition d'envies, de colères et d'ignorances volontaires et involontaires à mon sujet, je ne doute pas que cette Messe ne produise une impression extraordinaire, et ne contribue à fortifier ma position, que tant de gens s'occupent à rendre intenable.

A Prague j'ai fait un pas très sensible dans l'opinion du public. Le concert de Jeudi a réussi d'un bout à l'autre, très au delà de mon attente. Les *Ideale* ont été applaudis à plusieurs reprises et le *Dante* a soulevé comme un transport d'admiration. Le ton de la critique locale a été ostensiblement modifié par l'impression de l'auditoire, et sans précisément encore viser mon passeport pour l'immortalité, on me concède pourtant certaines prérogatives, dont je profiterai avec ou sans permission. Demain matin, je dirigerai le *Tasse* dans un concert donné par le Conservatoire d'ici; cette œuvre paraît avoir obtenu à l'avance grâce auprès des jugeurs, qui d'ordinaire ne s'accommodent pas bien à l'idée qu'on pourrait bien se passer d'eux, et marcher son chemin tout droit.

Bronsart publiera dans deux ou trois jours une brochure très spirituelle et taillant dans le vif de la question musicale, intitulée »Musikalische Pflichten«, in Beantwortung der »Musikalischen Leiden« der Augsburger« Allgemeinen Zeitung«. Vous aurez sans doute lu les expectorations de Mr de W. (Wolzogen) dans ce journal, qui sont comme la crême de la crême des colères de nos adversaires. Malgré le grand nombre de leurs troupes et leur bonne volonté très avouée de nous écraser net, ils se sentent tout près d'être réduits aux abois — car la poudre leur manque. »Hätte die *gute* (!) Kritik nicht so lange vornehm zu der neuen Propaganda geschwiegen (disent-ils), so wäre aus der Maus nicht der Elephant geworden.« — Ergo — nach dem Todtschweigen kommt das Todtschlagen; da das erstere nichts genützt, soll das andere helfen. Vedremo — en attendant je crois qu'il n'y a pas lieu de s'en effrayer.

Pardon de ces bêtes de digressions à propos de choses qui au fond m'occupent très peu, quoique je sois forcé d'en parler souvent, et merci des bonnes nouvelles que vous me donnez de la *température* de St. et du Nord. Je voudrais tant qu'à défaut de bonheur vous ayez du moins quelque paix et tranquillité en partage. Puisse Dieu vous l'accorder bientôt!

A. A.

Je ne reviendrai à Weymar que vers la mi-Avril. La Princesse passera la semaine prochaine à Berlin.

64.

A bord du bateau à vapeur *Junon*, de Vienne à Pest,
31 Mars 58.

Non certes, vous ne vous trompez pas, je ne puis guérir de ma maladie. A certains moments toutes mes fibres et toutes mes veines en sont envahies; je souffre d'une soif inextinguible, dont la prière même augmente l'ardeur. Ce sentiment de l'impossible se fait, à ce qu'il paraît, jour dans mes ouvrages, et un de mes compatriotes, en entendant ma Messe disait: »Cette musique est religieuse au point de convertir Satan lui-même!« Ce qu'on appelle le succès a été très au delà de mon attente aux deux exécutions du 22 et 23 Mars — et même la critique, qui ne peut faire autrement que de se montrer hostile à mes tentatives, s'est tenue pour obligée de garder quelques réserves en ma faveur. La petite note que vous avez vue dans la Gazette d'Augsburg vient d'un individu que j'ai fait mettre plusieurs fois à la porte et qui a jugé à propos de se venger de cette façon. Du reste, une bonne partie de la presse de Vienne, nonobstant les précédents contraires, a fait mon éloge, et mes quelques amis sont très assurés de la victoire.

Vous avez reçu, n'est-ce pas, la brochure de Zellner[1]) avec celle de Bronsart, et le Commentaire de la Symphonie du Dante?[2])

Je ne saurais vous dire combien le genre de vie, que je suis obligé de mener en dehors de Weymar, me devient de plus en plus insupportable. Toujours parler à une quantité de gens, auxquels pour la plupart du temps je n'ai rien à dire, m'accommoder aux bêtises et aux faussetés d'usage, faire et recevoir incessamment des visites, dépenser un tas d'argent pour le plaisir de s'ennuyer mortellement, quel risible tourment! Aussi disais-je hier que je portais envie à mon cocher, qui du moins avait cet avantage incontestable sur moi de rester sur le siège en véritable philosophe, tandis que je suis livré aux assujetissements de la vie du monde, à laquelle je ne me sens plus approprié en aucune façon.

Je ne resterai que très peu de jours à Pest, où je vais uniquement dans le but de faire une visite à mes quatre chanteurs (qui ont bien voulu se déranger pendant huit jours et venir chanter ma Messe à Vienne). Sans leur concours, l'exécution de la Messe devenait impossible, attendu que le Comte Lanckoronsky avait refusé aux chanteurs du théâtre *la permission* d'y participer. On attribue ce procédé peu bienveillant à une susceptibilité peu digne des hauts personnages qui l'auraient marquée, à ce qu'on dit — voici à quel propos.

Lors de mon dernier séjour à Vienne, il y a 2 ans environ, une personne peu qualifiée à cet effet s'informa auprès de moi, si j'étais dans l'intention de me faire entendre à un *concert de Cour*. Je répondis naturellement que depuis dix ans je ne donnais plus de concerts, et par conséquent ne faisais plus partie de la catégorie des artistes qu'on invite aux concerts de la Cour. Ceci fut pris en mauvaise part et bien à tort — car si Leurs Majestés m'avaient fait demander de m'entendre en petit comité, et sans autres collègues (qui ne sont plus des collègues pour moi), j'aurais certainement

1) Über die Graner Messe.
2) Von Richard Pohl.

fait preuve d'obédience en ma qualité de très humble sujet de la monarchie, et de cette manière satisfait tant bien que mal à leur curiosité; mais exiger de moi que je continue de faire un métier, auquel j'ai renoncé depuis de longues années sans exception aucune, devait me paraître doublement déplacé, et par rapport à la Cour et par rapport à moi. Comme il arrive d'ordinaire, que celui envers lequel on a eu quelque tort en est encore puni par-dessus le marché, le Cte Lanckoronsky a profité de la première circonstance qui s'est présentée, pour me faire ressentir les effets de cette justice distributive, fort en usage dans les hautes régions.

Pour cette fois-ci je n'ai point fait visite à Mr de Metternich, trouvant plus simple de ne pas incommoder son Altesse de mon humble personne. Son fils Richard m'ayant ignoré durant mon dernier séjour de Dresde, il m'a semblé prudent de ne pas marquer trop d'empressement.

En revanche je me suis présenté chez Sa Majesté, pour la remercier de l'édition qui se fait de ma Messe à l'Imprimerie imp. et roy., et l'assurer de vive voix, »dass ich es mir in meinem künstlerischen Streben angelegen sein lasse, dem Lande, dem ich angehörig verbleibe, Ehre zu bringen«.

Aller en Egypte et ne point voir les pyramides serait un nonsens; de même il ne serait pas permis de passer quelques jours à Prague sans visiter les K. J'y ai passé une soirée tout à fait originale et charmante, dont je vous raconterai les détails, quand nous nous reverrons. L'une des deux sœurs est percluse, mais l'autre encore pleine de mouvement et d'accortise. Pour cette soirée leur salon était encombré par les plus jolies jeunes personnes de la haute société de Prague (les Lobkowitz, Auersperg etc.), et j'ai fini par déclarer à Mlle K. qu'elle était tellement extraordinaire pour sa part, que bon gré malgré il fallait bien qu'on fît quelque chose d'extraordinaire en son honneur — sur quoi j'ai joué *sans ôter* mes gants le »*Sehnsuchts-Walzer*« à la satisfaction générale.

Tausig m'a rejoint à Prague et restera avec moi jusqu'à mon retour à Weymar, où je le ramènerai vers le 15 ou 20 d'Avril. Après Pest je passerai encore trois ou quatre jours à Vienne, autant à Prague, et une huitaine à Löwenberg en Silésie chez le Prince Hohenzollern-Hechingen. Si vous en avez le temps, répondez-moi de suite et adressez *Vienne, hôtel de l'Impératrice Elisabeth.* C'est Grosse[1]) qui depuis un mois compose tout mon personnel de service.

Laissez-moi vous dire encore que je suis charmé d'apprendre que vous vous êtes reprise à jouer du piano, et même que vous donnez quelques leçons. Vous savez que j'ai toujours goûté votre talent de pianiste et je ne voudrais pas que vous l'abandonniez tout à fait. La musique n'est certes pas un art *d'agrément* pour moi — mais elle comble un vide, qui sans elle reste béant dans l'âme.

Quand vous viendrez à Weymar je vous demanderai de me jouer plusieurs choses que je ne veux plus entendre par autrui.

A bientôt donc! et puis il serait possible que je vous retrouve à Bruxelles, où il est question de l'exécution de ma Messe le 18 Juillet. Je vous dirai en Mai ce qui en adviendra.

A. A.

65.

Prague, 21 Avril 58.

A Pest comme à Vienne j'ai été retenu plus longtemps que je ne pensais, malgré la hâte intérieure qui m'aiguillonne de rentrer à l'Altenburg et d'y reprendre ma tâche. Le travail est non seulement la loi de notre existence, il en est encore le dédommagement et une sorte de compensation plus haute.

Ma Messe a été exécutée deux fois à Pest, dans la salle du Musée et à l'église principale de la ville, durant l'office divin. Je ne comptais nullement sur ces exécutions, qui n'ont eu lieu que sur le désir très généralement exprimé de toute la ville. Voici une feuille que j'ai coupée en votre intention,

---

1) Posaunist der Weimarer Hofcapelle, war Liszt besonders anhänglich und begleitete ihn zuweilen auf Reisen.

où vous trouverez un extrait de ce qui a été dit à la fois de plus sensé et de plus favorable sur cet ouvrage. Le *Monsieur*, comme vous l'appelez, de la Gazette d'Augsburg qui vous a remis en mémoire un passage d'Obermann, n'est autre qu'un nommé K. Il a séjourné assez longtemps à Weymar autrefois, et après qu'il m'avait écrit une cinquantaine de lettres, dédié un volume de Poésies hongroises, traduites par lui (avec la pièce de Vörösmarty sur moi qui est très célèbre et répandue en Hongrie), j'ai été obligé de le mettre décidément à la porte, il y a deux ans environ, et de lui déclarer que les portes servaient encore plus à faire sortir certaines gens qu'à les faire entrer. Libre à lui de continuer son métier; j'ai eu des amis plus rapprochés, qui ne se sont pas mieux conduits à mon égard; cela ne me cause donc aucune surprise et ne m'empêchera pas d'aller mon chemin. L'importance et la force de ces sortes de gens gît surtout dans la peur qu'on s'en fait; très à tort selon moi, car je crois à la vérité du proverbe italien »*il tempo è galant'uomo*«.

Votre propagande avec Mr de Richter m'a diverti. Sérieusement parlant, je ne crois pas à la possibilité d'une traduction et d'une exécution *suffisante* du *Tannhäuser* en français; et c'est dans ce sens négatif que j'ai répondu à quelques lettres et demandes d'information qui me sont parfois venues de Paris et de Bruxelles. Dans l'intérêt de Wagner il est à désirer qu'on se borne à l'Ouverture et à la Marche du Tannhäuser, qui sont déjà exécutées par toutes les musiques militaires, et à moins de circonstances tout à fait exceptionnelles, il est au moins prudent de ne pas aviser à une représentation des ouvrages de Wagner dans une autre langue que l'allemand. Songez qu'à Paris par exemple on n'est pas encore parvenu à goûter ou digérer *Fidélio*; qu'il a fallu attendre plus d'un quart de siècle après la mort de Weber pour y donner *Obéron* (au Théâtre lyrique encore!), et qu'à l'exception du *Freischütz* sous le titre *Robin des Bois*, aucun ouvrage allemand n'a pu trouver place au répertoire. *Martha* de Flotow qui y a obtenu du succès dernièrement, n'a pas réussi *quoiqu'allemand*, mais *parce que français* et vient à l'appui de ma donnée. On pourrait appliquer à cet ouvrage le mot d'un domestique d'un gentilhomme hongrois, nommé Palotsay, qui affectait l'exagération des manières anglaises: »Solch' einen Engländer wie meinen Herrn hab' ich in London nie gesehen!«

Du reste je ne vois nullement la nécessité de faire voyager sur tous les chemins de fer et bateaux à vapeur les belles partitions. Notre goût et notre savoir en Allemagne n'ont qu'à s'épurer, à s'ennoblir, à se fixer davantage avant que nous nous mettions en quête des *bravos* de nos voisins. Les Symphonies de Beethoven n'ont été applaudies à Paris qu'après la mort de Beethoven; l'Ouverture du *Songe d'une nuit d'été* a fait fiasco au Conservatoire de Paris (j'y étais), il y a quelque vingt-cinq ans, et du vivant de Mendelssohn on n'y a pas exécuté une seule note de sa composition[1]). Les exemples de ce genre abondent et prouvent à la fois deux choses très certaines, c'est que le public n'est infaillible qu'en toute dernière instance, et que chaque auteur tombé n'est pas pour cela en droit de se tenir pour un Beethoven ou un Mendelssohn!

Vous voyez que malgré votre *cruauté* de ne pas vouloir me promettre de jouer du piano à Weymar, je n'en bavarde pas moins musique avec vous. Si nous en trouvons le loisir, je vous relirai occasionnellement le chapitre XX des *Parerga und Paralipomena* (2[d] volume) de Schopenhauer, qui contient à mon sens ce qui a été pensé et dit de plus ferme über Urtheil, Kritik, Beifall und Ruhm.

Ce soir je partirai pour Löwenberg (Silésie), où je passerai une huitaine de jours chez le Prince Hohenzollern-Hechingen.

---

1) Hier irrt Liszt. Mendelssohn's Reisebriefen zufolge wurde die Sommernachtstraum-Ouverture in Gegenwart des Componisten am 19. Febr. 1832 zuerst in einem Conservatoire-Concert aufgeführt, um dieselbe Zeit auch das A-moll-Quartett. — Reissmann spricht in seiner Mendelssohn-Biographie (3. Aufl. Leipzig, 1893) auch von einer Aufführung der Reformations-Symphonie, während Mendelssohn selbst brieflich nur der Proben zu derselben gedenkt, und dieselbe nach diesen Proben zurückgelegt worden sein soll.

Probablement Bülow y viendra sur l'invitation du Prince, et je le reconduirai jusqu'à Berlin, où je ne m'arrêterai que quelques heures pour embrasser Cosette. Le 3 ou 4 Mai au plus tard je serai de retour à Weymar, et avant je vous écrirai encore deux mots de Löwenberg.

Merci de vous être souvenue du Psaume. »Schaue doch und erhöre mich!« est le cri, qui retentit et se module incessamment dans mon âme. Espérons, espérons avec ferveur et humilité — le Dieu des faibles et des opprimés sera notre délivrance!

Amitiés à George.

66.

Hélas! — — Je n'ai que ce mot, qui est le moins *mot* possible à vous dire! Je ne bougerai point d'ici, si ce n'est peut-être pour aller passer trois ou quatre jours à Prague, lors des fêtes du Conservatoire dans la première quinzaine de Juillet. Avant de quitter Fribourg écrivez-moi un mot pour que je sache où vous chercher. Lassen qui part pour Bruxelles dans une huitaine de jours, vous y verra à votre retour. La *supposition* dont je vous ai parlé dans quelque lettre, il y a des mois de cela, continue de s'accréditer — et je vous dirai que je souhaiterais qu'elle se réalise; car de cette façon j'aurais chance de vous voir plus souvent! .—.

Puissiez-vous bientôt me donner de bonnes nouvelles de votre courrier de P. et du Messire au gilet rouge! Je désire si vivement qu'il vous arrive quelque contentement de près ou de loin!

Un numéro manquant encore pour faire la douzaine de mes poëmes symphoniques (car le Faust et le Dante sont à part), je viens de flanquer un *Hamlet*. Nous l'avons essayé hier à l'orchestre. Je n'en suis pas mécontent — il restera tel quel, blême, enfiévré, suspendu entre le ciel et la terre, captif de son doute et de son irrésolution! —

Pour l'hiver (59) je voudrais avoir terminé l'*Elisabeth*, à laquelle je travaille maintenant. Il y aura à peu près pour deux heures et demie de musique, ce qui me fait pour au moins 6 mois de besogne. Le texte qu'Otto Roquette m'a fait, me semble très bien réussi, et il y aura plusieurs morceaux *agréables*.

Martha Sabinin, qui est revenue ces jours derniers, est encore tout attristée de la mort de son frère. Elle a passé la soirée d'hier à l'Altenburg, mais je la trouve beaucoup plus mélancolique depuis son voyage qu'avant.

Mme Kalergi nous a fait une visite de 48 heures dernièrement. Elle avait passé l'hiver à Varsovie, allait à Paris, et reviendra à Baden à la fin Juillet. Hans est engagé par Benazet pour 2 concerts à Baden, le 1^r^ et 8 Juillet. Sa femme ira l'y rejoindre, et ils passeront ensuite quelques semaines à Zürich, où Mme d'Agoult doit se rencontrer avec eux. — Cornelius qui a très heureusement achevé son opéra comique (»le Barbier de Bagdad«), s'établira prochainement à Munich, où son frère est fixé comme professeur d'histoire depuis un an. Au commencement de la saison théâtrale (en Octobre) nous donnerons son ouvrage. Vous l'entendrez, j'espère.

Une bonne poignée de mains à George! Jusqu'à Octobre!

Samedi 26 Juin 58.

Allez quelquefois à la Cathédrale.

67.

Salzburg, 8 Octobre 58.

Que vous dire, si ce n'est ce que vous savez déjà!

Depuis six semaines je suis en route. Je m'étais d'abord arrêté quelques jours à Munich. Puis on a été dans le Tyrol — à Insbruck, dans l'*Oetz-Thal* — et ensuite, chassés par le mauvais temps, nous sommes revenus à Munich, où j'ai assisté aux fêtes artistiques de l'exposition de peinture et à celles du 7 centième Jubilé de la ville. Depuis hier je suis resté seul à Salzburg, et dans une dizaine de jours je serai de retour à Weymar. J'espère y avoir de vos nouvelles par Lassen. Peut-être pourriez-vous venir à Weymar dans le courant de cet automne, comme vous me l'aviez promis. Sinon, je tâcherai de m'arranger de façon à passer par Bruxelles le printemps prochain. Où en êtes-vous de vos projets et de vos affaires? Ayons confiance en Dieu, qui ne trompe jamais, et faisons de notre mieux pour ne pas nous tromper nous-mêmes!

Bien à vous F. L.

Vous apprendrez par les journaux que Kaulbach, avec lequel je me suis encore plus lié d'amitié durant ce séjour à Munich, vient de faire un admirable portrait en pied de votre très humble serviteur. Pour ma part il m'a été impossible de travailler depuis près de deux mois, et je soupire après mon papier de musique et le repos de ma chambre bleue.

68.

Meiningen, 7 Décembre 58.

Je viens de passer une couple de jours à Coburg (chez Monseigneur). La première représentation d'un nouvel opéra (en 5 actes cette fois), intitulé »Diane de Solange« de la composition de S. A. R. a eu lieu Dimanche et, comme de raison, a pleinement réussi. Le Duc avait réuni à cette occasion plusieurs intendants et quelques célébrités littéraires (Puttlitz, Tempeltey etc.); en *partie double* figurait Dingelstedt. Mr Kücken, l'auteur de la très célèbre »Larme« (die Thräne!), s'y trouvait aussi et me raconta (ce que je savais du reste) qu'on donnerait très prochainement le »Tannhäuser« à Stuttgart, malgré qu'un haut personnage soit censé avoir dit, il y a quelque temps: »Von einem solchen Lumpen braucht man keine Musik zu hören!« — Je ne présume pas qu'on ait changé d'avis depuis — mais les ouvrages de Wagner font non seulement du bruit, mais bel et bien *recette* partout. Par conséquent, chaque direction est obligée de les donner, quoi qu'on en dise. C'est bête comme un *fait* parfaitement accompli, et pour ma part je n'ai plus à m'en occuper, en particulier du Tannhäuser que je ne dirige même plus et qui est tout à fait devenu un *pont aux ânes* sur tous les théâtres d'Allemagne sans exception maintenant.

Meiningen est devenu une station du chemin de fer entre Eisenach et Coburg. Je m'y suis arrêté hier pour faire visite au Prince héréditaire (qui vient de se remarier avec une jeune personne fort aimable: la Princesse de Hohenlohe-Langenburg), avec lequel j'ai pris des relations agréables. Ma journée s'est passée entre un dîner chez son père et une soirée en petit comité chez lui.

Dans 5 heures je serai de retour à Weymar. Mme Viardot-Garcia chantera Norma Dimanche[1]). L'opéra de Cornelius, dont je fais grand cas sous le rapport musical, sera donné dans le courant de la semaine prochaine. Lassen est sur le point de terminer son »Frauenlob«; mais je doute qu'il puisse déjà être représenté cet hiver, car notre répertoire est très encombré. Cependant je tâcherai qu'il se rencontre quelque bonne chance, sur laquelle il ne faut jamais compter, tout en s'arrangeant de façon à ce qu'elle survienne, et en cette circonstance je voudrais donner à Lassen une nouvelle preuve du très amical intérêt que je lui conserve. . —.

Le grand événement de notre petite ville est pour cet hiver le remue-ménage qu'y fait Dingelstedt, tant par sa manière d'administrer le théâtre (fort profitable à la caisse du Grand Duc jusqu'ici) que par ses *Vorlesungen* au profit de la Schiller-Stiftung. Nous avons eu déjà plusieurs tempêtes dans notre verre d'eau et il y a apparence que les orages continueront leur train — mais en somme Dingelstedt, qui ne s'est pas encore brouillé avec moi, malgré la bonne envie qu'en avait la ville, se tire fort bien d'affaire. Dawison, Auerbach et Palleske (le nouveau biographe de Schiller — lisez occasionnellement ses deux volumes »Schillers Leben«, qui se recommandent par d'excellentes qualités de pensée et de style) sont venus fort à propos à l'aide de Dingelstedt, et la Gazette d'Augsburg vous tiendra au courant de ces choses.

---

1) Liszt feierte die berühmte Sängerin darnach durch einen glänzenden Essay. (Ges. Schriften III. Bd.)

Mon Dante et la Messe de Gran paraîtront en Janvier, et j'ai de la besogne par-dessus les oreilles pour cet hiver. Je vous en parlerai la prochaine fois.

Pour aujourd'hui je voulais seulement vous dire que je suis encore de ce monde, sans trop savoir pourquoi; car ma pensée et mon cœur hantent des régions peu connues d'autrui, et si l'on me demandait *ce que j'ai?* je serais fort embarrassé de répondre. A. A.

Wagner est toujours à Venise. Il travaille à son Tristan qui sera prêt pour Pâques. Les nouvelles fort diverses que donnent sur lui les journaux ne sont que des canards.

69.

Je viens vous demander une grâce: celle de me donner de vos nouvelles et de me dire comment vous allez de santé, de disposition d'esprit et d'humeur?

Jusqu'au 29 de ce mois je resterai ici, Madame la G^{de} Duchesse m'ayant demandé de m'occuper d'un programme pour la célébration du jour de fête de son neveu, l'Empereur de Russie (29 Avril). Le lendemain je partirai pour Löwenberg (en Silésie), um sehr herzlich aufzuwarten dem Fürsten Hohenzollern, et de là je reviendrai à Leipzig, où il y aura un bout de besogne musicale à faire les premiers jours de Juin (»Tonkünstler-Versammlung«, concert et exécution de ma Messe etc.)

La Princesse est partie avec sa fille pour Munich avant-hier. Kaulbach peint le portrait de la Princesse Marie, ce qui est comme une faveur d'amitié exceptionnelle, car mon illustre ami se mêle encore moins de portraits que je ne me mêle de jouer du piano (ce que je ne fais pourtant guère), et a refusé plusieurs *augustes* commandes en ce genre.

Quels sont vos projets d'été? Soit en Septembre, soit en Décembre, le nouvel ouvrage de Wagner: *Tristan und Isolde* sera donné à Carlsruhe, et il est probable qu'il obtiendra la permission d'entrer et de séjourner temporairement dans le Duché de Bade, pour diriger les premières représentations. Je m'y rendrai immanquablement à ce moment et compte même aller voir Wagner avant cela à Lucerne (où il est revenu — le gouvernement de Saxe ayant fait des réclamations contre son séjour à Venise, à ce qu'on dit).

Je ne vous parle pas de plusieurs *on dit* et *on imprime*, car je suppose que vous n'avez pas plus attaché créance au bruit des journaux qui me fait aller à Paris (où je n'ai que faire), qu'à celui par lequel je me serais brouillé avec la ville et la cour d'ici.

Rien n'est changé dans ma position, qui à l'extérieur va plutôt en s'améliorant qu'en s'empirant; aussi me plais-je à considérer mon voyage à Paris de par les journaux comme un progrès; car autrefois on me faisait sans plus de façon voyager en Amérique — et croyez bien que je reste très invariablement tel quel, comme vous me savez par cœur.

18 Avril 59. F. L.

70.

Dimanche de Pâques [1859].

Je ne tarderai certes pas à vous dire merci de cœur pour votre lettre qui vient de m'être remise (à mon retour de Leipzig). Vous avez bien fait de ne point me parler plus tôt de cet incident, mais quand nous nous reverrons je vous prierai de m'en parler plus explicitement. .—.

Jusqu'à Vendredi votre lettre me trouvera encore ici, si vous me répondez courrier par courrier. Samedi matin je compte partir pour Löwenberg, d'où il serait possible que je me rende à Vienne pour 48 heures. S. M. l'Empereur a daigné me témoigner une faveur très exceptionnelle, en me décorant de la Couronne de fer, et il me sera peut-être indiqué que j'aille faire mes remercîments en personne.

La Princesse prolongera son séjour à Munich de plusieurs semaines.

Quoique ce soit beaucoup de besogne pour vous je suis fort aise de vous savoir en *triple* correspondance. Les choses tournent fort sérieusement au compliqué; Bronsart (qui est chez moi en ce moment) s'engagera probablement dans la brigade commandée par son père, et plusieurs autres de mes amis se battront de ci et de là.

Mille amitiés à George, et encore très tendrement merci.

Hans Bülow vient d'avoir un succès très décidé à son concert à Paris et s'est mis fort en chemin de continuer de la sorte.

71.

Löwenberg, 1 Mai 59.

Vos dernières lettres m'ont singulièrement touché, et croyez bien que je demeure très invariablement le même pour vous. Comprenez-moi et soyez indulgente comme par le passé! —

Je passerai à peu près la semaine ici chez le P^{ce} Hohenzollern, qui a toujours été d'une bienveillance très affectueuse pour moi. Il est fort souffrant (d'une maladie très bien portée, il est vrai, — la goutte) depuis plusieurs mois et ne bouge presque pas de son lit; mais cela ne l'empêche pas d'avoir l'esprit tout à fait dispos et réveillé, et surtout de prendre un vif intérêt au remue-ménage musical, qui continue d'aller son train.

Bronsart demeure avec moi ici, en attendant qu'il aille rejoindre le régiment de son père, car il a une irrésistible envie de sentir un peu l'odeur de la poudre, ce qui pourra aisément se faire pour le moment. Votre nouvelle de l'alliance russo-française parcourt tous les journaux, et le ton qu'avait pris le Journal de St Pétersbourg, ainsi que le Nord depuis quelque temps, y préparait. Ce néanmoins il y a toute sorte d'éventualités et de versatilités à prévoir dans cette alliance d'une intimité fort suspecte. Un de mes amis résumait assez spirituellement la question du moment en ces termes:

»Un monarque absolu (Louis Napoléon) fait intervenir un autre monarque encore plus absolu (l'Empereur de Russie), pour obliger un troisième monarque très absolu également (l'Empereur d'Autriche) de donner — des institutions *libérales* à l'Italie. Au fond il s'agit de tout autre chose que de la péninsule et de sa constitution; et l'homme malade et le traitement à lui faire subir ont poussé la partie au point où elle en est.«

Si vous savez quelques nouvelles curieuses, mandez-les-moi. Jusqu'au 7 adressez Löwenberg, Silésie chez S. A. le Prince de Hohenzollern.

Il est probable que je ferai une ou deux excursions dans les environs (en particulier à Breslau, où Damrosch[1]) prépare un grand concert pour le 9). Vers le 12 je serai de retour à Weymar, où je ne m'arrêterai que quelques jours, à moins que les événements ne nous obligent à remettre à plus tard notre *assemblée constituante* à Leipzig, dont Martha vous a parlé. Je ne vous invite pas pour ce moment, car je pourrais à peine vous y voir, étant obligé de m'occuper de mille choses et gens.

Vous ne me dites pas si vous avez conservé les deux ou trois élèves dont vous m'avez parlé autrefois. Je présume que oui. Pour ma part je suis très fatigué d'enseigner ce que de fait on n'apprend pas — et c'est là justement ce qui importe par-dessus tout en fait de musique. Aussi fais-je très fort la sourde oreille à l'endroit des jeunes pianistes des deux sexes, qui s'annoncent en foule chez moi, et pour le moment j'ai réduit ma petite bande à 4 ou 5 dont une jeune personne, qui vient de faire un certain effet à Paris, Mlle Ingeborg Stark (de Pétersbourg). Elle a de quoi faire du chemin.

Vous avez tort de me supposer un manque de mémoire, qui dans ce cas serait un racornissement de cœur. La mesure enharmonique de l'Etude de Chopin vibre toujours dans mon souvenir, comme aussi je ne saurais oublier tout ce qui se rattache à ces trop courtes heures de votre passage à Weymar.

A revoir donc, j'espère vers la fin de l'été. F. L.

Puisque je vous ai parlé de musique, je ne veux pas manquer d'ajouter que Lassen a remarquablement réussi à

---

1) War 1855—58 Violinist in der Weimarer Hofcapelle, dann in Breslau und später (seit 1871) in New-York als Dirigent thätig, wo er 1885 starb.

composer de très belles choses dans son second opéra (Frauenlob).

72.

Breslau, 11 Mai 59.

Il y a comme une rosée de larmes dans vos paroles, dont le charme persuasif pénètre dans la plus morne région de mon âme! — — Quelque triste et découragé que je sois depuis longtemps de l'inutilité des meilleurs sentiments, que les nécessités de l'existence rendent captifs, comment ne resterai-je pas sous le joug de votre douceur, qui ne se lasse point dans ses ingénieux stratagèmes de consolation et de rassérénements? —

Les quelques jours que je viens de passer chez le P^{ce} de Hohenzollern ont été fort tranquilles. Par sa première femme (D^{sse} de Leuchtenberg) le P^{ce} est assez proche parent de Louis Napoléon et le voyait autrefois à Hechingen (où L. N. était venu encore faire sa visite comme si de rien n'était, l'avant-veille de ce qu'on nommait »l'attentat« de Strassburg). Une mélodie favorite de l'Empereur était alors la cabaletta du Duo de Sémiramis entre Arsace et Assur, et le P^{ce} m'assura qu'il la lui avait entendu chanter plusieurs fois avec beaucoup d'entrain:

(Il y a beaucoup de *gloria* et de *trionfo* dans le texte vers la fin!)

Votre anecdote sur la conversation de Mr Lenor[1]) avec Pie IX est on ne peut plus amusante, quoique l'authenticité m'en paraisse un peu suspecte. Je suis du reste parfaitement de votre avis pour ce qui est de la situation politique présente, dans laquelle Louis Napoléon ne fait que mettre en action son programme des »Idées napoléoniennes«, publié il y a une

1) Der undeutlich geschriebene Name scheint abgekürzt.

vingtaine d'années. En parcourant dernièrement les quatre volumes de ses œuvres, j'y ai trouvé aussi une traduction des »Ideale« de Schiller qu'il envoya à sa mère de Hamm. En traitant le même sujet musicalement, j'ai été conduit à le compléter, car il me répugnait de m'en tenir à la »Beschäftigung,

Die zu dem Bau der Ewigkeiten
Zwar Sandkorn nur für Sandkorn reicht,«

et il m'a semblé que je pouvais sans contresens m'aventurer jusqu'à l'apothéose de l'Idéal. Vers la fin de la partition vous lirez cette note:

»Das Festhalten und dabei die unaufhaltsame Bethätigung des Ideals ist unsers Lebens höchster Zweck. In diesem Sinne erlaubte ich mir, das Schiller'sche Gedicht zu ergänzen durch die jubelnd bekräftigende Wiederaufnahme der in dem ersten Satz vorausgegangenen Motive als Schluss-Apotheose.«

En Juin paraîtront les arrangements à 4 mains de 3 de mes Poëmes symphoniques. Je vous les enverrai par Schott.

Voici le programme de Leipzig qui, si les événements politiques ne m'obligent à un ajournement jusqu'à l'hiver prochain, me donnera beaucoup de besogne.

Aussitôt de retour à Weymar, j'en déciderai. Dans le cas affirmatif il faudra que je m'établisse à poste fixe à Leipzig dès le 18 de ce mois. *Demain soir* je serai rentré à l'Altenburg.

73.

20 Août [1859], Weymar.

Un événement d'importance majeure pour notre vie à trois de l'Altenburg survient. C'est encore un demi-secret que je vous confie. La Pcesse Marie se marie avec le Pce Constantin Hohenlohe - Schillingsfürst (frère cadet du Duc de Ratibor), major et aide-de-camp de l'Empereur d'Autriche. C'est un homme de près de trente ans, de sentiments parfaitement comme il faut et très bien né à tous égards. Il a fait la première campagne d'Italie en 48 et a bien rempli son service cette fois auprès de l'Empereur à Magenta et Solferino. Son attachement pour la P^cesse^ Marie est d'une entière sincérité, et je suis persuadé qu'elle trouvera dans cette union toutes les chances et garanties de bonheur désirables. Le mariage se fera ici, peu après que l'agrément indispensable des deux Empereurs sera obtenu, probablement au commencement d'Octobre [1]). D'ici là je ne pourrai pas quitter Weymar, et j'ai dû, à mon grand regret, contremander à Wagner la visite que je m'étais promis de lui faire à Lucerne à la fin de ce mois. Wagner sera probablement déjà en route pour Paris, où il compte s'établir pour quelque temps. C'est ce qu'il y a de plus simple et de moins coûteux pour lui dans les circonstances données, et je l'y avais déjà engagé l'année dernière, alors qu'il allait à Venise. Il vient de terminer son *Tristan et Isolde* (3 actes) qu'il est fort question de représenter en premier lieu à Carlsruhe en Décembre. J'y serai sans doute, mais si cette représentation se trouvait retardée, je tâcherai de rejoindre Wagner à Paris pour quelques jours, et dans ce cas passerai par Bruxelles.

Berlioz et Mme Viardot viennent de m'inviter très amicalement à assister au Festival de Bade le 29 de ce mois. Mme Viardot y chantera le grand Duo du nouvel opéra de Berlioz *les Troyens* [2]). (Cet ouvrage est aussi entièrement achevé maintenant, mais n'a que peu de chance de représentation prochaine à Paris, à cause de la singulière position de Berlioz vis-à-vis ou plutôt *opposite*, comme on dit en anglais, le grand Opéra.) On me dit merveille de ce Duo que j'aurais grand' envie d'entendre, mais cela ne suffira pas pour me faire bouger.

En attendant ma vie se passe à travailler, à songer et à prier. Je viens de terminer deux Psaumes: »Der Herr ist mein Hirt« (traduction allemande de Herder) et celui si connu

1) Die Vermählung erfolgte am 15. October 1859.

2) Bei ihrem ersten Erscheinen auf dem Pariser Théâtre lyrique, 4. Nov. 1863, vielfach bekämpft, erlebte die Oper nachmals (1869) in Moskau und neuerdings in Carlsruhe unter Mottl, desgleichen in München, eine sehr erfolgreiche Wiederauferstehung.

»An den Wassern zu Babylon«. J'ai aussi passablement agrandi et mieux proportionné le Psaume 13: »Herr, wie lange willst Du meiner vergessen?« que je publierai cet hiver, en même temps que la Légende de Ste Elisabeth que j'aurai achevée pour Noël.

Je vous enverrai prochainement à Bruxelles mon volume sur les *Bohémiens*[1] qui vient de paraître à Paris, avec l'arrangement à 4 mains de trois de mes »symphonische Dichtungen«. Vous trouverez aisément un partner pour le jouer. . —.

Cornelius est toujours à Vienne et a le projet d'y établir cet hiver une sorte de nouveau Conservatoire, pour lequel il voudrait gagner le concours de Bronsart et quelques autres de l'école *très nouvelle*.

Hans von Bülow travaille très ardemment à son opéra »*Merlin*« et s'est enfermé à *Berlin* (ce qui rime) à cette *fin*. J'attends beaucoup de lui; il a ce qu'il faut pour produire un très bel ouvrage. Son voyage de Paris de l'hiver dernier lui a parfaitement réussi, et il y retournera au printemps.

J'aurai à vous parler de tout autre chose qui m'intéresse davantage — ce sera pour une autre fois. Pour aujord'hui je voulais simplement vous donner signe de vie et d'invariabilité.

F. L.

74.

Merci de vos lignes et de l'envoi de la photographie de Wagner. Le petit buste de notre ami est constamment sur ma table à écrire. J'y ajouterai maintenant l'image dont je vous suis d'abord redevable, car comme il me l'écrit c'est grâce à vous qu'il peut disposer d'un second exemplaire.

La Princesse est partie pour Rome il y a une dizaine de jours. La grande affaire de sa vie et de son cœur a enfin trouvé la solution favorable et légitime, qui aurait été obtenue *dix ans* plus tôt sans les pitoyables intrigues. Depuis deux

---

1) In deutscher Übersetzung Band VI der Ges. Schriften.

mois la *nullité* de son mariage avec le Pce N[icolas] W[ittgenstein] a été régulièrement prononcée par les consistoires catholiques de Russie, dont cette question relève, et contresignée par l'archevêque métropolitain de Pétersbourg. Tout est donc à cet égard dans le plus parfait ordre, tel qu'elle le désirait. Ce qui suivra dépend de certaines convenances, qu'il n'y a pas lieu de heurter ou de négliger maintenant.[1])

Je comptais venir pour une couple de jours à Bruxelles ce printemps, mais diverses obligations m'ont empêché de bouger d'ici. J'y resterai probablement tout l'été, car je doute que la Pcesse puisse revenir avant la mi-Juillet — et en son absence je suis de garde à l'Altenburg. Quels sont vos projets après Kreuznach? Il serait très aimable à vous de m'en informer. Peut-être vous arrêterez-vous dans quelque parage pas trop éloigné de Weymar où je pourrais vous rejoindre et vous dire combien je vous demeure très véritablement affectionné, reconnaissant et dévoué.

28 Mai 60. F. Liszt.

75.

Une absence de plusieurs jours porte la faute du retard de ces lignes, qui par elles-mêmes ont encore un plus grand tort — celui d'ajourner le moment où je pourrais me rendre près de vous. D'ici au 15 Juillet je ne quitterai point Weymar, et si par hasard il survenait quelque changement, je vous en informerai.

La photographie est ravissante; dans son mutisme incolore elle exprime pourtant un peu de cette grâce intelligente et diaprée dont le charme est si irrésistible chez l'original. Merci mille fois de me l'avoir envoyée! .—.

1) Ausführlichere Mittheilungen über die Vorkommnisse, die Liszt's Vermählung mit der Fürstin schliesslich vereitelten, siehe: »Liszt und die Fürstin Wittgenstein von La Mara«, Münchener »Allgemeine Zeitung« vom 22. October 1893.

Le portrait de Wagner m'a fait très grand plaisir. C'est certainement le meilleur qui existe et je me réserve de le faire multiplier par la gravure, quand une bonne occasion se présentera. En attendant les journaux annoncent la première représentation du *Tannhäuser* à Paris pour la fin de cette année. C'est un trait de bon goût de la part de l'Empereur d'avoir commandé cette représentation — mais je crains fort qu'il n'en revienne à Wagner quantité d'ennuis et de tracas, qu'il aura de la peine à supporter simplement. A mon sens *Rienzi* (avec quelques modifications et retranchements) s'adaptait mieux que le Tannhäuser aux habitudes du personnel et du public de l'Opéra de Paris, qui n'admettront pas volontiers que la *guerre des chanteurs* à la Wartburg se passe sans *chansons*. Ce point a déjà fait difficulté pour quelques esthétiqueurs allemands! Quoi qu'il en advienne, je suis bien aise que Wagner *réentende* son œuvre; car pour lui c'était un jeûne de Trappiste qu'il ne pouvait endurer plus longtemps que d'être privé de cette résonnance de son génie.

Vous a-t-il communiqué quelques fragments de *Tristan* et des *Nibelungen*? Il les chante à sa manière, qui est entraînante et subjugue. Quant à l'œuvre même, je l'admire comme la plus sublime manifestation de l'art.

Si vous avez la grâce de m'écrire, adressez simplement Weymar.

A vous F. L.

19 Juin 60, Weymar.

76.

Votre proposition répond à ce que j'espérais; elle est acceptée avec acclamation. Vers le 12 Juillet vous recevrez quelques lignes (à l'Etoile d'or de Bonn).

A un moment perdu envoyez-moi le programme de votre concert de ce soir.

Je connais les amertumes et les désespoirs de Wagner. Hélas! il n'y a guère à y remédier — mais personne mieux que vous ne saurait y compatir avec douceur, de manière à charmer du moins, là même, où il est impossible de *réparer*. — Je vous remercie pour ma part de l'affection que vous portez à Wagner et vous demande de ne pas vous laisser décourager par ses lamentables rebuffades. Il a un lourd boulet à traîner!

A bientôt donc.

Mercredi 27 Juin 60. F. L.

77.

La triste nouvelle d'un malheureux accident arrivé à ma mère — les médecins constatent une *fracture profonde* du col du fémur — me faisait craindre que j'aurais à me rendre à Paris aujourd'hui ou demain. D'après ce que m'écrit ma fille par le courrier de ce matin il n'y a point de danger imminent; car heureusement la fièvre ne s'en est pas mêlée, et l'excellente constitution de ma mère la soutient dans un équilibre assez satisfaisant. Elle sera condamnée à une longue immobilité, car la situation de la fracture interdit la pose de tout appareil, et ce n'est qu'à une immobilité prolongée qu'on peut demander l'espoir d'une guérison.

Pour le moment je ne partirai donc point et resterai à Weymar, où, toute réflexion faite, il me semble qu'il serait le plus simple que vous repreniez un peu vos quartiers à l'hôtel de Russie. Toutes vos connaissances sont en villéggiatura ou aux eaux — vous risquez donc l'ennui de ma société exclusive. Permettez-moi d'espérer que vous le trouverez supportable.

Mille respectueux et dévotionnés hommages.

14 Juillet 60. F. L.

78.

Il est des heures qui ne s'enchaînent point et qu'on ne peut renouer à d'autres. Leur sillon lumineux nous apparaît seulement en songe parfois; de loin en loin aussi il est donné à la poésie (qui est l'essence de tout art) de les évoquer et de leur insuffler une jeunesse immortelle. Ainsi de Francesca et d'Isolde.

Merci de votre envoi de la brochure sur Széchenyi. C'était un homme d'un grand sens, d'une prodigieuse activité et d'un génie pratique, conscient des exigences de son temps et de son pays. Il a rendu d'immenses services à la Hongrie, où il jouissait légitimement d'une popularité sans égale jusqu'au moment auquel Kossuth prit le *dessus* par son *parlage* et entraîna la nation entière dans une fausse voie. Nous n'en sommes malheureusement pas sortis pour le moment actuel, et je ne prévois guère de bons résultats de cette fièvre chaude de patriotisme exclusif, qui ne fait que semer le vent pour recueillir la tempête! — Si l'on avait suivi l'exemple et la méthode de Széchenyi avec conséquence et loyauté, la Hongrie serait certainement forte et florissante aujourd'hui; je crains qu'il ne soit trop tard maintenant pour y revenir. Cet état des choses peut assurément convenir à *d'autres* — mais ceux d'entre nous qui aiment sincèrement leur pays s'en affligent au plus profond de l'âme! —

Pour ce qui est de l'auteur de la brochure, Mr K. j'ai eu le désavantage de le connaître plus qu'il ne pouvait m'être agréable. C'est tout simplement ce qu'on appelle un gueux (ou mieux ein *Lump* en allemand). Ce nonobstant et probablement à cause de cela, il n'est pas sans quelqu'influence dans la presse et correspond entre autres avec la Gazette d'Augsburg. Il a beaucoup voyagé en Angleterre, en France et en Allemagne. Son principal mérite est d'avoir publié un certain nombre de traductions des poètes et prosateurs hongrois les plus renommés (Petöfy, Vörösmarty etc.) et d'écrire force lettres à une foule de gens plus ou moins célèbres. Son véritable nom est B. Il l'a magyarisé sans parvenir à le rendre plus honorable. En 48 il a séjourné assez longtemps à Weymar, en qualité d'agent de Kossuth soi-disant, et je me suis intéressé à lui, parce que j'espérais qu'il parviendrait à amender sa vie par une sérieuse application au travail. Je m'étais trompé — et il m'a récompensé des quelques bons services que je lui ai rendus, par toute sorte de vilénies ostensibles et cachées. Je vous dis ceci comme renseignement, car il est très possible qu'il vous arrive quelque beau matin, je ne sais où, et s'intitule *mon ami intime*. . —.

A mon retour ici j'ai trouvé un mot très aimable de Mme Kalergi, daté de Bruxelles, en réponse à mes lignes de remercîment pour sa gracieuseté *positive* et efficace à l'endroit de la souscription des concerts de Wagner. Elle est à Paris maintenant, revient à Baden par Lucerne le 15 Août et compte rentrer à Varsovie un mois après.

Les nouvelles que je reçois de ma mère continuent, Dieu merci, à être satisfaisantes. Blandine espère qu'on pourra la transporter chez elle à la fin d'Août. Je suis très aise de cet arrangement. A l'âge de ma mère il est bon qu'elle ne demeure pas seule, et comme non seulement ma fille, mais aussi mon gendre Ollivier lui portent une sincère et vive affection, elle se trouvera au mieux dans leur maison.

Si vous prolongez votre séjour à Bonn, ne voulez-vous pas écrire un mot à Hiller, en l'engageant à venir vous voir? Depuis Aix nous n'avons plus guère à *nous* revoir — mais je n'en apprécie pas moins toutes ses bonnes et agréables qualités, et m'imagine qu'il pourrait vous être de quelque ressource durant votre villéggiatura rhénane.

Parmi mes collègues en musique c'est certainement un des plus sortables et des mieux doués.

Je vous renverrai la brochure Széchenyi à Bruxelles à moins que vous n'en ayez besoin avant.

Au demeurant, je demeure très entièrement votre très affectionné serviteur

25 Juillet 60. Weymar. F. L.

79.

On me laisse toujours dans le même vague par rapport à ce que j'aurai à faire et à devenir cet automne, et l'hiver prochain. Aussitôt le moment de me décider venu, je vous en informerai. Les compromis et les tergiversations ne sont pas de mon goût et je n'en accepterai *point*. Si pourtant on veut me les imposer, je partirai très simplement d'ici et aviserai au reste.

Qu'en est-il de la nouvelle de la grâce accordée à Wagner? C'est un journal de Prague »*Bohemia*«, qui l'a répandue en premier lieu, ce qui paraît assez étrange; car puisqu'il s'agit d'un acte officiel du Roi de Saxe, c'était aux journaux de Dresde à nous en informer. La Gazette d'Augsburg confirme *à peu près* »im allgemeinen« ce que la *Bohemia* avait mandé. Je ne veux point écrire à Wagner à ce sujet, mais si vous saviez quelque chose de plus précis, je vous prie de me le communiquer.

Voici le Lied que vous voulez bien me demander. Depuis une dizaine de jours je ne bouge pas de ma chambre et travaille à un nouveau Psaume: »Coeli enarrant gloriam Dei«, dont l'intonation m'a jailli du cœur. Quand je l'aurai terminé j'irai passer une couple de jours chez ma fille Cosima à Berlin. — D'après la dernière lettre qui me parvient de Rome, je n'attends la Princesse qu'en Septembre[1]).

Votre commission pour Erard sera faite et je dirai qu'on vous écrive directement. Pardonnez-moi d'avoir un peu tardé; mais je pensais trouver un intermédiaire qui rendrait la chose encore plus commode, et avais d'abord l'intention d'envoyer Belloni chez Mme Erard. Réflexion faite il est plus simple que j'écrive.

D'où peut vous venir un scrupule sur ce que vous me dites? Toutes vos lettres sont d'un charme extrême. Je m'y laisse aller entièrement et vous demande seulement indulgence pour la sécheresse et l'insipidité des miennes.

Du reste vous me comprenez et devinez si bien que je n'ai qu'à me taire et à demeurer votre très humblement affectionné et dévoué

7 Août 60. Weymar. F. L.

---

1) Die Fürstin hielt sich seit Pfingsten 1860 in Rom auf, um die Beseitigung der Hindernisse, welche sich ihrer Vermählung mit Liszt entgegenstellten, herbeizuführen.

Au moment de fermer, votre lettre du 6 Août me parvient. Merci grandement de la citation M., qui est pour moi d'un très vif intérêt. Lors même que mes opinions politiques auraient le désavantage de différer des vôtres, je me flatte néanmoins que nous nous entendons sur le fond des choses. Concédez-moi seulement que Louis Napoléon est un grand homme, à la taille de son époque, et le reste s'arrangera, n'importe *comment*, ainsi que dit Sa Majesté dans sa lettre à Persigny. A ce propos il y a un joli mot dans le *Courrier de Dimanche* du 5 Août: »*Ce n'importe comment* a dû être arraché à *l'expansion* impériale par les préoccupations pénibles de pénibles pressentiments.« — Mais dans le même numéro il est question d'un ordre du jour du Maréchal Magnan qui gourmande les suicides assez fréquents, à ce qu'il paraît, dans l'armée, et rappelle que Napoléon I. avait déjà dit à sa garde: »Un soldat doit savoir vaincre la douleur et la *mélancolie des passions.*« — Napoléon III n'y succombera pas, il faut l'espérer. Puisque j'ai parlé d'opinions politiques et fait des citations, je vais me citer moi-même.

En 42, S. M. l'Empereur Nicolas daignait dire de votre très humble serviteur: »Quant à ses cheveux et à ses opinions politiques, je ne les goûte point.« — Ce à quoi je me permis de répondre à la personne, qui m'avait obligeamment rapporté ce propos: »Je n'accorde à personne le droit de me traiter en imbécile, pas même à l'Empereur Nicolas. Or tant que je n'aurai pas au moins trois cent mille hommes pour faire *connaître* mes opinions politiques, je m'en abstiendrai — et c'est à tort qu'on m'en prête.« [1])

80.

Voilà bien des jours écoulés sans que je vous aie écrit. Je ne vous dirai rien des tristesses et des ennuis qui les ont remplis pour moi. Vous avez suffisamment de ce bagage pour votre propre compte! — Du reste je suis dans la même incertitude par rapport à ce que je deviendrai l'hiver prochain

1) Siehe auch Franz Liszt's Briefe. II, Nr. 311.

qu'alors que je vous ai vue. La Princesse ne reviendra que vers la fin de ce mois, et ce n'est qu'alors que je me fixerai.

Il y a je ne sais quel mauvais sort attaché à nos entrevues avec Wagner. Il me donna rendez-vous pour le Lundi 13 Août à Soden. Cela m'était *impossible* — et je lui télégraphie que je viendrai le Jeudi 16. Il me répond qu'il est obligé de faire sa cour à la P^cesse^ de Prusse à Bade et me demande de le rejoindre là aussitôt, car il devait être de retour à Paris le Samedi ou Dimanche! — A part mon antipathie contre les villéggiaturas *aquatiques* et Baden en particulier, où en cette saison je ne puis sans grossièreté échapper à quantité de relations obligées, je vous avoue que la perspective de revoir Wagner dans l'entre-temps de ses audiences chez la P^cesse^ d. P., le Grand Duc de Bade etc. avec l'accompagnement inévitable des visiteurs de toute espèce, me séduisit peu — et je lui ai en conséquence écrit que je l'approuvais fort de ne pas négliger de remercier Leurs Altesses de la bienveillance qu'elles lui ont toujours témoignée, et qui par la suite pourra devenir encore plus profitable pour lui; tout en remettant pour ma part à un meilleur moment notre rendez-vous manqué pour cette fois. Depuis lors je n'ai plus eu de ses nouvelles, excepté par votre bonne lettre. Merci de la citation du passage relatif au Tannhäuser: comme vous je crains bien aussi que notre glorieux ami ne se fasse passablement illusion sur la nature de ses chances de succès à l'Opéra de Paris. Il y a en lui quelque chose d'inconciliable avec les us et coutumes très tyranniques de la scène française, et je doute qu'il réussisse à leur imposer dès l'abord la tyrannie de son génie. Quant à trouver un *berceau* germanique pour *Tristan,* je crois qu'il faudra qu'il se résigne à attendre que la représentation du Tannhäuser à Paris soit passée. L'incident de Carlsruhe a répandu une panique générale parmi les chanteurs et cantatrices en Allemagne et l'on ne cesse de répéter que les deux principaux rôles de cet ouvrage sont absolument inchantables. Ce n'est pas du tout mon avis, et si Wagner n'avait pas tenu et ne tenait pas encore à des conditions d'argent qui ne peuvent être remplies à Weymar, je me ferais fort de lui préparer ici les répétitions de Tristan, de manière à ce qu'il ne soit pas mécontent. Nous verrons plus tard ce qu'il y aura à faire — et si d'autres scènes plus considérables n'osent décidément pas s'aventurer, je lui réserve toujours la nôtre, comme pis-aller.

Pendant les 5 jours que j'ai passés à Berlin (du 23 au 28 Août) chez ma fille, nous avons de nouveau parcouru avec Hans la partition de Tristan. C'est merveilleusement beau d'un bout à l'autre, et je ne connais rien, qui se puisse comparer pour l'intensité d'accents, le sublime de l'émotion.

A propos de choses extraordinaires, avez-vous entendu parler du poème *Merlin l'enchanteur* qu'Edgar Quinet vient de publier? — J'en ai lu une analyse fort élogieuse dans le Courrier du Dimanche, qui me donne envie de connaître l'ouvrage que j'ai fait venir.

Un petit volume que j'ai relu avec délice, c'est Champfort (Maximes, Pensées etc., publiées par Stahl, Collection Hetzel). Si vous ne le connaissez déjà, parcourez-le. On ne saurait avoir de l'esprit de meilleure sorte qu'il n'y en a là, à foison. Entre cent autres, voici une pensée très persuasive:

»Tout homme qui à 40 ans n'est pas misanthrope n'a jamais aimé les hommes.«

Quand vous reverrez ma fille Cosima (à laquelle j'ai beaucoup parlé de vous dernièrement), elle vous plaira. C'est une rare et belle nature, et d'un grand charme de spontanéité.

Avez-vous appris par les journaux que je viens d'être nommé officier de la Légion d'honneur? Quelque lourdaud demandait en allemand au Comte Mulinen (maintenant chargé d'affaires de France ici) pour quel motif ce témoignage de la bienveillance de Sa Majesté m'était accordé, ce à quoi il répondit: »Weil der Herr Dr. Liszt eben *Liszt* ist.«

Malgré le désagrément que j'en éprouve, il faut que je vous mande encore que notre petit arrangement avec Mme Erard ne peut se faire *maintenant*, et il faut que je l'ajourne jusqu'à mon voyage à Paris. La clause du premier paiement de 500 francs 6 mois après l'envoi de l'instrument a mauvais air et nous la modifierons. Ne m'en voulez pas, je vous supplie, de ce petit fiasco qui me contrarie fort, et ne retirez pas votre indulgente bonté et affection à votre très inutile, mais très sincèrement attaché serviteur

7 Sept. 60. Weymar. F. L.

81.

Je ne suis revenu que cette nuit d'une excursion à Sondershausen, où j'ai passé une couple de jours en l'honneur de la chapelle vraiment remarquable, qui se trouve reléguée dans ce coin de principauté. Merci de votre lettre toute charmante et bonne. Vos informations politiques m'intéressent et le récit de la promenade aquatique avec chaussons de liége à St A. m'a beaucoup diverti. Soit dit en passant, les antécédents de Mr de Gallifet ne sont pas de nature à rassurer particulièrement sur la placidité de sa contenance envers un *galant*, quel qu'il soit. Vous vous souvenez qu'il y a peu de mois Mr de G. apostropha en ces termes le M^quis de Lauriston (en plein théâtre du Vaudeville, où Lauriston lorgnait un peu ostensiblement Mme de G.), de manière à être entendu de tout le public: »Monsieur le Général de Lauriston, vous êtes un f... coch...« Il s'en suivit naturellement un duel des plus acharnés, recommencé à plusieurs reprises ... et préalablement Gallifet avait pris soin d'apposer le sceau d'un soufflet donné à Lauriston à son injure rimée — et peu de temps après se trouvant de la suite de l'Empereur N. à Baden, il chercha querelle à un des aides-de-camp du Prince Régent, à propos d'Allemand et d'Allemagne, se rangeant fort explicitement à l'avis de cet ami de Champfort, qui au retour d'un voyage en ce pays-ci disait: »Il n'y a rien au monde à quoi je me sens moins propre qu'à être un Allemand.« Cette altercation de Baden n'a pu être étouffée que sur l'ordre exprès et direct de l'Empereur; mais dans la circonstance dont il s'agit un pareil ordre ne suffirait peut-être pas. —

Wagner m'a écrit une longue et excellente lettre qui m'a fait grand bien. Je craignais qu'il n'ait pris de travers mes excuses au sujet du rendez-vous de Baden. Il n'en est rien heureusement, et nous voici parfaitement comme nous devons être l'un pour l'autre. Je me plais à imaginer que vous y avez contribué pour une bonne part, et vous en remercie de tout cœur. Voici du reste sa lettre, que je vous prie de me renvoyer — elle vous dédommagera de l'insipidité de *ma* correspondance. De fait je ne puis encore vous dire quoi que ce soit sur moi aujourd'hui, vivant au jour le jour *aussi résigné que résolu* par rapport à ce qui suivra.

Mon voyage à Paris n'est pas si improbable qu'il paraîtrait. Si en attendant vous voulez bien avoir la gracieuseté de continuer à me raconter quelques-unes de ces histoires »que vous racontez si admirablement«, vous me ferez un très grand plaisir — et ce sera d'autant plus généreux à vous que je n'ai pas de quoi vous réciproquer.

Puis-je me permettre de vous charger d'une petite commission? Je l'ose à peine depuis que j'ai si mal rempli la vôtre; pourtant si vous trouvez sous la main le pamphlet de Mirecourt sur Napoléon, veuillez me l'envoyer sous bande. Je n'ai pu me le procurer qu'en allemand à Berlin, ce qui ne fait pas l'affaire de la personne à laquelle je l'ai promis; car pour ma part vous pensez bien que je ne lis guère de ces choses-là! —

Bülow vient de publier un premier article sur les Lieder de Lassen. Je vous l'enverrai avec le second la semaine prochaine. Il vient en outre de faire un très bon arrangement de l'Ouverture du Tannhäuser à 4 mains, qui paraîtra bientôt ainsi que la partition de piano du Tristan.

On assure que le Cardinal Antonelli a dit tout dernièrement ce mot: »Il faut être immédiatement supérieur à toutes choses, et savoir se dominer quand on a dominé les autres«, — reste à savoir maintenant de quelle manière il joindra la pratique à la théorie.

Mille tendres respects et hommages de votre incurable et invalide F. L.

25 Sept. 60. Weymar.

Votre recommandation aux *Débats* pour W. lui deviendra sans doute très profitable lors même que pendant quelque temps on jugerait à propos de garder l'expectative.

82.

.—. Pardonnez-moi de ne pas vous parler d'autre chose aujourd'hui[1]), puisque je vous ai parlé de la seule chose, sur laquelle je ne m'exprime qu'avec deux personnes (inévitables) et très laconiquement d'habitude .... et laissez-moi simplement vous remercier de votre excellente lettre, comme aussi du petit courrier politique, aussi admirable que de coutume. Tant que cela ne vous ennuiera pas trop, permettez-moi d'user et d'abuser de votre bonté à cet égard. Sans compter que je vis passablement en dehors du monde et que par conséquent je ne sais des événements que ce qu'en disent les journaux (quand il m'arrive de les lire, ce que je fais peu régulièrement), vous êtes à beaucoup meilleure source d'information; et puis compliments à part, il me semble que je saisis mieux le sens des choses lorsque vous voulez bien prendre la peine de me l'expliquer.

Le secret de Mme K. sera parfaitement gardé, quoique je l'aie su d'autre part encore. Elle m'a écrit dernièrement quelques très aimables lignes de V., en me disant qu'elle sera à Pétersbourg dans huit jours.

Je suis charmé que vous soyez déjà en possession du piano d'Erard. Puissé-je venir l'essayer bientôt!

8 Nov. 60. F. L.

83.

Je me sentais déjà passablement enfiévré alors que je vous écrivais dernièrement, et depuis je n'ai presque pas quitté le lit. Ce n'était qu'un violent refroidissement avec accompagnement. — Ce matin quand votre lettre me parvint, j'étais en

---

1) Liszt hatte der Adressatin Mittheilungen über die Hindernisse gemacht, die sich seiner Verbindung mit der Fürstin Wittgenstein entgegenstellten.

train de me faire toute sorte de reproches de vous avoir écrit de si tristes choses[1]). Vous me répondez avec tant de douceur et d'affection que je m'en sens tout pénétré, et comme le pauvre petit bûcheron qui a inspiré à George un si bon sentiment de compassion et un si charmant mouvement de générosité, je me dis aussi »Allons donc!« — et mes fagots me semblent même légers! — Cet incident du bûcheron me touche profondément; il me restera en mémoire, comme un de ces navrants tableaux que le cœur seul peut peindre. Hélas! ni les mots ne savent dire, ni les couleurs exprimer, ni les sons chanter le dernier sanglot de nos émotions. C'est un secret entre l'amour et Dieu!

Vous me parlez de Weymar, où le 22 Octobre dernier on a fait un *Fackelzug* en mon honneur, qui a mis toute la ville en émoi, à la suite de quoi le Gemeinde-Rath m'a nommé à l'unanimité *Ehrenbürger* de cette ville. (Par parenthèse, il y a une vingtaine d'années que pareil honneur m'avait été décerné par les Gemeinderäthe de Pest, Oedenburg et Jena.) Cela n'empêche pas que je ne vous donne parfaitement raison de me trouver comme dépaysé ici; car évidemment il m'y manque le point d'appui nécessaire. Toutefois si je suis resté à Weymar une douzaine d'années, j'y ai été soutenu par un sentiment qui ne manquait pas de noblesse, — l'honneur, la dignité, le grand caractère d'une femme à sauvegarder contre d'infâmes persécutions — et de plus, une grande idée: celle du renouvellement de la Musique par son alliance plus intime avec la Poésie; un développement plus libre, et pour ainsi dire, plus *adéquat* à l'esprit de ce temps — m'a toujours tenu en haleine. Cette idée malgré l'opposition qu'elle a rencontrée et les entraves qu'on lui suscite de toutes parts, n'a pas laissé que de cheminer un peu. Quoi que l'on fasse elle triomphera invinciblement, car elle fait partie intégrante de la somme des idées justes et vraies de notre époque, et ce m'est une

---

1) In Bezug auf die Erschwerung seiner geplanten Vermählung mit der Fürstin.

consolation de l'avoir servie loyalement, avec conscience et désintéressement. Si lors de ma fixation ici en 48, j'avais voulu me rattacher au parti *posthume* en musique, m'associer à son hypocrisie, caresser ses préjugés etc., rien ne m'était plus facile par mes liaisons précédentes avec les principaux gros bonnets de ce bord. J'y aurais certainement gagné à l'extérieur en considération et en agréments; les mêmes journaux qui ont pris à charge de me dire force sottises et injures m'auraient vanté et célébré à l'envi, sans que je me donne grande peine pour cela. On aurait volontiers *innocenté* quelques peccadilles de ma jeunesse, pour louer et relever de toutes manières le *zélateur* des bonnes et saines traditions depuis Palestrina jusqu'à Mendelssohn. Mais tel ne devait pas être mon lot; ma conviction était trop sincère, ma foi dans le présent et l'avenir de l'art trop ardente et trop positive à la fois, pour que je puisse m'accommoder des vaines formules d'objurgation de nos pseudo-classiques qui s'évertuent à crier que l'art se perd, que l'art est perdu.

Les flots de l'esprit ne sont pas comme ceux de la mer; il ne leur a pas été dit: »vous irez jusqu'ici, et pas plus loin«; tout au contraire: »l'esprit souffle où il veut«, et l'art de ce siècle a son mot à dire, tout aussi bien que celui des siècles précédents — et il le dira infailliblement.

Toutefois je ne me suis jamais dissimulé que ma position était des plus difficiles, et ma tâche fort ingrate, pour de longues années au moins. Wagner ayant si vaillamment innové et accompli de si admirables chefs-d'œuvre, mon premier soin devait être de conquérir à ces chefs-d'œuvre une fixité qui se racine dans le sol allemand, alors que lui était exilé de sa patrie et que tous les grands et petits théâtres d'Allemagne craignaient de risquer son nom sur une affiche. Quatre ou cinq années *d'entêtement*, si vous voulez, de ma part ont suffi pour que ce fait s'accomplisse, malgré l'exiguité des moyens qui étaient à ma disposition ici. En effet Vienne, Berlin, Munich etc. depuis 5 ans ne font que suivre ce que le petit Weymar (dont ils s'étaient moqués d'abord) leur a dicté il y a dix ans. On voudrait bien une halte maintenant, et je ne sais quel accoudement impossible qui serait comme la pièce de drap neuf sur le vieil habit, ou le vin nouveau dans les vieilles tonnes .... Mais il s'agit de bien autre chose encore, en vérité, — et je tiens à justifier l'inscription que Wagner m'a mise sous son portrait: »Du weisst, wie das werden wird!« Aussi n'aurai-je point de relâche tant que je vivrai.

Je ne sais pourquoi je me suis mis à vous parler de choses que vous savez au moins tout aussi bien que moi. Ne pouvant me livrer à la »manie des voyages« (par laquelle Mr de Talleyrand expliquait à Mr Lazareff la campagne de Russie de Napoléon I.), il paraît que je suis pris de celle de bavarder avec vous. C'est votre mot sur mon entourage de »crétins« à Weymar, qui m'a remis sur la piste de mes petits faits et gestes de céans. Comme je vous l'ai dit cet été, il est possible que j'y reste, mais assez probable que je quitterai.

Avez-vous lu dans les journaux que l'Empereur a envoyé le Grand Cordon de la Légion d'honneur au Grand Duc? La Gazette d'Augsburg du Dimanche 11 Nov. contenait une note peu gallicane à ce sujet »aus Thüringen«. Le Grand Duc a réciproqué par le Grand Cordon de son ordre du Faucon que Mr de Pourtalès, Ministre de Prusse à Paris, est chargé de remettre à Napoléon.

Je me fais vraiment conscience d'abuser de votre longanimité en acceptant la continuation de vos courriers politiques — et cependant je ferais un gros mensonge si je vous disais qu'ils ne me sont pas très agréables. En particulier les nouvelles du genre de celles de la compagnie anglaise du chemin de fer à Naples (avec la prime de fusils pour Kossuth) m'intéressent vivement. Les journaux commencent à en parler maintenant, mais très vaguement. Le Courrier du Dimanche que je reçois me semble être à assez bonne source d'information de l'étranger. Dans le dernier numéro, 11 Novembre, il y a une correspondance de Wilna assez piquante, et j'apprends d'autre part que la société polonaise a fait à Wilna comme à Varsovie acte d'abstention et d'absence, non seulement par ses anciens goûts d'opposition, mais aussi sur quelques mots assez significatifs, dits en passant aux Tuileries. Vous le saviez sans doute.

Pardonnez-moi la naïveté de vous envoyer par la même poste »Weimar's Festgruss an Franz Liszt«, il me semble qu'il doit avoir sa petite place dans le boudoir dont vous m'avez parlé. Voulez-vous quelques petits morceaux à 4 mains, que j'ai publiés dans l'entre-temps: »Künstler-Festzug zur Schillerfeier 59«, »Fest-Marsch nach Motiven des Herzogs Ernst von Coburg«, »Goethe-Marsch«? Dites-moi comment vous les faire parvenir — par Schott peut-être?

J'espère que l'état de santé de Madame votre mère ne vous donne plus d'inquiétude.

Ma mère est en bonne voie de convalescence et a bien supporté son trajet en une sorte de litière de la rue Penthièvre à la rue St Guillaume, où elle est maintenant établie chez ma fille, Madame Ollivier. Elle m'écrit que Wagner a été quelque temps allité par une fièvre nerveuse. Savez-vous sa nouvelle adresse? Ecrivez-la-moi.

Embrassez tendrement George pour sa bonne action de la part de votre très vivement affectionné et reconnaissant serviteur F. Liszt.

16 Novembre 60.

Je ne relis jamais mes lettres à vous — s'il y a des mots oubliés ou répétés vous y aviserez.

84.

[2. December 1860.[1])]

Votre lettre m'est parvenue une heure avant de partir pour Berlin, où je viens de passer trois jours en l'honneur de ma *petite*-fille. Elle a été baptisée (par le *Dom-Kaplan* catholique Fischer, qui remplit par *interim* les fonctions du *Probst* non encore nommé) dans la maison de ma fille (Anhalter Strasse 11), Samedi à 4 heures. C'est dans ces mêmes appartements que

1) Das dem Brief fehlende Datum konnte nach einem vom selben Tage stammenden Schreiben Liszt's an Wagner (»Briefwechsel zwischen Wagner und Liszt« II, Nr. 311) bestimmt werden.

j'ai vu mourir mon fils Daniel, il y a un an[1]. En mémoire de l'affection que Cosima lui portait, elle a nommé sa fille *Daniela*, y ajoutant encore le nom de *Senta* qui correspond pour elle à un type idéal de la femme. L'association de ces deux noms Daniela-Senta, harmonieusement étrange, paraissait encore plus singulière à travers les prières latines du rite baptismal. C'est la sœur de Hans, Isa, et moi qui avons rempli l'office de parrains.

Je n'ai presque pas quitté ma fille durant ces trois jours et ne me suis mis en frais de visite que pour Redern, le Prince Latour et Meyerbeer. (Ces trois personnages demeurent l'un à côté de l'autre — Pariser Platz. Vous savez que l'Empereur a acquis au prix de 400 000 Thalers un hôtel pour l'Ambassade de France — Pariser Platz. Le British Hôtel en est tout près.) Ce dernier me dit qu'il avait deux opéras entièrement terminés, dans son portefeuille, et un troisième très avancé. La nouvelle des journaux que la fameuse *Africaine* sera donnée de suite après le Tannhäuser à l'Opéra de Paris ne m'a pas été confirmée par l'illustrissimo maestro — au contraire il semble »préférer attendre.« (Vous vous souvenez de ce charmant axiome du *Cuisinier parfait*: »le lapin *demande* à être écorché vif — le lièvre *préfère* attendre!«)

Wagner vient de m'écrire quelques lignes. Il n'est pas encore remis de sa maladie qui paraît avoir été assez sérieuse. Le numéro de sa maison n'est pas 9, mais 3, rue d'Aumale. Je lui écrirai ce soir, et lui enverrai un exemplaire de son »Nibelungen-Ring« qu'il me demande. Il veut publier cette grande œuvre (le texte seulement), dont je ne sais comment il ne lui reste pas un seul exemplaire. On en avait tiré 2 ou 3 cents exemplaires, mais qui n'ont jamais été dans le commerce.

Bülow ira à Paris pour la 1re représentation du Tannhäuser — et j'espère y être *avant*.

---

1) Liszt's selten begabter, zu schönsten Hoffnungen berechtigender Sohn, der in Wien juristischen Studien oblag, starb, 20 Jahre alt, am 13. Dec. 1859 im Hause seiner Schwester in Berlin in seines Vaters Armen.

Vous recevrez par *Schott* les brimborions dont je vous ai parlé (à 2 et à 4 mains). J'ai chargé l'éditeur de l'expédition, et à cette occasion il eut l'amabilité de me dire que ces morceaux se vendaient passablement.

A Berlin Mlle Jenny Meyer (une belle voix de Mezzo-Soprano) vient de chanter »Mignon« avec un succès de *Bis*(!), ce qui fera aussi vendre quelques exemplaires! —

Avez-vous le temps de lire un volume de 200 pages (qui contient une foule de citations classiques très intéressantes), intitulé *Richard Wagner und das Musik-Drama* von Franz Müller (Regierungsrath in Weymar)? Je vous l'envoie. Il n'est pas douteux que Wagner n'en sera guère content. A une seconde édition je me réserve de faire retrancher un tiers des citations, et de modifier quelques passages d'une tournure un peu provinciale.

Pour faire suite à vos courriers politiques (dont j'ai communiqué quelques passages à ma fille et Hans, qui en ont été ravis), dites-moi ce qu'on pense du changement ministériel en France, et du rétablissement d'un régime libéral. A ce sujet l'Empereur aurait dit: »Je n'ai jamais eu l'intention de prendre ses libertés à la France — je les ai seulement *empruntées*.« (En d'autres termes, je prendrai la liberté de donner la liberté à la France quand elle sera mûre pour cela.)

Votre combinaison des *Débats* pour Wagner est admirable — pourvu que notre ami sache un tant soit peu comment s'y prendre! —

Quand vous verrez Mme de Coudenhoven, veuillez me rendre le service de lui demander à quelle adresse on écrit maintenant à sa mère. Elle doit être à Pétersbourg, mais je voudrais avoir toute sécurité que ma lettre lui parvienne.

La Princesse ne quittera pas Rome de sitôt. N'est-ce pas Mr de Montefiori qui représente la France à Bruxelles? C'est un cousin et ami de Mr de Mulinen, que je continue de voir très souvent — et qui tranche singulièrement sur mon »entourage de crétins«. Son père a été quelque trente ans Ministre de Wartenberg — à Paris en dernier lieu. Mr de X. en sait sûrement long sur son compte. Voici une petite anecdote. A la représentation gala à l'Opéra après la révolution de Juillet on chanta la Marseillaise. Toute la salle se leva à la strophe fameuse. — Mulinen seul resta assis. Le parterre se mit à tapager. »*Liberté des opinions!*« cria ou plutôt cracha Mulinen sans bouger.

85.

17 Décembre 60.

Je suis resté enfoui sous un monceau de *notes* (non diplomatiques) toute cette dernière semaine. A la publication de mes *Lieder* (dont je vous enverrai, ou plutôt *apporterai* le 7me cahier) doit s'ajouter celle d'une douzaine de *Männer-Chorgesänge*, et je tenais à finir cette besogne avant Noël. Un de mes amis[1]) m'écrivait au sujet de ces morceaux: »Wir erwarten von Ihnen *Männer-Chorgesänge*, welche *Bierbrüder* zu *Halbgöttern* umwandeln!«

Soyez indulgente et pardonnez-moi de ne pas vous avoir remercié de suite de votre bonne, charmante et très gracieuse lettre. Je me suis pavané, comme de raison, à bon endroit du courrier politique. Le retour de l'Impératrice semble du reste mettre un peu en défaut l'exactitude de votre correspondant. Mais qu'à cela ne tienne. Même pour la *vérité* il faut distinguer la vérité *vraie* des autres — à combien plus forte raison ne faut-il pas laisser de la marge aux nouvelles du genre de celles que vous avez la bonté de me communiquer! Aussi continuerai-je de vous prier avidement de me distribuer de temps en temps cette manne, dont mes récentes appétences politiques m'ont rendu si friand. Dans le »*village-résidence*« (»Residenz-Dorf«) que j'habite, il ne se passe rien, et par conséquent il ne se dit rien. Il sera donc très charitable à vous de venir un peu à mon secours, afin que je ne tourne pas trop ostensiblement au »crétinisme«! —

Relativement au décret sur l'adresse du Sénat etc. etc. je me permets d'avoir une petite opinion à part moi, que je

1) Louis Köhler, siehe »Franz Liszt's Briefe«. Bd. I., Nr. 249.

vous dirai verbalement, si vous me le permettrez, sous peu. Avant la mi-Janvier j'irai à Paris par Bruxelles. Puissiez-vous à ce moment ne pas être trop absorbée par vos inquiétudes filiales — et vous relâcher un peu de vos devoirs maternels que vous accomplissez avec une ténacité exemplaire! —

Veuillez m'indiquer l'hôtel le plus rapproché de votre maison, car à l'exception de Fétis, que je dois consulter sur quelques sources *poudreuses* (qui serviront à mon travail de Liturgie catholique), je compte bien ne voir personne autre que votre Grâce sérénissime, de laquelle je demeure très invariablement le très humble et très affectionné serviteur

F. Liszt.

P. S. Wagner vient de m'écrire quelques lignes. Il est encore fort souffrant et me dit qu'il lui a été impossible de corriger les épreuves du »*Rheingold*«, qui paraîtra chez Schott prochainement. A propos de Schott, je vous ai fait parvenir par l'éditeur Schuberth (Leipzig-Hamburg) les morceaux à quatre mains dont je vous ai parlé. Réclamez-les de Schott. Voulez-vous que je vous envoie les »*Quatre Poëmes d'opéras*« de Wagner?

86.

Mon voyage de Paris est retardé d'un mois, et ce n'est que vers le 20 Février que je serai à Bruxelles. Avant de m'en aller d'ici j'ai plusieurs grosses choses à préparer pour l'impression, ce qui me donne à faire par-dessus la tête. Mme de Bülow est à l'Altenburg depuis une dizaine de jours; — pardonnez-moi de ne pas vous avoir écrit plus tôt, mais comme j'étais assez incertain sur ce que je ferai, je ne voulais pas vous parler de ce que je ne savais guère moi-même. Ne m'en punissez pas en me laissant trop longtemps sans nouvelles.

Merci de ce que vous avez fait pour Wagner. J'espère que cela amènera du moins un bon résultat, lors même qu'il ne serait pas tout à fait tel que nous le désirerions. On annonce la 1re représentation du Tannhäuser pour la mi-Février ; mais j'imagine qu'il y aura comme de coutume quelqu'ajournement.

Entre nous soit dit, j'ai demandé au G[d] Duc la décoration (du Faucon) pour Wagner, après la représentation du Rienzi ici, à Noël. Monseigneur y semblait assez bien disposé. Au risque même d'un fiasco du Tannhäuser à Paris, il me paraissait bienséant que cette marque d'attention parvînt à Wagner de Weymar *maintenant*. Si c'est en pure perte, cela ne prouve point que je me sois trompé ! —

Ne m'avez-vous pas dit que vous voyez les M. à Bruxelles? Comme il est fort lié avec Mulinen, j'irai probablement le voir — à moins que les journées ne soient beaucoup plus courtes dans vos contrées qu'ailleurs. Vous me renseignerez sur ce point de l'astronomie.

Quand vous en trouverez le loisir, vous me ferez un grand plaisir de continuer le courrier politique.

Avez-vous reçu la musique à 4 mains par Schott? — Si non, je vous ferai faire une seconde expédition.

Très à vous de sincères hommages et affection

17 Janvier 61. Weymar. F. L.

87.

Vous êtes vraiment d'une admirable bonté de m'écrire ainsi *in extenso* au milieu de vos chagrins et tribulations de famille. Si mes vœux sont inutiles et mes remercîments insignifiants, vous savez qu'ils proviennent du moins d'une sincère et vive affection.

Je ne sais comment j'imaginais que vous aviez des rapports fréquents avec les M. ; mais puisqu'il en est autrement, je n'aurai garde de m'y fourrer. Le souci de beaucoup de gens à savoir où *on passera* la soirée, m'a toujours été inconnu, et ce n'est pas à Bruxelles qu'il me viendra ! — Il me faudra travailler d'arrache-pied pour venir à bout de mes paperasses d'ici au 15 Février, et comme je vous l'ai déjà écrit, le 16 j'irai chez le Prince Hohenzollern (à Löwenberg) et le 19 je devrai être à Leipzig. Ce n'est donc que la dernière semaine de Février que je ferai la connaissance de votre Erard.

Ma fille Cosima m'a quitté il y a 4 jours, après en avoir passé une quinzaine ici. Elle serait très charmée de vous retrouver, et je me plais à croire que sa *personnalité* assez tranchée vous serait agréable. Sa petite fille (que nous appelons plaisamment *Cosma* à cause de ses protubérances du cerveau singulièrement saillantes, qui lui donnent au berceau je ne sais quel air de drôlatique ressemblance avec Mr de Humboldt) continue le système d'allaitement au biberon.. Cosima avait commencé par la nourrir, mais elle gagna une assez forte maladie au bout de quelques jours, et le médecin et Mme de Bülow et Hans se sont absolument opposés à ce qu'elle donnât suite à un zèle de maternité qu'elle n'était pas de force à supporter. Pardon de ces détails que je n'aurais certainement pas songé à vous relater, si vous ne me les demandiez expressément.

Hans ira à Paris pour la 1re représentation du Tannhäuser, dont les répétitions semblent devoir se prolonger au-delà du terme indiqué d'abord. On raconte ici toute sorte de choses peu agréables pour Wagner au sujet du désarroi dans lequel cette nouvelle musique met les chanteurs et les musiciens d'orchestre; mais je suppose qu'il y a au moins passablement d'exagération dans ces *on-dit*. Du reste ce n'est jamais sans peine et sans vives contestations que les œuvres nouvelles d'une importance majeure sont parvenues à prendre leur rang. Gluck et Spontini à Paris, Mozart et Beethoven en Allemagne ont rencontré des difficultés analogues à celles de Wagner, et Händel a failli jeter tout bonnement une prima donna par la fenêtre, la Diva ayant déclaré sa musique inchantable. C'est le cas de se rappeler l'adage de Salomon: »Rien de nouveau sous le soleil«.

A propos de choses musicales, ne me prenez pas pour un grossier, je vous supplie, si je me permets de trouver votre bienveillante intention de persuader à F. de faire exécuter quelqu'une de mes choses ni plus ni moins qu'absurde! A la vérité il m'a fait lui-même une proposition de ce genre, et à plusieurs reprises, de la manière la plus obligeante — mais je suis bien déterminé à me *hâter très lentement* à cet égard .... Si ce chapitre vous intéresse, je vous communiquerai les données de la position que je prends et *maintiendrai*, quand nous nous reverrons.

Votre charmante anecdote *Polignac-Mirès* m'avait été racontée, mais d'une façon beaucoup moins élégante. La version que j'entendis attribuait à Mr Mirès *exclusivement* ce propos fort spirituel: »J'ai du sang pour *trois*, de par la grâce du *trois* pour cent.«

Encore une fois merci de tout cœur pour votre lettre et très invariablement bien à vous

24 Janvier 61. F. L.

88.

Je suis mortellement triste — et ne puis rien dire, ni rien entendre[1]. La prière seule me soulage par moments, mais hélas! je ne sais plus prier avec beaucoup de continuité, quelqu'impérieux que soit le besoin que j'en ressens. Que Dieu me fasse la grâce de traverser cette crise morale et que la lumière de sa miséricorde reluise dans mes ténèbres ....

Ce matin Lassen est venu me voir. Nous n'avons parlé que de choses qui me sont devenues passablement étrangères — pourtant j'ai été pris tout à coup d'une telle désolation, que je n'ai pu retenir de grosses larmes. Pardonnez-moi de vous fatiguer de semblables inutilités! Vous avez été souvent douce et bonne pour moi, et je me laisse aller à vous parler comme si vous étiez là présente — ce qui, je vous assure, ne m'arrive guère avec d'autres.

La consultation des médecins à Berlin a été moins défavorable que je n'avais lieu de le craindre. C'est la cure du petit lait (»Molken-Cur«) qui est d'abord ordonnée à Cosima. Vers la mi-Mai elle ira à Reichenhall à cette fin.

1) Ausser den unablässigen Kämpfen, die ihm und der Fürstin das Leben erschwerten, machte ihm die ernste Erkrankung seiner Tochter Cosima grosse Sorge.

S'il se trouvait quelque prétexte — quelqu'un à recommander, un journal ou un livre à envoyer — je serais bien aise que vous écriviez à Cosima. Nous avons souvent parlé de vous à son dernier séjour ici, et si elle avait su comment s'y prendre, vous auriez déjà reçu une lettre d'elle. Son adresse est 11, Anhalter Strasse, Berlin. Je vous envoie ci-joint un échantillon de son style, qui me paraît assez remarquable, pour parler modestement. Ses facultés d'intelligence se sont très développées ces dernières années, et je lui crois tout à fait l'étoffe d'une femme extraordinaire. Elle écrit avec une rare facilité au courant de la plume et de la pensée. Remettez la lettre ci-jointe sous enveloppe, car je tiens à la garder. . — .

Vous ai-je parlé du Livre de Job *par Isaïe*, *retrouvé*, rétabli dans son intégrité et traduit littéralement par Pierre Leroux? On m'en a envoyé seulement la préface, qui m'a rendu singulièrement désireux de connaître l'ouvrage. Plus que jamais je me sens d'ailleurs en disposition de relire ce merveilleux livre. Je vous en parlerai quand je le connaîtrai. En attendant il est surprenant que Leroux ait pu faire une semblable découverte. Selon lui, à partir du 3me chapitre, il n'y a que transpositions, interpolations, sens dessus dessous et embrouillamini systématiques dans la version de la Vulgata et les diverses traductions que nous possédons; la Cabale et les rabbins ayant à dessein fait tous leurs efforts pour en rendre le sens inintelligible. Leroux affirme qu'à l'exception des trente versets des 2 premiers chapitres, il n'y a pas un verset sur cent dans toutes les traductions qui ont paru, qui n'offre un faux sens ou un contre-sens.

Je ne vous parle plus de mon voyage à Paris qui est indéfiniment ajourné.

Les nouvelles que je reçois de Rome sont bonnes.

Quand vous trouverez un moment, écrivez-moi quelques lignes.

21 Mars 61. F. L.

Ne m'aviez-vous pas demandé un petit autographe musical? Est-il encore temps de vous l'envoyer?

89.

[Wol zwischen Ende März und Mitte April 1861 geschrieben.]

Vos »Psylles« et vos »Nasamoniens« (renouvelés d'Hérodote) sont admirablement trouvés. Sans trop examiner jusqu'à quel point les Piémontais sont aptes à jouer un rôle semblable à celui des Nasamoniens, et quelle différence notoire il y aurait à établir entre la campagne »contre le vent du midi«, entreprise par les braves Psylles et la défense au moins fort légitime du gouvernement temporel du St Siège, l'apologue est d'une si frappante originalité que je m'y laisse prendre. Seulement si tant est que les choses tournent dans le sens que vous prévoyez, je serais presque tenté de vous dire comme Voltaire à Frédéric le Grand: »Tâchez, Sire, de n'avoir pas tant raison!«

Je vous épargne toute complainte sur les tristes jours que vous venez de passer; vous savez que les miens n'ont pas été roses. Heureusement il y a beaucoup de mieux aussi dans l'état de Cosima. . —.

Voici deux bribes autographes; s'il en faut davantage vous n'avez qu'à commander. Je ne sais si je vous ai joué le »Fragment« de la Symphonie »*Ce qu'on entend sur la montagne*«; [1]) cela a un caractère de prière recueillie, qui ne vous déplaira peut-être pas. Quant au motif des *Ideale*, vous le connaissez de reste.

Il me tient fort à cœur de reprendre ma correspondance avec Wagner, suspendue depuis plus de 3 mois. Certes, personne plus que moi ne peut lui être *dévoué* (comme on dit banalement). Je voudrais seulement de façon ou d'autre lui rendre quelques bons services; mais malheureusement les moyens qu'il faudrait pour cela ne sont guère à ma disposition Il a absolument besoin de beaucoup d'argent; où en prendre? . —.

Il est question d'un voyage en Allemagne de Wagner dans

1) Symphonische Dichtung von Liszt.

le but d'organiser un grand festival, auquel on représenterait *Tristan* sous sa direction. Carlsruhe serait désignée de préférence à toute autre ville pour réaliser ce projet, le Grand Duc et la G^de^ Duchesse étant toujours restés fort bienveillants pour Wagner, et très admirateurs de son génie. Aussi Hans à son récent séjour à Carlsruhe en a longuement parlé avec Leurs Altesses. Il faudra voir ce qui en résultera. De mon côté je tâche de déterminer le G^d^ Duc de Weymar à inviter Wagner à donner également sous sa direction le Tristan dans le courant de la saison théâtrale prochaine, et la dernière fois que j'en entretins Monseigneur il y paraissait assez disposé. Seulement il me sera difficile d'obtenir un honoraire pour Wagner, qui corresponde à son désir — car la dépense qu'exigera la représentation du Tristan sera déjà tellement considérable que les largesses du G^d^ Duc ne s'étendront pas beaucoup au delà.

Tout ce train musical, théâtral, éditorial etc. etc. m'est très pénible, et je m'en chagrine souvent à l'excès *pour autrui*, Wagner surtout, sans pouvoir y remédier.

L'échauffourée de Tannhäuser à Paris [1]) ne simplifie pas la situation ailleurs — toutefois on tiendra bon jusqu'au bout sans broncher et Dieu aidant le haubergeon se fera maille à maille.

La légende de la belle et pure fontaine (dans le diocèse d'Uzès) qui changeait de place lorsqu'on y jetait de l'eau sale, me ravit. Vous souvient-il qu'en entendant certaine musique ici, vous avez ressenti une impression analogue?

Je baise vos deux blanches mains avec le plus tendre respect. F. L.

90.

Esculape en personne n'aurait pu mieux faire que d'ordonner *Kösen* à George. Comment va le cher enfant? Je le saurai

---

1) Wagner's Werk war bekanntlich am 13. März 1861 in der Pariser Opéra einer feindlichen Partei zum Opfer gefallen.

au juste dans une dizaine de jours, en venant vous faire ma visite à Bruxelles. Mardi prochain (30 Avril) je pars d'ici. Quelques emplettes à faire me retiendront à Francfort une couple de jours, et il me faudra aussi passer plusieurs heures à Mayence (chez Schott). Veuillez donc faire accorder votre Erard pour Dimanche (5 Mai) .... D'après votre recommandation je m'établirai à l'hôtel Bellevue.

En ce moment Grosse (qui m'accompagne aussi à Bruxelles) m'apporte votre courrier. Mille et mille grâces de votre admirable patience et de l'abondante provision de renseignements que vous avez la bonté de me fournir. Je ne pense pas qu'on en finisse de sitôt avec Rome; la barque de St Pierre possède une force de résistance à nulle autre pareille, et l'Empereur est trop sage pour s'aventurer plus loin dans une entreprise, dont les conséquences ébranleraient sa propre autorité. Du reste, qui peut savoir où nous allons? —

Si par hasard vous aviez quelque chose de pressé à me communiquer, adressez hôtel d'Angleterre, Francfort sur Mein. J'y serai Mardi soir. Le Comte Mulinen, dont je vous ai parlé, part avec sa femme et ses deux enfants avec le même train que moi. Comme il a aussi quelques affaires à Francfort et à Bruxelles, nous sommes convenus que nous nous arrangerons à l'amiable durant tout ce trajet, jusqu'à Paris.

Cosima a accompagné son mari à Schwerin, il y a huit jours — mais je présume qu'elle est maintenant de retour à Berlin et qu'elle vous aura déjà écrit. A la fin de Mai elle ira faire sa cure à Reichenhall, où je lui ai promis de la rejoindre, et vers le 25 Juin je compte être de retour ici.

A bientôt donc — et encore merci de tout cœur pour votre dernière lettre, qui augmente encore le poids de mon insolvabilité vis-à-vis de vous.

25 Avril 61. F. L.

J'ai repris ma correspondance avec Wagner, interrompue depuis trois mois — mais n'ai pas encore reçu sa réponse.

91.

On me remet vos bonnes lignes et j'ai hâte de vous dire que j'accepte à cœur joie votre invitation pour Dimanche. Si mes calculs sont exacts, je dois arriver même quelques heures avant que vous ne présumez, et il serait très gracieux à vous de me réserver déjà une demi-heure dans la matinée de Dimanche.

Cosima m'écrit qu'elle a été ravie du présent que vous lui avez envoyé. Elle l'a trouvé à son retour de Schwerin et ne tardera pas à vous en remercier.

Veuillez bien rappeler affectueusement au bienveillant souvenir de Mr de X. votre très respectueux et affectionné serviteur

Mercredi, 1 Mai 61. Francfort. F. Liszt.

92.

[Paris. Zweite Maihälfte 1861.]

Vos bonnes lignes du 8 et 15 Mai me sont exactement parvenues, ainsi que la lettre d'un amateur d'autographes, Mr Powell (auquel je répondrai prochainement), qui a eu le bon esprit de m'adresser rue Belliard. Mr de X. étant parti pour Londres, je me plais à croire que son indisposition n'a été que passagère et que notre excellent docteur n'aura pas eu de trop grands efforts de science à faire en cette circonstance.

Ma mère supporte avec une patience exemplaire et une parfaite égalité d'humeur son triste état. C'est à peine si elle réussit à se lever, ou plutôt à se faire lever de son lit pour se mettre sur un fauteuil, et probablement elle sera condamnée aux béquilles pour le reste de ses jours. Ma fille et son mari sont admirables de soins et de déférence affectueuse pour elle. J'en suis vraiment touché et y vois comme une bénédiction de la Providence pour mes bons vouloirs, lesquels même à travers beaucoup de sottises ne m'ont jamais fait entièrement défaut. Grâce à cet établissement de ma mère chez les Ollivier, je suis complètement rassuré sur une éventualité qui à la longue doit arriver forcément. Hélas! (comme dit Mr de Vigny) qu'est-ce qu'un monde, où l'on arrive avec *l'espoir* de voir mourir son père et sa mère!

Les photographies dont je vous suis redevable seront les bienvenues. Si vous vous en déclarez satisfaite, elles sont nécessairement très bien réussies; car je me flatte que vous êtes plus difficile en ce qui concerne ma triste figure, que je n'ai droit de l'être moi-même. Demain matin je dois poser chez Mr Salomon, sculpteur et photographe en renom ici — et vous apporterai ce nouvel exemplaire de ma façon, si elle vient bien. J'y joindrai un relief photographié de Chopin que Salomon m'a promis.

Mes relations avec mon gendre Ollivier que je connaissais à peine, se sont établies sur le meilleur pied d'intimité. C'est une nature à la fois intègre, intelligente et passionnée — de plus, il a un charmant et rare sentiment de la musique .... ce qui veut dire qu'il goûte la mienne. Entre autres il a pris en affection particulière la phrase du Dante que vous connaissez.

Wagner sera de retour dans 4 ou 5 jours. — Il a laissé quelques lignes pour moi avant de partir — le même jour que j'arrivais ici.

Mr de Mulinen avec lequel je m'étais établi dans une petite maison meublée très proprette, rue Castellane 5, s'en est retourné à Francfort avant-hier soir. Il a, je crois, obtenu ce qu'il désirait au ministère, un peu plus vite qu'il n'y comptait. Son frère est toujours (1^r secrétaire et chargé d'affaires par intérim) à l'Ambassade d'Autriche. J'ai dîné avec lui en petit comité Lundi dernier chez les Metternich. Gounod avait apporté la partition de son »Faust«, et je lui ai fait les honneurs de sa Valse pour dessert, à la grande satisfaction de l'auditoire.

Il est question de ramasser une assez bonne petite somme pour Wagner, moyennant la représentation de Tannhäuser ou Lohengrin sur toutes les scènes de l'Allemagne *à son bénéfice.* Berlin donnera le branle, et les autres suivront. Cette idée pratique est due à l'imaginative de Pourtalès, ou Hatzfeld,

— ou de la Pcesse Metternich — ou même de la Reine de Prusse et de je ne sais qui encore. J'y abonde pour ma part — et il s'agit seulement de faire toucher à Wagner le résultat.

Quant à notre ami Berlioz, il est très abattu et enameré. Ses *Troyens* sont remis aux calendes grecques, et il ne parvient guère à se *remettre* de sa femme. Quel joug!

Ce soir je dînerai chez Gounod, et demain chez Rossini, qui m'a accueilli très paternellement. Quoiqu'il prétende n'avoir plus ni cheveux, ni dents, ni jambes, il conserve toujours fort bonne mine et tout son esprit. Il paraît qu'il a composé plusieurs morceaux de piano intitulés »*beurre frais*«, »*pois chiches*« et »*pois verts*«, »*macaroni*« etc. Je les dégusterai demain soir.

Si je suis présenté à Sa Majesté ce sera par l'intermédiaire de Metternich.

Vers la fin de la semaine prochaine je dirai à Grosse de faire mes paquets. Vous recevrez de mes nouvelles avant.

Bien tout à vous de cœur F. L.

Adressez les photographies rue Castellane, 5.

93.

Il m'est impossible de fixer le jour de mon départ d'ici — probablement ce sera Samedi ou Dimanche soir — en tout cas vous recevrez un mot de moi 24 heures avant mon arrivée à Bruxelles.

Veuillez avoir la bonté de remercier Monsieur de X. de son très aimable billet, auquel j'ai été fort sensible. Les photographies me sont exactement parvenues et me semblent très bien réussies. Je vous en apporterai plusieurs autres faites ici, pour votre collection.

Bien à vous F. L.

28 Mai.

Wagner est revenu ici avec Tausig avant-hier. Je vous amènerai Tausig, qui m'accompagne jusqu'à Weymar.

94.

Je ne réussis pas à m'en aller d'ici, où j'ai tant et tant d'anciennes connaissances auxquelles se sont ajoutées quelques nouvelles.

Lundi je dînerai chez les Duchatel, et Mardi chez Mme de Rothschild (à Boulogne). Mercredi je voudrais passer quelques heures avec ma mère et Blandine, de manière que je ne serai que Jeudi à Bruxelles. S'il y avait changement, je vous en informerai.

L'Empereur m'a très gracieusement nommé Commandeur de la Légion d'honneur.

Bien à vous F. L.

Jeudi soir — 30 Mai.

Je n'oublie pas vos autographes de Rossini et Berlioz.

95.

Wilhelmsthal, 20 Août [1861].

Wagner m'a fait une véritable joie en passant une dizaine de jours avec moi à l'Altenburg. Le surlendemain de son départ cette maison a été fermée et scellée (11 Août). J'ai encore passé 4 ou 5 jours à l'*Erbprinz* pour achever le règlement de quelques comptes etc., et le Samedi 17 j'ai quitté Weymar pour *un assez long temps*.

Le Comte Beust m'ayant fixé le Dimanche pour Wilhelmsthal, je me suis d'abord présenté à Reinhardsbrunn. Mgr de Gotha est on ne peut mieux en équilibre d'esprit et d'humeur. Je ne lui ai jamais vu aussi bonne mine, ni plus d'entrain. Comme il s'entend de soi, il se rend aux manœuvres du Rhin — et s'y fera certainement remarquer.

Il a paru dernièrement (Brockhaus, Leipzig) la 3me édition d'une brochure intitulée »Der Herzog von Gotha und sein Volk« von Eduard Schmidt-Weissenfels, suivie d'une lettre du Duc. Si cela pouvait vous intéresser je vous l'enverrai. Mais d'abord veuillez me faire parvenir celle »*fabriquée*« rue Belliard — et cela à ma nouvelle adresse: chez S. A. le Prince

Hohenzollern à Löwenberg (preussisch Schlesien). J'y arriverai après-demain soir et y passerai une quinzaine de jours au moins.

Merci de l'envoi de la brochure sur le discours de Deak, dont la donnée principale me semble parfaitement juste.

Ici j'ai eu l'honneur de rencontrer le Comte de Paris et le Duc de Chartres. Ils sont venus faire visite à leur oncle et tante, le G^d^ Duc et la G^de^ Duchesse, accompagnés du Cte de Montguzon, Général Frollenveau, Capitaine Morlieu, et s'en retournent demain en Angleterre. Le Duc de Gotha me disait, il y a trois jours, que le temps n'était pas favorable à la musique — le serait-il davantage aux prétendants? Je n'en sais rien.

A propos de musique, avez-vous remarqué l'article du 12 Août sur la *Tonkünstler-Versammlung* dans la Gazette d'Augsburg (Allgemeine Zeitung)? Il coïncide avec ce que je vous disais à Kösen. Comme vous recevez ce journal je vous engage à rechercher ce numéro.

Wagner est reparti avec ma fille Mme Ollivier qui est allée voir sa sœur Cosima, et qu'il a accompagnée jusqu'à Reichenhall. Je n'en ai pas de nouvelles depuis, mais il doit être en train de faire répéter à Vienne son *Tristan* dont il m'a annoncé la 1re représentation pour Octobre. Peut-être y serai-je.

En attendant je vais passer quelques semaines à Löwenberg — de là j'irai à Vienne où j'ai encore quelques affaires à régler. Je m'y occuperai de celle du terrain de Bonn que j'ai remis aux mains de mon cousin, et dont je ne puis vous donner des nouvelles que de Vienne.

Ecrivez-moi bientôt à Löwenberg.

Voici une petite photographie faite d'après la grande de Salomon. J'ai remis la vôtre à Mlle Nicolas qui est repartie pour la Russie.

Veuillez présenter mes très affectueux compliments à Mr de X. et me rappeler respectueusement au souvenir de Madame votre mère. Pour George et Charles [1]) je me flatte qu'ils me considèrent comme de leurs amis.

---

1) Der zweite Sohn der Adressatin.

Wiertz a-t-il publié son catalogue? Envoyez-le-moi avec votre brochure.

Bien à vous de cœur F. L.

96.

Quoique je ne saurais me vanter d'avoir bien employé mon temps, ce dernier mois a passé très rapidement. En quittant Weymar, je ne savais trop ce que je deviendrai *zunächst* — et ne suis pas beaucoup plus avancé maintenant. La très aimable, et je puis même dire, amicale hospitalité du Prince Hohenzollern m'a retenu depuis trois semaines ici, où ma fille Cosima est venue me retrouver, et vient de passer quelques jours. En me quittant elle m'a fait promettre que je lui rendrai sa visite à Berlin, et comme elle me tyrannise, et que je fais à peu près tout ce que bon lui semble, j'irai à Berlin après-demain pour y rester probablement jusqu'au jour de sa fête (27 Sept. Sts Côme et Damien).

La nouvelle dont vous me parlez est une nouvelle des journaux. A ce sujet je vous répèterai que je ne veux plus ni rien croire, ni rien décroire. Quand il y aura quelque chose de définitif, je vous en informerai. Vous savez que depuis plusieurs mois déjà il n'y a plus aucun obstacle *religieux* à ce que cette nouvelle soit confirmée par le fait — mais des raisons de convenance et de prévision pourront nécessiter un ajournement indéfini. — Voilà pourquoi je ne vous en parlerai que quand il y aura lieu. Sans être aucunement porté à faire du mystère, ma vie entière s'étant, pour ainsi dire, jouée à cartes découvertes, je suis pourtant en cette circonstance obligé à me taire plus qu'il ne m'est agréable, vu les nombreux fils qui y sont enchevêtrés. —

Vous ai-je dit qu'avant mon départ de Weymar le Gd Duc m'a nommé Chambellan? Cela simplifie ma petite position en cette ville, où je ne trouverai moyen d'exercer quelqu'influence qu'en étant directement avoué et un peu appuyé par la Cour. Il est du reste entendu que je passerai au moins une année au loin — et j'hésite encore pour mon établissement d'hiver entre le Midi de la France (St Tropez, chez les Ollivier, qui sont là très bien nichés aux bords de la Méditerranée dans un site qu'on dit ravissant) et Athènes, où j'ai envie de m'adonner aux *études classiques*! — Je me déciderai quand j'aurai vu St Tropez, à la fin de ce mois, comptant aller en droite ligne de Berlin à Marseille.

En fait de nouvelle politique il y en a une très grosse sur le tapis = la toute fraîche entente cordiale de l'Angleterre avec la Russie. En savez-vous quelques détails?

A Pétersbourg il paraît qu'on murmure contre le gaspillage entretenu par l'établissement et le fonctionnement de *huit* cours = celles des *trois* Grands-Ducs, des *quatre* Grandes Duchesses et de l'Empereur. Abondance de biens ne nuit pas, disent les uns — et les autres répondent »il ne faut d'excès en rien«.

La date du 18 Octobre (anniversaire de la bataille de Leipzig), choisie pour le couronnement à Königsberg est assez démonstrative. Un officier prussien m'observa que c'était une réponse indirecte à la manœuvre de la bataille d'Auerstædt que l'Empereur Napoléon a fait exécuter l'an dernier au camp de Chalons — mais à mon sens il n'y a point de parité, moins encore de proportion entre ces deux choses. Les plus conciliants donnent pour raison de date du 18 Octobre, fixée pour le couronnement à Königsberg, l'anniversaire de la naissance du prince héréditaire de Prusse. Il en sera ce qu'on voudra.

Merci du petit extrait que vous avez eu la bonté de me faire du 4me volume des Mémoires de Mr Guizot. Le terme employé par Guizot: »pendant notre *commune* retraite à Londres en 48« est d'une délicatesse charmante; et le dogmatisme du P[ce] Metternich, affirmant que »jamais l'erreur n'a approché de son esprit« encadre bien ce personnage, tellement cuit dans le jus de ses certitudes! —

Dans le discours de Schmerling j'ai retrouvé avec plaisir la thèse de votre brochure sur Deak. Il me semble qu'on n'avait pas mieux à dire.

Si vous avez un moment pour m'écrire, adressez Berlin

chez Mr de Bülow, Schöneberger-Strasse 10. J'y resterai certainement jusqu'au 22, sinon jusqu'au 26.

Mille très cordiales amitiés à George et Charles.

Löwenberg, 16 Sept. 61. F. L.

Avez-vous des nouvelles de Tausig? Wagner sera obligé de suspendre les répétitions de Tristan, dit-on, à cause de la santé d'Ander [1]) — et retourne à Carlsruhe.

---

1) Der sehr poetische aber zarte Wiener Tenorist, dessen Kraft der anspruchsvollen Rolle ohnehin nicht gewachsen war, trat bald darauf von der Bühne zurück.

Rom

97.

Votre *Musique* est entendue; elle résonne souvent dans mon âme.

Pas n'est besoin de vous dire qu'il n'y a guère en moi grand changement, moins encore d'oubli. Seulement ma vie s'ordonne plus simplement — et la piété catholique de mon enfance est devenue un sentiment régulier et régulateur. Pour un certain nombre de personnes la piété consiste à brûler ce qu'on a adoré. Je suis loin de les blâmer — mais pour ma part j'incline et chercherai plutôt à consacrer ce que j'ai aimé, et si vous me passez cette comparaison du très grand au très petit, je dirai qu'en cela je suis la méthode constamment usitée à Rome pour les monuments chrétiens. Les magnifiques colonnes de Ste Marie des Anges ne proviennent-elles pas des thermes de Dioclétien, et le bronze du Panthéon n'a-t-il pas trouvé son emploi dans le baldaquin de l'autel de St Pierre? — On n'en finirait pas d'énumérer de semblables transformations; car à chaque pas ici on est frappé par les concordances du plan divin entre ce qui a été et ce qui est et sera. Aussi je m'attache singulièrement à Rome, où j'espère laisser mes os, et répète avec St Bernard: »Ibi aër *purior*, cœlum *apertius*, *familiarior* Deus!«

Puisque la Gazette d'Augsburg vous a appris ma demeure, je vous envoie une petite photographie de la Madonna del Rosario, où j'habite le premier étage — travaillant et priant.

Vous avez changé de logis aussi. Ecrivez-moi sans musique, où en sont vos affaires et préoccupations, et donnez-moi des nouvelles de Mr de X. et de George et Charles qui commencent à devenir de beaux messieurs. Je serais curieux au surplus de connaître votre point de vue sur les événements politiques du Nord. Mes relations étant très restreintes, je ne sais que ce qu'en dit le Moniteur, auquel je me suis abonné par conviction persistante, et deux ou trois journaux que je lis de temps à autre. Si donc vous daignez continuer un peu vos illustres fonctions habituelles à mon bénéfice, je vous serai très obligé. Pour sécurité complète je vous prie de prendre l'ennui de faire *recommander* les lettres à la poste, de manière à ce que je sois avisé de leur arrivée par un petit bulletin préalable, de la même façon que vous l'avez déjà fait pour vos belles *notes.*

A bientôt davantage. F. L.

30 Août [1863]. Monte Mario, Madonna del Rosario.

L'hiver dernier je rencontrais de loin en loin Mr Kolb (chargé d'affaires de Wurtemberg) qui professe la plus haute considération pour Mr de X., et m'assurait avoir beaucoup appris de lui.

98.

Je suis en avance aujourd'hui, mais vous ne m'en voudrez pas de vous tenir un peu compagnie à Ostende, où vous trouverez plus de loisirs qu'à Bruxelles. A vrai dire, je ne m'explique guère que vous vous laissiez prendre à je ne sais quelle inquiétude à mon sujet. Je ne suis, hélas! que trop monotone, par nature et par réflexion. Le temps des diversions serait d'ailleurs passé pour moi, et si tant est que je doive encore procurer quelque surprise à mes amis, il est à espérer que ce ne sera jamais un mécompte. Chassez donc tous les *blue devils* d'alentour du »Monsieur Blanc« — et laissez-moi vous remercier de cœur de vos lignes et des deux photographies *très réussies,* die mir manches schön Geträumte und Erlebte vergegenwärtigen! Pour grossir encore votre collection, beaucoup trop nombreuse déjà, des portraits de mon maigre personnage, voici deux photographies faites ici:

l'une d'après un buste en marbre d'un sculpteur courlandais, Mr Sax, et l'autre tout bonnement en bourgeois. Durant les premiers mois de mon séjour à Rome, je m'étais pertinemment refusé à affronter une centième fois l'opération de la photographie; mais bientôt un pari à discrétion que j'ai malencontreusement perdu avec une très aimable dame russe — Madame Milutine — m'a obligé de renoncer à ma prudente abstention, et à l'heure qu'il est, mes images circulent par douzaine, vu la très flatteuse émulation de messieurs les photographes. Au surplus, chose plus étonnante, ma figure a servi de prétexte à un second buste remarquablement modelé par une muse à la fois poète, peintre, sculpteur, anglaise, grande cantatrice et mariée avec un banquier aussi considéré que considérable — Madame Cholmley. Si la postérité ne prend pas la peine de s'apercevoir de mon existence, du moins les contemporains n'ignoreront pas mon nez! —

J'accepte avec reconnaissance votre promesse de continuer vos courriers d'autrefois; cependant je ne voudrais pas pousser l'indiscrétion trop loin, ni ajouter un excédent de fatigue à vos occupations habituelles. Convenons donc que vous m'écrirez à peu près une fois par mois ce qui se passe, et afin que les lettres m'arrivent sûrement, veuillez bien toujours les munir des cachets exigés pour les *lettres chargées.* (Beiläufig gesagt, sprechen Sie mir auch von gewissen Dingen, falls derartige vorkommen sollten, nur andeutungsweise — à demi mot, par égard envers la censure.) Quant à présent, mon domestique étant obligé de retirer les lettres à la poste, il convient également de ne pas attirer l'attention par leur volume .... pardon de ces détails superflus! —

En échange de vos richesses de correspondance, je n'ai malheureusement rien d'intéressant à vous offrir; ce sera donc une pure générosité de votre part, et que je recevrai comme telle. Ma *raison d'être* à Rome consistant en une seule personne, et celle-ci ne se mêlant que peu du monde, je me concentre sur quelques points fixes de sentiment, d'étude et de travail. J'ai achevé l'*été* dernier mon Oratorio d'Elisabeth et passablement avancé en dernier lieu celui du *Christ* que j'espère terminer avant Pâques. Accessoirement mon bagage de catalogue s'est augmenté de plusieurs morceaux de piano, du Cantique de St François, et de l'arrangement des 8 Symphonies de Beethoven, qui m'a été demandé par Härtel pour sa nouvelle et splendide édition des œuvres complètes de Beethoven.

Parmi mes quelques relations, je vous nomme Monseigneur Bonaparte, Mgr Nardi, et le Baron Felix Meyendorff, comme les voyant moins rarement que d'autres. Mgr Bonaparte vit extrêmement retiré, ne va jamais dans le monde, et se désinvite même chez ses frères quand il y a d'autres personnes que les membres de sa famille. C'est un prélat d'une très sincère piété, d'une instruction étendue, et d'un esprit des plus fins et judicieux. La sympathie bienveillante qu'il me témoigne, ainsi que son admiration à l'unisson de la mienne pour son *cousin* m'attachent beaucoup à lui. On aura beau faire et dire contre l'Empereur, il restera le grand homme d'une grande époque. — Nardi qui n'est pas absolument de cet avis, a pris le contrepied de Mgr Bonaparte et se montre beaucoup dans les salons diplomatiques et autres. Il a figuré dernièrement au congrès de Malines; en avez-vous entendu parler? — Meyendorff (neveu de l'ambassadeur à Berlin et Vienne) a passé de Stuttgart à Rome en qualité de premier secrétaire d'Ambassade. Il a, ce me semble, tout ce qu'il faut pour faire naturellement excellente carrière. Sa femme (une des filles du Prince Gortschakoff de Varsovie) joint à beaucoup d'autres agréments celui d'un talent fort original sur le piano.

Merci encore une fois de votre lettre. Soyez *entièrement* rassurée sur le bon emploi de votre temps, quand vous voudrez bien m'écrire, et ne me soupçonnez plus d'être autrement que je ne suis et serai toujours — c'est-à-dire

votre tout affectionné et dévoué serviteur

F. Liszt.

(Monte Mario, Madonna del Rosario.)
19 September 63.
(Adresse: via di *Mare*, par Marseille.)

99.

Je suis tout confus d'en appeler encore à votre indulgence. Plus vous voulez bien m'en assurer et moins je voudrais y recourir. »Après les reproches quoi de plus inutile que les excuses?« dit quelque part Daniel Stern. Néanmoins, puisque vous ne me faites pas de reproche, permettez-moi de m'excuser d'être resté si longtemps sans vous remercier de votre très charmante et ravissante lettre, à laquelle vient se joindre ce matin une seconde de même nature. (Ich fühle das besser, als ich es zu sagen vermag!) De grâce, ne me punissez pas en me retirant vos gracieuses libéralités. J'y corresponds, vous le savez, par une intime reconnaissance .... trop intime même, puisque je ne sais pas vous l'exprimer comme il faudrait .... mais non moins vive et véritable pour cela. Le fait est que depuis trois semaines tout mon temps a été pris par une masse de petits devoirs plus pénibles à remplir que les gros. Je vous en épargne la fastidieuse énumération, et me borne à vous dire que je n'ai pu écrire une seule *note* dans l'intervalle de vos deux lettres, abstinence qui commence à me fatiguer singulièrement le cerveau.

Le Père Theiner a été charmé du message que je lui ai fait de votre part et vous conserve le souvenir le plus cordialement affectionné. Il m'a parlé avec tendresse de vos tendresses réciproques à Londres, alors que vous étiez déjà une grande personne de 6 ans! et avec admiration des prodigieuses facultés d'intelligence de Mr de X. Une affaire importante obligea le R. P. Theiner à se rendre à Paris le 18 Octobre et l'y retient encore. Il s'agit d'une immense publication catholique, dont la direction lui est confiée, exigeant un capital de 500000 francs, tout assuré à l'avance. Aussitôt qu'il sera de retour — avant la fin de ce mois — j'obtiendrai de lui le chapelet que vous désirez et vous l'enverrai par une prochaine occasion de Paris. Ce petit objet de dévotion vous rappellera ainsi une amitié d'enfance en même temps que les mois de réclusion et de musique que vous avez passés à Weimar.

En ce moment on n'est occupé à Rome que du mariage de Mr de Kisselew avec une beauté fort en renom, Donna Francesca Torlonia (née Ruspoli — veuve sans enfants depuis plusieurs années). Indépendamment de la position sociale du nouveau couple, la question des mariages mixtes et des difficultés qui y sont attachées ont une bonne part dans la curiosité indiscrète du public. La *Dame* est partie de nuit, Mardi dernier à l'improviste pour Terni, où son frère vient à sa rencontre pour la conduire à Paris; le *Monsieur* quittera Rome la semaine prochaine. .... Le mariage sera célébré à la chapelle grecque de Paris en premier lieu; ensuite dans quelque église catholique d'Allemagne ou de Suisse. On assure que Mr de Kisselew ne sera plus autorisé à revenir à Rome en qualité de Ministre de Russie après la cérémonie matrimoniale, et il paraît même que le St Père s'en serait exprimé dans ce sens à l'audience du Prince Latour qui remit ses lettres de rappel.

Mr de Meyendorff, que je vois assez souvent, se trouverait ainsi *par intérim* chargé des affaires de la Légation. Mr Moukhanoff (secrétaire de l'Ambassade russe à Constantinople) me dit hier soir que son frère passerait probablement une couple de mois ici cet hiver, avec sa femme (Mme Kalergi). J'attends aussi très prochainement une autre illustration sociale et artistique — la Pcesse Marcelline Czartoryska[1]).

Pour ne pas manquer la poste directe par le bateau qui ne part qu'une fois par semaine, je remets à un autre jour d'autres menus détails. Merci encore mille fois du *courrier* (dont j'espère la continuation) et de tout ce que vous voulez bien dire à

votre tout dévotionné serviteur F. L.

Rome, Samedi 7 Nov. 63.

(Monte Mario — Madonna del Rosario.)

---

1) Einstmalige Schülerin Chopin's.

100.

Comment *réciproquer?* Que faire ou que dire pour correspondre à tant de grâce, de bonté, de patience, de charme et d'esprit? Vous me condamnez forcément à une sorte d'ingratitude, quelqu'aversion que le mot seul m'inspire! Puissiez-vous du moins ressentir quelque douceur à me dispenser ainsi vos largesses, et soyez très assurée que je m'entends mieux à *recevoir* qu'à donner ou rendre. Le beau mérite, n'est-ce pas? mais il y a de votre faute s'il ne m'en reste pas d'autre à réclamer. Toutefois vous me feriez tort de supposer que j'ai désappris notre petite cabalistique enfantine du *Karls-Platz*[1]. L'apparition ne s'est pas évanouie; — je vous vois et vous entends toujours de même. A cet endroit mon cœur ne vieillit pas; malgré les ombres qui s'y sont amassées depuis, le double *chiffre*[2] garde pleinement sa magie lumineuse. J'en appelle à votre »*présomption*« pour ne pas me contredire .... et nous continuerons ce chapitre quand nous nous reverrons — l'année prochaine. Deux obligations de diverse sorte me détermineront probablement à m'absenter de Rome ce printemps; je n'en parle guère encore et vous prie de m'imiter sur ce point; mais quand le moment sera venu, je vous avertirai. Du reste, je vous l'ai déjà dit, l'idiosyncrasie contre les voyages est à l'état chronique chez moi. A quoi bon se trimbaler? Madame de Sévigné avait bien raison de dire »qu'à moins d'être ambassadrice il ne fallait pas remuer ses os«. Or je suis résolu à laisser les miens *ici*, sans leur plus imposer d'inutiles fatigues.

Le Père Theiner a rempli votre désir en obtenant la Bénédiction du Saint Père pour votre chapelet. Je vous l'enverrai par la première occasion et y joindrai une assez bonne gravure de Pie IX (avec une inscription autographiée) auxquels vous trouverez une bonne place dans votre salon. Chapelet

1) D. h. während der musikalischen Studien der Empfängerin in Weimar.

2) Wol das A. A., mit dem Liszt seine Briefe unterschrieb.

et portrait vous parviendront par Mr Franchomme (l'ami de Chopin), qui est venu à Rome pour faire visite à la Pcesse Marcelline Czartoryska et retournera à Paris pour le jour de l'an. Quand vous les aurez reçus (ou même avant) écrivez un mot au R. P. Theiner que je lui remettrai. Il est très occupé maintenant de la nouvelle édition du *Baronius*[1]) avec les continuateurs, y compris Theiner lui-même, qui sera publiée à Paris et formera de 40 à 50 volumes in-4°! — En outre il continue ses in-folios des »Vetera Monumenta historica« et prépare un 5me volume de Documents très curieux sur la Pologne, pour ne pas laisser chômer la Typographie vaticane qu'il a établie en-dessous de sa tourelle, jadis habitée par Galilée. Pour se garer davantage encore des visiteurs et dérangements inopportuns, il viendra vers Noël passer 6 semaines au casino des Pères de l'Oratoire, tout à fait désert en hiver, et contigu à la Madonna del Rosario. Nous nous arrangerons de façon à dîner en tête à tête quotidiennement, et si vous daignez me continuer vos *courriers*, ils fourniront notre plus beau dessert intellectuel.

Quoique vous ne soyez pas assez au point de vue de l'enthousiasme (qui à mon sens est celui de justice) pour l'Empereur Napoléon, vos informations n'en sont pas moins très bien prises .... Il me semble seulement que vous mettez par trop l'Autriche au pied du mur des sacrifices. Oesterreich ist *zäh*, und man kann es nicht entbehren — ergo, il faudra toujours, bon gré mal gré, compter avec elle, ce à quoi elle trouvera indubitablement son compte. On ne sait cela mieux nulle part qu'aux Tuileries, et »le plus *nouveau* des souverains« (comme Mr Drouyn de L'huys qualifie N[apoléon] III dans sa dernière dépêche à Mr de Cador) n'aura garde de s'y méprendre! —

En complimentant l'Empereur d'un plagiat St Simonien, Mr Guéroult s'est peut-être un peu trop avancé dans la forme

1) Römischer Kirchenhistoriker (1538—1607), einer der ersten Schüler des heil. Philipp von Neri, nach dessen Tod Superior der von ihm gestifteten Congregation, nachmals Cardinal und päpstlicher Bibliothekar.

(je ne connais de son article que ce que vous m'en dites); mais pour le fond il ne se trompe guère. Le *Globe*, devenu peu après la révolution de Juillet journal de la doctrine de St Simon, contenait effectivement différents modèles de lettres à adresser aux souverains de l'Europe pour les convier à des fins, assez analogues à celles que semble se proposer la lettre de Napoléon; seulement »Duo cum faciunt idem, non est idem«, et on s'en aperçoit jusque dans les tours du langage qui dans le nouveau document n'est pas moins admirable que le reste. Au risque de vous paraître encore très naïf, je vous avouerai que j'ai meilleure opinion de l'utilité pratique de certaines idées *prêchées* autrefois par les disciples de St Simon, qu'il n'est d'usage de le dire dans les salons des *hommes d'état* (vocable très à la mode maintenant). »L'amélioration morale, intellectuelle et physique de la classe la plus nombreuse et la plus pauvre«, »l'exploitation pacifique du globe«, »la science associée à l'industrie, l'art relié au culte« et la fameuse répartition »selon la capacité« ne me paraissent pas de simples fantaisies vides de sens. Mais vous me direz que je n'ai pas voix au chapitre, et je ne voudrais pas trop me hasarder à disputer avec votre sagesse, lors même que je la croirais un peu trop inclinée vers le *pôle nord*. »Attendons donc les événements«, comme dit le St Père, et prions que le Dieu de patience et de consolation nous fasse la grâce d'être unis de sentiment et d'affection les uns avec les autres, selon l'esprit de Jésus-Christ! —

Il se fait à Bruxelles une correspondance diplomatique autographiée, qu'on envoie sous forme de lettre aux »hommes d'état« et à ceux qui doivent en prendre la mine. Je suppose que Mr de X. est au fait des secrets de cet atelier d'informations. Parlez-m'en, et même, si cela ne vous occasionne pas trop de dérangement, envoyez-moi un échantillon de ses produits.

Voilà notre ami Mr de Ferrières à Bruxelles. L'avez-vous revu? — Mr Moukhanoff (secrétaire de l'Ambassade russe à Constantinople), avec qui j'ai joué dernièrement à deux pianos la 9me Symphonie de Beethoven et ma »divina Commedia«, me dit que sa nouvelle belle-sœur, Madame Kalergi, viendra passer une couple de semaines dans le courant de cet hiver à Rome. On parle aussi de Mr Titof, en remplacement de Mr de Kisselew, dont le mariage avec Donna Francesca Torlonia ne fait pas augurer le retour.

Mme de Bülow me donne d'excellentes nouvelles du succès de la Société de Concerts (sous le patronage du P^ce^ Hohenzollern), fondée et dirigée par son mari. La *Kreuz-Zeitung* s'est aventurée à en faire l'éloge sans trop de restrictions, et le reste de la presse de Berlin »tend sinon la patte du moins la queue«, comme me l'écrit Cosima, qui m'apprend aussi que Wagner s'en retournera bientôt à Pétersbourg pour essayer d'y faire une seconde moisson de roubles. A propos de Pétersbourg, la Société philharmonique m'a invité récemment à diriger deux de ses concerts dans la saison du Carême prochain, où l'on exécuterait plusieurs de mes ouvrages *incompris*! N'en déplaise à Mr de Voltaire, ce n'est pas »du Nord que me viendra la lumière«, si tant est qu'il doive m'en arriver un rayon de quelque part, avant de mourir. Aussi ai-je répondu à Messieurs de la Philharmonie de Pétersbourg, que je m'entêtais à rester tranquille dans mon coin, sauf à y travailler de devenir de plus en plus incompris.

Je vais faire venir le volume »Tristesses humaines« que je vous remercie de me recommander, et dont je n'avais pas entendu parler jusqu'ici. Si dans ces pages la trace de vos tristesses se retrouve, je les aimerai.

Mille amitiés à George et Charles, et bien tout à vous

6 Décembre 63 [Rome]. F. L.

101.

Je ne vous ai plus reparlé de mon voyage, vu l'indécision dans laquelle je me trouvais sur le moment où je me mettrais en route. Ce n'est que ces derniers jours que j'ai pu fixer mon départ d'ici pour la mi-Août. Mon absence de Rome s'étendra de quatre à six semaines. Durant ce temps il me faut aller: d'abord à St Tropez — prier sur la tombe de ma fille Blandine [1]) —; de là à Carlsruhe, assister à la 3me »Tonkünstler-Versammlung«, dont les concerts seront dirigés par Mr de Bülow et auront lieu à la fin d'Août. Vous vous rappelez la part active que je prenais à la 1re »Tonkünstler-Versammlung« en 59 à Leipzig, comme à la 2de en Août 61 à Weimar. En bonne conscience je ne saurais même à présent me refuser à l'insistance extrême de mes quelques amis, qui par leurs efforts et leur dévouement exemplaire tâchent de consolider et augmenter le peu de *Bien musical* que j'ai essayé de pratiquer en Allemagne pendant les douze années de ma direction de la chapelle de Weimar. La tendance et le but de »l'Allgemeine Deutsche Musik-Verein« sont excellents; plusieurs de ses membres comptent parmi l'élite des artistes, professeurs, critiques, compositeurs et écrivains de l'Allemagne; le Grand Duc de Weimar a accepté le titre de »Protecteur« du *Verein;* — sans plus d'énumération il semblerait donc qu'il n'y aurait qu'à aller en avant, et à être franc du collier. Cependant il reste beaucoup à faire pour aboutir à quelques résultats effectifs, et j'ai promis de m'y employer cette fois encore, sauf à ne point réussir.

Après Carlsruhe j'irai passer une semaine à Weimar et peut-être à Wilhelmsthal ou à la Wartburg, si mon gracieux maître daigne me faire un gracieux accueil .... et à la mi-Septembre je m'arrêterai quelques jours chez ma mère à Paris, d'où je reviendrai ici.

J'espère que vous voudrez bien me faire savoir à Carlsruhe, où je pourrai vous entrevoir dans la première quinzaine de Septembre. Avant de m'embarquer je vous écrirai mon adresse.

Comment vous remercier du petit chef-d'œuvre sous forme d'un dialogue avec Lord P., qui m'est parvenu hier? J'en ai fait profiter une couple de mes connaissances, qui ont été presqu'aussi ravies que moi de »Donna Germania tournant comme Galathée le dos à l'Autriche« .... du »*papillon rôti*«,

1) Madame Ollivier war im November 1862 gestorben.

et des charmes de Londres, »where you are never glad or sorry for ten minutes together«, tandis que »in the country you are the one and the other for weeks«! — Je comprends la *faim valle* (mot noble pour *frugale*) de vos »six affamés«, et vous suis d'autant plus reconnaissant de prendre la peine de me faire participer aux somptueuses ripailles que leur fournit votre correspondance. Mon chauvinisme à l'endroit d'un personnage que vous avez mainte raison de ne pas apprécier à sa juste et très haute valeur ne fait aucun tort à mon admiration pour la savante stratégie diplomatique de ses voisins, dont vous décrivez d'une façon à la fois charmante et précise les tours et les détours.

A propos de diplomatie, voici un mot touchant de Pie IX. Un ecclésiastique français se propose de publier les actes diplomatiques du Saint Siège durant ces dernières années. Il demande à cet effet l'autorisation et les communications relatives au Saint Père, qui lui répondit, en montrant de la main le crucifix placé sur sa table: »Ecco tutta la mia diplomazia!«

L'état de santé du Pape est beaucoup plus satisfaisant que les journaux annexés ne le prétendent. Les médecins les plus compétents, italiens, français et allemands, sont d'accord pour pronostiquer qu'il soutiendra la réputation de longévité acquise dans sa famille.

On prête un mot drôlatique à Mgr de Mérode, qui du reste est fort riche de son propre fond en ce genre. Le Baron d'Ideville (secrétaire de l'Ambassade de France) a pris en goût l'*auto-portraiture* de ses amis et connaissances. La méthode en est fort simple et consiste à poser une quinzaine de questions, comme: »Quel est votre poète favori?« »Votre prosateur?« »Quelle fleur« — »quel gouvernement aimez-vous?« »*Quelles occupations préférez-vous*?« A cette dernière Mgr de Mérode aurait répondu, dit-on: »*Toutes*, à celle de l'occupation française à Rome!« —

Avez-vous entendu parler de la lettre du Roi de Bavière à Wagner? Mme de Bülow l'appelle une »lettre miracle«, et je n'hésite pas à déclarer qu'elle est aussi belle et extraordinaire que la partition de Lohengrin. Autrefois on disait: »C'est beau comme le Cid!«

Je l'ai copiée à votre intention et vous l'envoie en y joignant le programme non moins miraculeux de tout ce qu'on verra et entendra de Wagner à Munich de 1864 à 1872! —

Il y a plus de deux ans que je n'ai eu de nouvelles directes de Wagner; mais comme le voilà heureux, je m'en réjouis et le tiens pour parfaitement quitte envers moi.

Merci encore — et à bientôt!

17 Juin 64. F. L.

Mille amitiés à George et Charles.

P. S. Si vous pouvez me procurer le *Programme raisonné* des œuvres de Wiertz (pardon de ne pas bien savoir l'orthographe de ce nom!) qu'il a publié à Bruxelles, vous m'obligerez beaucoup. Adressez-le-moi sous bande, ou mieux encore, apportez-le-moi en Septembre, où vous me direz.

Reményi [1]) a passé 6 semaines ici. Son talent a remarquablement grandi. C'est maintenant un artiste de la plus haute volée.

102.

Il faudrait être plus que mal appris et malotru pour ne pas prendre un vif intérêt à vos courriers diplomatiques. Continuez donc à m'en favoriser, avec la parfaite certitude de me faire un grand plaisir de friandise intellectuelle, et en sachant bien que je les reçois comme une *libéralité amabilissime* de votre part. Elle est d'autant plus délicate que je suis moins en mesure de vous fournir du rechange pour vos illustres et augustes correspondances. Autrefois je me faisais scrupule de vous occasionner ce surcroît de peine — mais je m'aperçois qu'on s'habitue très doucement au rôle de parasite, quand la table est exquise, et ne m'embarrasse pas de l'écot, auquel ma pauvreté ne me permettrait guère de pré-

---

1) Der berühmte ungarische Geigenvirtuos (geb. 1830).

tendre. D'ailleurs vous maniez avec une telle virtuosité le clavier des incidents politiques, qu'on se figure que vous devez vous y complaire. Il n'en est rien probablement, car dans l'application l'adage »qu'on aime à faire ce qu'on fait très bien« est d'ordinaire fautif.

Votre exposé de la crise actuelle en Angleterre et de l'endurance de Lord Pal. est frappant. La situation n'a rien de flatteur pour le chef du cabinet — toutefois le gouvernement n'en est pas réduit, de beaucoup s'en faut »à épouser la sœur de sa veuve« (plaisanterie ravissante que je vous remercie de m'avoir racontée), et »Old England« continuera de chanter son »Rule Britannia«, même à travers la réforme électorale qui menace à l'horizon ... Le grand jour viendra plus tard et d'ici là il n'y a qu'à se bien préparer! Il s'agira aussi de quelques »*trente-six* gâteaux« à partager, mais ils coûteront plus de 6 centimes chaque et »*deux francs seize*« ne suffiront pas. . —.

Passons à des choses plus humbles et plus civiles!

La »Tonkünstler-Versammlung« dont je vous ai parlé est fixée au 22 Août et se prolongera jusqu'au 28 à Carlsruhe. Si j'ai bien compris votre itinéraire, vous serez à Stuttgart au commencement d'Août. Veuillez donc bien m'écrire deux lignes à *Carlsruhe* (où j'arriverai le 18 Août et resterai jusqu'au 28), pour que je sache *quand* et *où* il vous convient le mieux de me rencontrer. Après Carlsruhe j'irai passer une quinzaine de jours à Weimar; à la mi-Septembre je reverrai ma mère à Paris et compte être de retour ici au commencement d'Octobre.

Jusqu'au 10 Août adressez Rome. Je ne me mêle nullement de fixer le point géographique, où je vous reverrai, et me confie entièrement à votre bon génie là-dessus.

Si vous avez de bonnes nouvelles à me donner de votre voyage à Stuttgart, parlez-m'en. Ici rien ne se passe, si ce n'est que Rome ne *passe* point. Le St Père a retardé la villeggiatura que les médecins lui conseillent et ne quittera, dit-on, le Vatican, que pour une quinzaine de jours à la fin du mois.

Contrairement à mes habitudes — qui deviennent de principe inébranlables — je me suis enrôlé à deux excursions dans les environs; et la semaine passée j'ai fait visite à Mgr Hohenlohe à la Villa d'Este (à Tivoli) qu'il est en train de restaurer brillamment et que son propriétaire, le Duc de Modène, lui a cédée pour sa vie durant.

Mgr Hohenlohe m'a parlé de Mr de X.

Merci mille fois de l'envoi du catalogue du Musée de Wiertz. A en croire l'auteur Wiertz serait à la fois l'Hercule et l'Apollon de la peinture. En tout cas son œuvre tient du prodige et la hauteur de son caractère tranche dans le vif.

Au revoir et comme toujours bien à vous F. L.

16 Juillet 64 (Madonna del Rosario).

103.

Ce n'est que tout dernièrement que j'ai appris que les tristes prévisions, dont vous m'aviez entretenu à Carlsruhe ne se sont réalisées, hélas! que trop tôt![1]) De quelque peu que je sois dans votre vie, ce n'est pas aux jours de douleur que j'en resterai absent. Accordez-moi donc ma part d'ami dans vos tristesses et acceptez ma prière pour celle que vous pleurez!

Quand vous aurez repris vos habitudes, j'espère que vous m'écrirez.

Je passerai tout l'hiver ici, et autant que possible en réclusion dans ces chambres. Vers la fin d'Avril il est probable que je serai obligé de retourner à Paris pour trois semaines.

Veuillez me rappeler très affectueusement au souvenir de Mr de X. et faire mes amitiés à George et Charles.

Bien à vous

Rome, 25 Octobre 64. F. Liszt.

Les cinq cachets deviennent superflus. Adressez tout bonnement *Madonna del Rosario.* Monte Mario.

Le Pre Theiner est gravement malade.

1) Die Mutter der Adressatin war gestorben.

104.

18 Nov. 64.

En vous écrivant j'éprouve à peu près le sentiment dont vous vous plaigniez alors que vous aviez à me jouer du piano. Que vous dire que vous ne sachiez mieux dire? Heureusement vous voulez bien suppléer à ce qui me manque d'habileté *d'expression* et lire mes lignes comme j'écoutais autrefois vos Sonates de Beethoven. Si cette comparaison vous semble par trop vaniteuse de ma part, vous en trouverez une mieux appropriée à mon insuffisance.

George a une très bonne idée de se mettre au violon. Pour peu qu'il y prenne plaisir je vous engage à ne pas l'en dissuader. Si rigoureusement parlant, on peut mieux employer son temps qu'à faire de la musique, on peut aussi le passer plus mal. Sans être un Paganini, George tirera bon profit de son petit talent — ne serait-ce qu'aux soirées dansantes, où le violon est indispensable pour satisfaire à la formule consacrée: »il y aura un violon!«

Ci-joint les timbres-postes romains pour George — j'y ajoute les meilleures photographies du St Père et du Cardinal Antonelli.

Merci de votre générosité, qui me vaut un si intéressant courrier politique. Les faits belges me sont particulièrement bien venus. Veuillez les continuer quand il y aura lieu — et aussi me dire quelque chose du Président de la Chambre (dont le nom commence par Van . . . .). Je me suis trouvé fort sot l'autre soir de ne rien savoir sur ce personnage, pas même son nom.

En fait de »chiachiere« (mot qui se traduirait mieux par *babil* que par *cancan*) on raconte ici que le Pape aurait dit à Mr de Sartiges: »Puisque votre Empereur va dîner avec l'Empereur de Russie, il pourrait bien venir une autre fois manger un *pasticcio* au macaroni avec moi«. Je vous le donne pour ce que cela vaut. En attendant, le mot d'ordre de Rome dans la sphère officielle est »silenzio«. C'est le plus digne et le plus commode tout ensemble.

Je regrette que les prairies des T. et T. soient encore tellement »émaillées de fleurs«. Quand quelque chose de plus fructueux y poussera, je vous prie de m'en informer.

Cosima doit prendre son domicile à Munich du 15 au 20 de ce mois. J'attends de ses nouvelles. Si elle m'apprend quelque chose qui puisse vous intéresser, je vous le communiquerai.

Un mien ami de cœur, le P^ce^ Marcellino a écrit de touchantes lignes sur mon »Ave Maria« que je vous envoie. Vous y reconnaîtrez le style des *Fioretti* de St François. Il serait doux de faire de la musique si elle était souvent écoutée de la sorte! — Du reste je n'ai guère à me plaindre, et dois me compter parmi les plus et les mieux favorisés.

Bien à vous

F. L.

105.

Ste Agnès n'a pas été oubliée ce 21 Janvier. J'ai passé toute cette journée seul dans ma chambre, sans visite ni diversion aucune. Votre bonne lettre m'est arrivée le lendemain. L'accord *enharmonique* de Chopin que vous me citez vibre toujours dans mon âme, et parfois les voix des anges de Fra Beato s'y joignent ....

Mes compositions actuelles sont:

A. Une Messe (a capella — sans accompagnement) que je me propose de dédier au St Père. Elle sera terminée dans une quinzaine de jours[1]).

B. La révision d'un gros travail liturgique, contenant les offices de l'église de toute l'année en Chant Grégorien, harmonisés à 4 parties. C'est un prélat romain qui a fait ce travail et à mon avis on ne pouvait mieux y réussir; car il ne se mêle ni roideur ni fadaise ou faux goût à la gravité simple et onctueuse du texte. L'auteur a employé plusieurs années à parfaire son ouvrage et m'a chargé de pourvoir à

1) Missa choralis. Leipzig, Kahnt.

la publication — ce qui nécessite divers soins préalables de copie, de corrections et d'arrangements, dont j'aurais à m'occuper le reste de cette année et au delà.

Le Comte Van der Straten mérite tout éloge, et je me réjouis sincèrement du bon résultat de ses démarches. Espérons que l'affaire »*Ménélas*« finira par aboutir heureusement aussi. Même sur l'échiquier les »*tours*« se meuvent un peu lourdement; à plus forte raison vos tours de Ratisbonne. Mais comme elles disposent d'un certain *terrain*, il vaut bien la peine de patienter.

Puisque nous en sommes à équivoquer sur les noms propres, je vous dirai que je n'ai nulle inquiétude des conférences de l'Empereur avec »*l'Abbé Langé*«, qu'on assure devenir plus dangereuses après l'Encyclique. Ma confiance en l'incomparable personnage se maintient aussi inébranlable que mon admiration ... depuis quinze ans.

Passons à Munich. L'enthousiasme du Roi pour Wagner est toujours au même diapason — c'est-à-dire phénoménal, quasi miraculeux. L'architecte Semper a été chargé de faire le plan du nouveau théâtre qui sera construit exprès (et selon les indications de Wagner) pour la représentation des *Nibelungen*. Le Roi fait peindre un *Nibelungen-Gang* dans une des galeries qui conduisent à ses appartements; il a de plus commandé une *Galerie Wagner*, qui se composera d'une douzaine de peintures des principales scènes de Tannhäuser, Lohengrin, fliegende Holländer etc., et fait publier *par ordre* les œuvres littéraires complètes de Wagner, y compris ses articles de journaux et autres élucubrations d'autrefois.

Tristan et Isolde sera représenté probablement au mois de Mai prochain (avec Schnorr et sa femme, Mitterwurzer et Beck) et cela sous forme de répétition au théâtre de la Résidence devant un public invité. Cette idée de Wagner a convenu au Roi, qui, dit-on, s'est montré sensible à l'espèce de froideur avec laquelle a été accueilli le »fliegende Holländer« (qu'on n'a donné qu'une couple de fois).

Votre ex-professeur d'harmonie et notre ami Cornelius est fixé à Munich avec des appointements suffisants, et s'y fait très bien venir. Mme de Bülow, de qui je tiens ces nouvelles authentiques, n'en a malheureusement pas de satisfaisantes à me donner sur la santé de Hans. Les médecins lui ordonnent un repos presqu'absolu pour cet hiver .... Si vous passez à Munich, ne manquez pas de les voir. Ils demeurent Luitpold-Strasse 15.

Parmi mes nouvelles connaissances d'ici je vous nomme le P^ce^ et la P^cesse^ Caraman Chimay. J'ai plaisir à *musiquer* avec eux, ce dont ils ne s'ennuient point. Les affaires diplomatiques du Prince (secrétaire de la Légation de Belgique à Rome) ne l'empêchent pas de cultiver son talent de violon; aussi réussit-il parfaitement à faire honneur à ses maîtres, Bériot et Vieuxtemps. Quant à sa femme (née Montesquiou), elle joue du piano à peu près à la manière de votre »Glanzperiode« musicale de Weimar.

Les Montessui viennent d'arriver. Je les rencontrerai chez la P^cesse^ Czartoryska.

Merci de votre courrier. J'attends le mémoire que vous avez la bonté de me promettre. Mr de X. a-t-il parcouru la brochure de Janssen (Francfort) »Russland und Polen«? — Cette question n'en finit pas non plus, comme l'affaire »Ménélas«.

Tout à vous de cœur

26 Janvier 65. F. L.

Le R. P. Theiner est passablement rétabli, et vient quelquefois promener dans le jardin contigu à celui de mon curé de la Madonna del Rosario.

106.

Je suis presque honteux de vous envoyer la bagatelle que vous me demandez, surtout en retour du *Mémorandum*, d'un intérêt si considérable que vous avez eu l'extrême bonté de me communiquer. Tout en gardant quelques réserves sur l'imminence de l'avénement démocratique, et de la situation qui devra s'ensuivre — réserves qui tiennent sans doute à mon ignorance et mon manque de pratique des affaires — je crois avec vous que »la foi nous sauvera de la servitude«, et un peu plus que vous, qu'à travers le cours des siècles l'église possédera toujours »sa *puissance* des traditions« en manifestant »sa *vertu* des transformations« selon qu'il y aura lieu.

Je suppose que c'est en particulier au Roi L. que votre Mémorandum s'adressait. L'avez-vous envoyé ailleurs? Veuillez me le dire!

Pour revenir à nos petites misères de point d'orgue, j'ai tâché de vous rendre aussi commode que possible cette espèce de dentelle. Si vous en désirez une plus compliquée, vous l'aurez de suite.

N'oubliez pas que j'accepte comme une faveur des plus amicales la continuation de vos courriers, et ne tardez pas à m'approvisionner de nouveau. A défaut d'autre plaisir, vous y prendrez en bonne conscience celui d'une véritable générosité, et dont je vous suis vivement reconnaissant.

Bien à vous

14 Février 65. F. L.

107.

Je crois que vous ne serez guère surprise de l'accomplissement d'une résolution prise depuis quelque temps déjà, mais dont j'ai préféré n'informer que les trois personnes absolument indispensables quelques jours auparavant.

Mardi dernier, 26 Avril, fête de St Marc l'Evangéliste, je suis entré dans l'état ecclésiastique, en recevant les ordres mineurs dans la chapelle de Mgr Hohenlohe (Archevêque d'Edesse) au Vatican. Le St Père a daigné me recevoir le même jour, et j'habite maintenant au Vatican un fort joli appartement attenant à celui de Mgr Hohenlohe que je me propose de servir en fidèle *acolyte*. Il a été pour moi, en tout ceci, d'une bonté parfaitement délicate et compréhensive. La reconnaissance m'est donc aussi douce qu'obligatoire.[1]

Dans une huitaine de jours je reprendrai mon travail musical en continuant mon Oratorio du Christ (que j'ai été forcé d'interrompre à mi-chemin), et probablement à la fin de Juillet j'irai à Pest, où on exécutera ma »Légende de Ste Elisabeth«. A mon retour ici je passerai par Munich (au commencement de Septembre) et j'espère que vous ne serez pas trop loin de là, de manière à nous revoir une couple de jours. En attendant, je vous prie de m'écrire comme auparavant — mais afin que vos lettres m'arrivent plus promptement, veuillez y ajouter une seconde enveloppe à l'adresse de »Monsieur Fortunato Salvagni« (mon valet de chambre) 89 Via del Babuino, Rome[1]).

Quand vous n'aurez pas quelque chose de très exceptionnel à me communiquer, il devient superflu de *recommander* vos lettres, et un seul cachet suffit.

Rappelez-moi affectueusement au bienveillant souvenir de Mr de X., et dites à mes amis George et Charles qu'ils n'auront pas à s'effrayer de me revoir en soutane — d'autant moins qu'on me fait généralement le compliment de dire que je la porte comme si je n'avais jamais porté d'autre vêtement. Le fait est que je m'y sens complètement à l'aise, et autant heureux qu'il m'est donné de l'être.

»Deus charitas est, et qui manet in charitate, in Deo manet, et Deus in eo«!

Bien à vous

1 Mai 65. Vatican. F. Liszt.

Le Pre Theiner a entrepris un petit voyage à Naples. Quand il sera revenu il est convenu que je lui demanderai à dîner une fois par semaine.

Je vois quelquefois les Montessui et souvent les Caraman-Chimay.

108.

Rien de plus doux, de plus tendrement aimant que votre lettre. Je vous en remercie par les plus religieuses émotions de mon cœur. Laissez-moi espérer que la pensée qui vous est venue en lisant mes dernières lignes se réalisera quelque jour. Je vous en reparlerai quand je vous verrai — mais

1) Es war die Adresse der Fürstin Wittgenstein.

sans vous *prêcher*, car il me siérait mal de prendre cet office vis-à-vis de personne, et avec vous il serait déplacé jusqu'au ridicule, attendu que vous en savez plus long que votre curé, malheureusement pour vous! — Vous n'avez besoin que d'une chose: c'est la simple affirmation du Beau que vous sentez si vivement. Elle vous donnera la pleine possession du Bien que vous avez tant mérité! —

Parlons tout de suite de Mr George. Si effectivement il montre un goût et des dispositions prononcées pour la musique, il ne faut pas le contrarier. Malgré mon peu d'illusion sur les agréments de la carrière artistique, je me ferais conscience d'en détourner, quand la probabilité de s'y distinguer se rencontre. Pour George je vous engage seulement à ne pas interrompre trop tôt d'autres études, de manière à ce qu'il apprenne bien ce qu'il faut pour faire de tous points honneur à sa mère, par son instruction et son éducation. Plus que jamais il est nécessaire aujourd'hui que l'artiste soit doublé d'un homme d'intelligence, et sache un certain nombre de choses en dehors de la pratique de son art. Il ne suffit pas d'être un bon ménétrier, et on ne réussit même plus à cela si on néglige de garnir sa cervelle comme il convient.

A l'égard du professeur vous ne pouvez faire de meilleur choix que Mr Léonard[1]. J'en parlais hier au Prince Chimay (qui joue du violon avec goût et distinction); il me répéta ce que j'avais déjà entendu d'ailleurs sur la parfaite école de Léonard et les excellents résultats de ses leçons. Vous ferez donc bien de lui confier George au plus tôt, en inculquant à l'élève qu'on ne vient pas au monde pour s'amuser, et que pour bien faire, comme pour bien vivre, il faut mettre sa passion dans l'accomplissement de son devoir.

Quand George sera plus avancé, prêtez-le-moi pour un peu de temps. Je tâcherai de lui faciliter la connaissance de certains maîtres (Beethoven, Bach etc.) et m'occuperai de lui avec prédilection.

---

1) Einer der vorzüglichsten Geiger und Violinlehrer, auch Componist in Paris (1819—1890).

Puisque vous voilà de la meilleure façon très au courant des affaires Langrand Dumonceau, je me permettrai de vous prier de me renseigner occasionnellement au sujet du dernier emprunt pontifical. Monseigneur Danielik (chanoine-évêque) que je connais de Pest et que j'ai souvent vu ici, était venu à Rome l'année dernière avec plusieurs Belges, pour négocier de la part de L. D. cet emprunt sur lequel il m'intéresse d'acquérir des notions précises. S'il existe un *imprimé* qui puisse me satisfaire, veuillez me l'envoyer aussi.

Mme de Montessui a fait une excursion à Subiaco (avec les Montebello) et je ne l'ai pas revue depuis votre lettre. Elle paraît prendre Rome en affection, et compte y passer l'hiver prochain. Quant au remplacement de Mr de Sartiges par Montessui, on n'en a fait que parler dans quelques salons — et cela se bornera là probablement.

Merci de votre généreuse promesse de me continuer de loin en loin les faveurs de vos *courriers;* je les accepte avec pleine reconnaissance.

Bien à vous

19 Mai 65. F. Liszt.

109.

J'aurais à vous sermonner sur le »sentiment de crainte vague mais réelle« dont vous me parlez dans vos dernières lignes et qu'il s'entend que je ne puis admettre dans aucun cas; — toutefois comme il est bon de se sermonner soi-même avant autrui et que dans ce cas j'ai évidemment pêché par omission, je vous tiens quitte — sans générosité aucune — et vous prie tout simplement d'excuser mon long silence. Durant les mois de Juin et Juillet j'ai dû me préparer à mon examen (des ordres mineurs) que j'ai convenablement passé avant mon départ. Arrivé à Pest le 8 Août il ne me restait plus un moment pour ailleurs, et à vrai dire, la tâche que j'avais à y remplir n'était pas petite. Il s'agissait de mener à bien trois grands concerts avec un personnel d'exécutants et chanteurs de 500 individus en une quinzaine de jours. Le 15 Août a eu lieu la première exécution de l'Elisabeth et le 22 la seconde. Dans l'entretemps le 17 a eu lieu le concert des compositeurs hongrois: Erkel, Mossonyi, Volkmann etc., auquel j'ai dirigé ma Symphonie du Dante (qui par parenthèse a produit une telle sensation que j'ai fait recommencer toute la première partie, de l'épisode de la *Francesca* jusqu'à la fin) et ma nouvelle version pour orchestre de la Marche de Rakoczy. A chacun de ces concerts il y avait salle comble de 1500 à 2000 auditeurs. Enfin le 29 Août, en guise de remercîment au public, j'ai donné un dernier concert avec Reményi et Bülow (celui-ci joua admirablement une de mes Rhapsodies hongroises pour terminer), dont le programme se composait de 4 morceaux de piano exécutés par votre très humble serviteur (mon St François marchant sur les flots, et la Prédication aux oiseaux, l'Ave Maria romain et le Cantique d'amour des Harmonies poétiques et religieuses), deux morceaux de Reményi et le numéro final de Bülow. La recette de ce concert s'est élevée à une quinzaine de mille francs, distribués à divers institutions de bienfaisance, hormis les 5000 destinés en premier lieu à la construction de la nouvelle église de Leopoldstadt à Pest. Les 4 concerts ont eu lieu dans le même local: la grande salle de la redoute, nouvellement construite.

Hans et Cosima ont passé tout ce temps avec moi et m'ont accompagné à Gran, où nous sommes restés 24 heures chez Son Eminence le Cardinal Primat, et à Szegszard chez un de mes anciens amis, le Baron Augusz, qui sous le ministère Bach a joué un rôle important en Hongrie, comme Président de la *Vice-Statthalterei.* Il nous a fait la plus cordiale et brillante hospitalité pendant une semaine (du 2 à 8 Septembre), après quoi les Bülows sont retournés à Munich par Vienne, et moi j'ai repris la route directe par terre (sans passer par Vienne) de Venise, Bologne, Florence à Rome. Avant de quitter Pest, on me dit que l'Indépendance belge (N° du 7 Septembre, si je ne me trompe) a publié une lettre de Reményi sur le Festival de Pest[1]. L'avez-vous lue? —

1) Er war ohne des Meisters Wissen von Liszt's Tochter geschrieben.

Bülow avait écrit précédemment trois articles très remarquables (comme il sait les écrire) sur le même sujet, et qui contiennent une analyse détaillée de l'Oratorio de Ste Elisabeth. Ils ont paru en hongrois et en allemand dans les journaux de Pest, et le journal de Brendel (»Neue Zeitschrift für Musik«) les a reproduits dans le courant de ce mois (Septembre). Si vous avez le temps de les lire, Schott vous les prêtera ou vous les procurera aisément. Demandez aussi de Schott mon »Hymne du Pape« qui vient de paraître chez Bote et Bock, Berlin, à 2 et à 4 mains. Vous les déchifferez sans peine.

Depuis 4 jours je suis réinstallé au Vatican chez Mgr Hohenlohe que la ville et la cour s'obstine à complimenter par avance sur sa nomination de cardinal .... au prochain consistoire, en Décembre. Le St Père est revenu en parfaitissime santé de la villeggiatura de Castel Gandolfo. Il y a rumeur de quelques changements qui s'effectueraient avant le nouvel an; comme aussi de la célébration solennelle du jubilé de 18 siècles de la chaire de St Pierre à Rome, en 1866.

Je me remettrai au plus tôt à mon travail et tâcherai d'avancer mon »Christ«, qui exige encore de 6 à 8 mois d'application soutenue.

Les bonnes nouvelles que vous me donnez de la prospérité des entreprises T. et L. G. D. me font grand plaisir et je vous prie de continuer à me tenir un peu au courant.

Mille amitiés à George et Charles et très invariablement bien à vous

Vatican, 24 Sept. 65. F. L.

P. S. Parlez-moi de la brochure de Mr Dechamps.

Si possible je ne bougerai pas d'ici de tout l'hiver. L'été prochain j'irai en Allemagne.

110.

Vous êtes indulgente jusqu'à la générosité. Cela tourne bien à ma confusion; j'accepte pourtant .... heureux de me voir aussi bénignement puni. Que votre sainte patronne, dont c'est aujourd'hui la fête, vous en récompense!

Le mémorandum que vous avez la bonté de me communiquer est fait de main de maître. Il faut avoir longtemps pratiqué le ménage des gouvernements et aidé leur »*fabrique*« pour les juger avec un tel discernement. En fait de raisons, on n'en saurait produire de plus favorables à l'autonomie de la Belgique: mais c'est là un de ces articles de foi politique dont le nombre des fidèles décidera en fin de compte. Les intérêts et les passions ne se plient guère aux scrupules des traités établis et prennent le haut bout des événements.

Vous demandez ce qui en est de la petite catastrophe de Wagner à Munich. Elle s'explique par beaucoup de froissements, de préventions, de malveillances, de rancunes locales et autres, auxquelles les imprudences pécuniaires de W. ont malheureusement prêté un lustre de loyauté et de dévouement envers le Roi. Affubler *maintenant* Wagner d'un rôle politique semble un bizarre caprice du sort: il en pâtira cependant quelqu'innocent qu'il soit sur ce point: et Montesquieu avait bien raison de dire que si on l'accusait d'avoir volé les tours de Notre Dame il s'enfuirait à toutes jambes. Le moyen de parler raison à ceux qui ne veulent pas entendre! .... Ce qu'il y aurait de plus fâcheux dans ce déplorable incident serait si Sa Majesté se laissait détourner de ses belles intentions par rapport à la représentation des *Nibelungen* de Wagner. Plus que toute autre, cette immense œuvre mérite de fixer une royale bienveillance, car elle nécessite des dépenses et des soins que le train habituel des théâtres ne comporte pas. C'est une conception gigantesque et sublime: il importe à l'honneur de l'art allemand qu'elle soit connue: puisse le Roi de Bavière se donner la gloire d'y pourvoir! —

Depuis quatre ans ma correspondance avec Wagner a cessé. Peut-être le reverrai-je à Paris, où j'arriverai les premiers jours de Mars. La Messe (de Gran) sera exécutée le 15 Mars à St Eustache, et peu après il est probable que plusieurs de mes poëmes symphoniques se produiront à quelque concert qui n'est pas encore fixé.

Je vous envoie deux articles de l'*Osservatore romano* sur la Symphonie dantesque et le »Stabat mater *speciosa*«[1]).

1) Aus dem Christus-Oratorium.

Vous ne me parlez point de vous. Je vous prie de réparer cet oubli bientôt. Veuillez me rappeler affectueusement au souvenir de Mr de X. Mes cordiales amitiés à George et Charles. J'espère les revoir ce printemps, après leur première communion.

Très invariablement, bien à vous

21 Janvier 66. F. L.

Je n'irai point à Londres — et il n'est guère question de m'envoyer à Bruxelles. Pour Paris je compte y passer six semaines — du 5 Mars au 15 Avril. Bon souvenir à Mr Léonard.

111.

Au prochain Consistoire, le 22 Juin, seront nommés Cardinaux: Monseigneur de Hohenlohe, l'Archevêque de Dublin, Mgr Matteucci et Consolini, et le Père Bilio, Barnabite. On disait que Mgr Lucien Bonaparte serait pourpré en même temps — mais cela n'est pas certain. Pour succéder à Mgr Hohenlohe comme grand aumônier de Sa Sainteté, Mgr de Mérode est désigné. Selon d'autres informations Mérode serait élevé à la dignité de Patriarche — ou à celle de Vice-Camerlingue que remplissait Mgr Matteucci.

Par suite de sa promotion au Cardinalat Mgr de Hohenlohe quitte le Vatican et en attendant qu'il trouve un palais à sa convenance habitera l'appartement cardinalice à l'*Anima* (précédemment habité par les Cardinaux Schwarzenberg, Reisach, Rauscher etc.). Pour ma très humble part, je retournerai simplement dans mon ermitage du Monte Mario à la Madonna del Rosario, où j'ai passé près de deux années, de 62 à 64. Fortunato est en train d'opérer mon déménagement, et dès après-demain je serai réinstallé là-haut. J'y continuerai mon Oratorio »le Christ« que j'espère terminer vers Noël, et tâcherai d'apprendre suffisamment de latin et de théologie pour bien passer mon examen du Sousdiaconat dans 18 mois. Par bonheur un prêtre d'une rare distinction de cœur et d'intelligence, professeur au Séminaire de St Pierre et à la Propagande, Don Antonio Solfanelli, veut bien se charger de mon instruction ecclésiastique. C'est un véritable ami pour moi.

Le Père Theiner et Mgr de Hohenlohe auxquels j'ai transmis les compliments de Mr de X. me chargent de leurs affectueux remercîments et souvenirs. La santé du Père Theiner est assez bien remise. Il passera les mois de chaleur aux environs de Civita vecchia.

Je n'ai pas de nouvelles récentes de Munich. Après les représentations de Lohengrin et Tannhäuser que Hans fait étudier et remonter à neuf sous sa direction, d'après le désir du Roi et selon les indications de Wagner, Hans et Cosima s'établiront pour quelques semaines avec les enfants près de Lucerne (campagne Triebschen). Wagner y est depuis une couple de mois. —

Vous devez être accablée de besogne maintenant. Quand vous aurez le temps de m'écrire, soyez certaine du grand plaisir que vous me ferez, comme de mon invariable et bien dévouée amitié.

8 Juin 66. F. L.

Léonard vous a-t-il rapporté ma grande photographie d'Erwin que j'ai remise au Grand hôtel, à votre adresse? —

112.

Depuis plus de deux mois je n'avais pas reçu une ligne de vous. Ceci soit dit sans nul reproche et simplement pour expliquer que je ne suis pas en retard, comme vous le pensez. La nouvelle donnée par quelques journaux relativement à mon Oratorio du Christ n'est qu'à moitié exacte. J'ai bien terminé enfin cet ouvrage, après y avoir travaillé une couple d'années; — mais quant à son exécution, je n'ai nulle idée ni *quand* ni *où* elle aura lieu. Paris n'est guère un terrain d'Oratorio; ce genre n'y est presque pas cultivé et ne .trouverait peut-être pas à s'y faire place comme en Angleterre et en Allemagne. En outre je suis personnellement dans des conditions exceptionnelles et très défavorables à divers égards. Je ne puis me mettre ni *en avant* ni *dessous*. Ce qui est parfaitement convenable et profitable à d'autres compositeurs ne s'adapte plus à ma position. Organiser des concerts, par exemple, rechercher les moyens de produire mes ouvrages, accepter les demi-bienveillances de certaines propositions me sont choses absolument interdites. Ainsi, à force de me trouver en dehors des chemins battus, il est probable que je ne ferai aucun chemin. Qu'à cela ne tienne; mon parti est pris — et de longue main. Tant que dura mon activité extérieure à Weimar, je m'intéressais à ce que plusieurs de mes ouvrages soient exécutés — car j'avais besoin de les entendre pour m'en rendre compte, et c'était bien plus à cette fin que pour les produire au public que je m'en occupais. Du reste, vous le savez, ce n'est jamais sans invitation très spéciale et *catégorique*, que j'ai consenti à les faire entendre soit à Weimar même, soit dans une vingtaine d'autres villes d'Allemagne, dont il m'importait de connaître et d'expérimenter les différents orchestres. Maintenant mon expérience est acquise, et je la tiens comme suffisante pour écrire avec une entière sécurité. Aussi me plais-je à professer un désintéressement complet du sort de mes compositions. Si elles valent quelque chose, on s'en apercevra toujours assez à temps, sans que je m'inquiète d'autre chose que de les écrire de mon mieux. L'*Elisabeth* était terminée en Mai 62 — et n'a été exécutée qu'en Août 65, pour la première fois à Pest. Je ne publierai la partition que dans un an. Le *Christ* peut attendre davantage; jusqu'après ma mort peut-être. Il n'a pas à courir les marchés et à mendier de vulgaires applaudissements! —

Malgré le gros temps qui menace à l'horizon politique de Rome, je resterai ici. Pour ne pas contrarier quelques personnes qui me sont affectionnées, j'ai quitté pour l'hiver mon gîte de prédilection à la Madonna del Rosario, et depuis le jour de Ste Cécile, 22 Novembre, j'habite un magnifique appartement, plus magnifiquement situé encore, au beau milieu du Forum, en face du palais des Césars, exposé en plein soleil, à *Santa Francesca Romana* avec sa tour. Cette église est desservie par quelques religieux olivétains (en blanc), qui demeurent de l'autre côté de la maison. Mon nouvel appartement a été autrefois occupé par le Cardinal Piccolomini. J'ai laissé un de mes deux pianos et quelques meubles à la Madonna del Rosario, où je rentrerai au printemps.

A la Galerie dantesque on répète la Symphonie héroïque de Beethoven. Ce sera une nouveauté pour Rome. Sgambati dirigera l'exécution. C'est un véritable et rare artiste que ce Sgambati [1]). Il tient à la fois de Bronsart et de Tausig. Quel singulier mélange, n'est-ce pas, pour un Italien pur sang, qui de plus a d'aussi beaux yeux que ceux du Roi de Bavière. Après l'*Eroïca* on réexécutera (une troisième ou 4me fois) ma Symphonie dantesque, laquelle jouit d'une sorte de popularité ici! Personne moins que moi n'eût imaginé pareille bizarrerie du sort — mais c'est un fait!

Quand vous m'écrirez, adressez comme de coutume, ou simplement Rome. (»Commdeur Abbé L.«)

Il me paraît douteux que Joachim se fixe à Bruxelles. Si pourtant cela arrivait vous pourriez avec pleine confiance et certitude lui remettre George. Dites mille tendres choses aux deux *confirmés*.

Des nouvelles de *Vienne* m'intéresseraient; mais de grâce, ne fatiguez pas votre chère cervelle quand vous m'écrirez; et surtout soyez persuadée au *superlatif* de l'invariabilité de

votre sincère ami et serviteur

24 Nov. 66. F. Liszt.

113.

Cette fois, si les apparences ne trompaient, je devrais m'accuser du pire des vices: l'ingratitude. Votre dernière lettre m'a non seulement beaucoup intéressé, mais encore elle m'a rendu service. Grâce à vous je suis au clair de cette situation, des plus embrouillées en Autriche, et au besoin je pourrais même prendre un certain air connaisseur quand on m'en parle. Je ne m'explique point comment j'ai tant

---

1) Schüler Liszt's (geb. 1843), gegenwärtig der erste Instrumental-Componist und Pianist Italiens.

différé à vous remercier de votre aimable générosité à me communiquer des parcelles de votre savoir consommé. La faute en est surtout à l'hiver qui me condamne toujours au stérile va-et-vient d'une foule d'obligations proches. Sans fréquenter le monde — car je ne vais ni au bal, ni au théâtre, ni aux grandes soirées, — je me trouve cependant en relation avec tant de monde, que je ne sais comment y suffire. Peut-être finirai-je par m'établir à Subiaco ou Assise, ce qui serait fort à mon goût.

Cet été, au mois d'Août je reviendrai en Thuringe. Le G^d^Duc de Weimar m'invite à la fête jubilaire, en l'honneur du 800me anniversaire de la fondation de la Wartburg. On y exécutera ma Légende de Ste Elisabeth, qui jusqu'ici a rencontré un heureux sort à Pest, Munich, Prague — si bien que des amis, pleins d'impartialité, me font un compliment relativement flatteur, en assurant qu'elle ne ressemble point à mes œuvres précédentes et n'incommode nullement les oreilles.

Voici le programme d'un concert historique qui fait quelque sensation ici. Vous y verrez mon Psaume »Super flumina Babylonis« en docte et illustre compagnie. De plus, le vaillant directeur de ce programme a tenu à y joindre un petit commentaire, où je ne suis traité ni en »jeune compositeur« ni en pourfendeur des règles de l'art. Par contre on pourra se donner ce double plaisir à Bruxelles à l'occasion du *Mephisto-Walzer*, que vous me dites qu'on y entendra prochainement. L'expectative ne m'en soucit guère, et je m'en chagrinerais même si à l'égard de la propagation de mes *choses* je ne m'exerçais résolument à la pratique de cette singulière vertu que les R. P. Jésuites nomment »la sainte indifférence«. Depuis longtemps il m'est démontré que j'aurais encore plus tort de prétendre aux succès simples et faciles, qu'on ne me fait tort en me les refusant. Au risque de passer pour intolérablement orgueilleux, je crois que l'*entendement* de certaine musique exige une intelligence et un sens moral plus élevés, plus éduqués, plus affinés parmi les artistes et les auditeurs, qu'on ne les rencontre d'ordinaire. La prédominance des habitudes grossières, des préventions, des inepties et malignités de toute sorte et sous les plus diverses formes, pédantes ou triviales, bouffies ou étourdies — est encore excessive dans le monde musical. Peut-être diminuera-t-elle petit à petit, et peut-être aussi trouverai-je alors *mon* public. Je ne le cherche point, et n'ai plus guère le temps de l'attendre.

»Hei mihi! habitavi cum habitantibus Cedar; multum incola fuit anima mea!«

Avant mon voyage d'Allemagne (au mois d'Août) je ne quitterai pas Rome. On y est passablement tranquille et j'entends dire aux gens les mieux informés que cette tranquillité continuera.

Voudriez-vous bien me renseigner sur l'affaire Langrand Dumonceau que vous possédez sûrement au bout de votre petit doigt? Mr de X. est-il toujours du conseil d'administration? Rappelez-moi cordialement à son souvenir et dites à George et à Charles que je leur reste tout affectionné.

14 Février 67. F. Liszt.

114.

Grâce et générosité vous sont familières. Ce n'est point une découverte que je fais, mais un simple remercîment. J'y ajoute mes sincères vœux pour la bonne réussite de votre voyage à Paris et le casement de George et Charles. Si vous avez un moment de libre, peut-être ferez-vous connaissance avec Mr Ollivier (29, rue St Guillaume). Je lui ai beaucoup parlé de vous le printemps dernier, et vous n'aurez qu'à vous nommer pour être très accueillie.

La *Presse musicale* annonce le concert de Léonard pour le 19 Mars. Vous y serez et me ferez le plaisir de m'en parler. Au dire des journaux Joachim et Wilhelmj (que nous avons entendus à Amsterdam) auraient tellement saccagé la forêt de lauriers qu'il n'en resterait plus feuille pour les violons nouveaux venus. Plus ou moins on les met au régime d'autres plantes et herbages.

A Berlin et Leipzig Tausig fait *furore* cet hiver. Je m'en réjouis, car une bonne veine de succès est favorable, sinon indispensable au développement des organisations vigoureuses. A un des derniers concerts du *Gewandhaus* où l'on a applaudi Tausig avec transport, on s'est donné le plaisir de siffler ma pauvre »Gretchen«[1]. Qu'à cela ne tienne — et si l'on veut se donner le même plaisir avec le *Mephisto-Walzer* à Bruxelles, et d'autres choses ailleurs, je n'en serai pas plus chagriné ni incommodé. Comme Velasquez, à l'occasion de sa statue[2] de je ne sais quel roi d'Espagne, se contenta, pour toute réponse à ses détracteurs, de signer la statue de son nom, je n'ai d'autre prétention pour mon œuvre que de l'avoir faite.

Pour peu que cette comparaison vous paraisse baroque, je prendrai vite ma revanche en protestant contre celle que vous inventez entre Macaulay et Lachner. Vous faut-il absolument un historien en parallèle avec Lachner? Prenez Mr Capefigue: entre ces deux même médiocrité d'idées, même habileté de phraséologie commune et manque de style. ....

Toujours merci de vos charmants courriers — et invariablement

bien à vous

25 Février 67. F. L.

115.

Le vague où je suis encore sur mon voyage en Hongrie m'a privé du plaisir de vous remercier plus tôt de votre amicale et charmante lettre. Depuis six semaines je n'ai même pas écrit à Cosima, comptant sortir de ce vague. Le couronnement[3]) était annoncé pour les premiers jours de Mai — puis reculé à la fin de ce mois. Maintenant on parle du 2, 10, 12 ou 16 Juin — mais tant est que je ne sais

---

1) Zweiter Satz der Faust-Symphonie, die in neuerer Zeit in Leipzig, Dresden, Berlin, München etc. mit Begeisterung gehört wird.

2) Soll wol Portrait heißen.

3) Die Krönung Kaiser Franz Josef's von Österreich zum König von Ungarn, für die Liszt seine Messe schrieb. Die Aufführung erfolgte am 8. Juni 1867.

rien de positif. Cependant il paraît probable que ma Messe du couronnement (que j'ai écrite en toute hâte avant Pâques) sera exécutée, et qu'un de ces quatre matins je devrai me mettre en route pour Buda-Pest. Dès que j'en serai avisé je vous écrirai.

En attendant, la rentrée de Bülow à Munich avec titre et fonctions définies de Maître de Chapelle de la Cour est chose excellente. Je m'en réjouis, et ceux qui prennent un véritable intérêt à l'art auront raison d'y applaudir. Les semailles de Weimar lèveront à Munich. Prochainement Bülow organisera le nouveau Conservatoire, qu'il dirigera de façon à raviver et éduquer d'autres conservatoires; en Octobre les »*Meistersinger*« seront représentés pour célébrer le mariage du Roi; et enfin le fameux théâtre des *Nibelungen*, qu'on traite encore de mythe à plaisanteries, se construira bel et bien [1]).

N'est-ce pas admirable que le jeune roi, qu'aucun de nous ne connaissait, fasse ainsi de son propre chef, résolument et généreusement, ce qui est à faire? Beaucoup de gens l'en empêcheraient volontiers, il est vrai; mais en fin de compte serait-ce aux invalides à prévaloir? . . . .

»Confundantur et convertantur retrorsum omnes qui oderunt Sion!«

Je suis charmé que vous ayez fait bonne connaissance avec Mr Ollivier; mais de grâce, n'allez pas le gâter par vos amabilités. Si jamais vous veniez à lui persuader qu'il »ne pourra jamais s'entendre avec le chef de l'état«, j'en aurais un véritable chagrin. J'espère tout le contraire et ne doute point qu'Ollivier s'en trouverait mieux. Quoi que j'entende dire, mon opinion sur *ce* chef de l'état ne varie pas depuis une quinzaine d'années, et mon admiration pour son *gouvernement personnel* va grandissant. Il me répugnait de voir Napoléon par le petit bout de la lorgnette diplomatique. A Rome comme ailleurs je proteste énergiquement contre les

---

1) Die Meistersinger kamen bekanntlich erst am 21. Juni 1868 zur erstmaligen Aufführung, und der geplante Theaterbau Semper's fiel Wagner's Feinden zum Opfer.

mesquines et fausses idées qu'on ne se lasse pas de colporter dans divers salons et journaux sur ce grand homme et très grand souverain — tellement extraordinaire que l'histoire n'en compte que très peu à lui comparer. Le génie de Napoléon III c'est l'équilibre des nécessités politiques avec la somme des progrès possibles en ce siècle. Merci encore de votre lettre, avec prière de continuer, nonobstant mon incorrigible Napoléonisme. Bien à vous

29 Mai 67. F. L.

P. S. C'est à Herbeck, Directeur de la Société philharmonique de Vienne, ou à Brendel à Leipzig, que Mr Samuel[1]) aurait à demander le *Reiter-Marsch* de Schubert[2]).

116.

Quels que soient les avantages et agréments de la rue de *la Loi*, je suppose que vous vous trouverez mieux encore à Paris. George et Charles se chargeront du principal — et le reste s'ajoutera aisément. Vous me ferez grand plaisir en me tenant un peu au courant de votre nouvel arrangement d'existence, qui me semble un progrès de la bonne sorte. Si j'avais su où vous adresser, je vous aurais écrit dès mon retour ici (premier Novembre). Les premières semaines d'Août je les ai passées dans mes anciennes chambres de l'Altenburg; puis j'ai été à la »*Tonkünstler-Versammlung*« à Meiningen (laquelle par parenthèse a mieux réussi que les précédentes; on peut même dire qu'il y a eu cette fois un *succès effectif* pour la nouvelle école, dont les coryphées commencent à se faire passablement vieux!) et le 28 Août la *Légende de Ste Elisabeth* a été exécutée au jubilé de la Wartburg. Ollivier y assistait et pourra vous en donner des nouvelles. Avant d'aller à Munich je me suis arrêté une quinzaine de jours chez mes gracieuses Altesses de Weimar à Wilhelmsthal, et

1) Damals Dirigent der Brüsseler »Concerts populaires«, jetzt Director des Genter Conservatoriums.

2) Von Liszt instrumentirt.

ce n'est que vers la fin Septembre que j'ai revu les Bülows. Ils m'ont retenu pour le 22 Octobre que je comptais fêter silencieusement à Rome. Mme Kalergi (Moukhanoff) est venue aussi à cette date à Munich. Il paraît qu'elle est dans un triste état au physique, obligée à marcher sur béquilles et à prendre de l'opium à forte dose; mais au *spirituel* je la trouve plus que jamais ravissante et enchanteresse, tellement qu'il m'a fallu un certain effort pour me détacher de l'ombre de ses béquilles. ....

Entre Wilhelmsthal et Munich j'ai fait une excursion d'une huitaine de jours avec notre ami Pohl, qui était venu me rejoindre à Stuttgart et m'a accompagné jusqu'à Bâle — et Lucerne, où je suis resté une demi-journée chez Wagner (à sa campagne de Triebschen). L'avez-vous revu à Paris à son dernier passage? — Etiez-vous à la Messe de Beethoven à St Eustache avec Mr Léonard, qui a joué le solo de violon? Qui hantez et fréquentez-vous à Paris? —

Pour moi il est temps de me claquemurer, car j'ai quasi perdu toute mon année à courir, d'abord à Pest (pour le couronnement) et ensuite en Thuringe en l'honneur de la Tonkünstler-Versammlung et de Ste Elisabeth. D'ailleurs mon humeur sociable d'autrefois s'affaisse singulièrement, et peu de visages me sont agréables à rencontrer. Je resterai tranquillement à Rome toute cette année. Vous ai-je dit que j'avais un nouveau logis (plus pompeux que celui de la Madonna del Rosario, où je referai peut-être ma villeggiatura d'été) au beau milieu du Forum, vis à vis des ruines du palais des Césars, entre la basilique de Constantin, l'arc de Titus et le Colisée, en plein temple de Vénus et Rome, à *Santa Francesca Romana*, enfin? — Du reste, quand vous me ferez l'amitié de m'écrire, il n'y a besoin d'autre adresse que mon nom.

En parfaite monotonie, bien cordialement à vous

8 Décembre 67. F. L.

117.

Les journaux m'apprennent le succès de Mr Léonard. C'est un succès de famille pour vous, en attendant que M^r^

George moissonne ses propres lauriers. Il s'entend de soi que si je puis lui être bon à quelque chose, vous n'avez qu'à disposer de moi. D'ordinaire je me flatte de n'avoir pas la main malheureuse dans ce genre de menus services que vous me demandez. Probablement je passerai quelques mois en Allemagne l'année prochaine (69). On verra alors ce qu'il conviendra de faire pour Mr George.

La réputation de Mr Damcke[1]) est fort considérable en Allemagne comme à Paris. Puisque vous lui avez insinué bonne opinion sur mon compte, veuillez aussi lui transmettre mes meilleurs remercîments. Il est très lié avec mes anciens amis M^r^ et Madame Kreutzer dont je vous engage beaucoup à faire la connaissance[2]).

La »*ravissante*« personnalité que je vous nommais l'autre jour prétend que mes amis »s'aiment entre eux, en moi« — et que cette affection continue aussi en mon absence. Je lui sais un gré extrême de cette découverte; loin de nier mon »ravissement«, je renchérirais volontiers sur les épithètes louangeuses à l'adresse de Mme Kalergi. Du reste vous savez votre ressemblance avec elle; lors du *Festival* de Düsseldorf le public vous prenait constamment l'une pour l'autre, tellement qu'un soir elle me dit: »Vous vous occupez fort de mon *sosie*!«

Pour revenir à Mr Damcke, comment se peut-il que vous, si au fait des illustrations de Stuttgart, vous n'ayez pu le renseigner sur Mr Hallberger, propriétaire du journal illustré le plus répandu: »Über Land und Meer«, éditeur des œuvres du Prince Pückler-Muskau et des œuvres classiques de Mozart, Beethoven etc. etc. — en un mot, un éditeur très cossu, possédant maisons de ville et maisons de campagne. Evidemment la mesquinerie de la somme qu'il doit à Mr Damcke explique seule le retard de l'acquittement. En bénéficiant de

1) Componist, Pianist, Dirigent und Lehrer (1812—1875), früher in Potsdam, dann Petersburg, seit 1862 in Paris lebend.

2) Léon Kreutzer, Componist und Kritiker in Paris (1817—1868), Neffe des Violinisten Rudolf Kreutzer, dem Beethoven seine grosse Geigensonate op. 47 widmete.

grosses sommes, Hallberger aura oublié cette petite misère de cent francs! —

Vous rendriez grand service à Y. Z. en lui donnant quelques bons conseils, précis et pratiques. Il a du talent, de la noblesse d'âme, des aspirations de grand artiste; mais ses rêveries lui jouent de mauvais tours, et je ne sais quelle gaucherie sentimentale, toute germanique, entrave son chemin. Deux ou trois fois il a été sur le point de prendre une excellente position. A Amsterdam et à Vienne les succès ne lui ont pas manqué, et il ne dépendait que de lui d'en mieux profiter. La véritable mesure de ses moyens et des choses lui échappe souvent. Il voudrait avancer par bondissements; hélas! jusqu'à présent il est plutôt en deça qu'au delà des résultats que je désirais pour lui. Ne croyez-vous pas qu'il ferait bien de mettre sa fille en pension? Peut-être pourrez-vous l'aider à prendre ce parti, qui me semble le plus raisonnable dans sa situation, peu propice aux soins ostensibles de l'éducation paternelle. Mieux que d'autres vous saurez le persuader avec douceur et sagesse.

Donnez-moi bientôt de vos bonnes nouvelles. Je prie pour vous et les vôtres et vous reste invariablement dévoué.

10 Janvier 68 — Rome. F. L.

Je crois vous avoir déjà dit que je ne quitterai pas Rome cette année. Le corps diplomatique s'est renouvelé ici de Mr de Pyk (Belgique), Sigmund (Bavière) et du Comte Crivelli. Les connaissez-vous?

118.

Un semblant de désobligeance envers vous me peine, et j'ai horreur du moindre brin de couardise. Pourtant je n'oserais me risquer à écrire à D., vu les caquets qui pourraient s'ensuivre et me retomber sur le nez à Rome, où il me faut *excéder* en précautions pour me garer des charitables interprétations.

Du reste pour vous il n'y a certes nul besoin de recommandation auprès de D. S'il est à même de vous rendre service, il le fera de suite, car personne au monde de plus obligeant que lui. Il est aussi prodigue de bons offices que d'esprit et d'imagination. Ecrivez-lui tout bonnement, sans intermédiaire quelconque, et je garantis que l'inouïe persuasion de votre style aura son plein effet.

Sax doit être ravi de l'approbation que vous accordez à mon buste. Je voudrais surtout ressembler à ce que vous m'en dites. Savez-vous quels ouvrages Sax a fait à Paris? réussit-il à se caser? Hélas! ce n'est pas chose simple que de s'arranger passablement en ce monde! Je doute que Y. Z. y parvienne de sitôt, à moins qu'il ne gagne plus de mesure et de fixité dans ses idées. Jusqu'ici il a plus manqué de profiter des bonnes occasions qu'elles ne lui ont fait défaut.

J'ai lu avec plaisir la Sonate pour Piano et Violon (dédiée à Mr George) de Bonewitz[1]. Il y a du talent, de la distinction et du charme dans cette œuvre, dont je vous prie de complimenter l'auteur de ma part. Remerciez aussi les Kreutzer d'avoir écouté le *Tasse*[2]) avec sympathie; ma musique n'en rencontre pas souvent. Je n'ai ni à me vanter ni à me plaindre de cela — mais simplement à travailler de mon mieux, sans me préoccuper du reste.

Quelle idée vous prend de me parler de l'exécution du *Mazeppa*[3]) chez Pasdeloup! Je compte bien qu'il n'en sera rien, car dans la situation actuelle des choses il n'y aurait que désagréments pour tout le monde, et pour moi en particulier. Avec mes 56 ans je ne saurais me ranger parmi les *jeunes compositeurs*, et je ne suis pas assez mort pour qu'on s'occupe sérieusement de mes ouvrages à Paris. Vous me racontez que Mr de Beust se flatte d'être compris par son matou et le premier venu dans la rue; je n'ai pas de tels avantages, et mon public se réduit à un X que je ne cherche nullement à dégager. Bien à vous

6 Mars 68. F. Liszt.

---

1) Geb. 1839, in Lüttich gebildet als Clavierspieler und Componist, lebte wechselnd in Amerika, Deutschland, Paris, Wien, zuletzt London.

2) u. 3) Symphonische Dichtungen Liszt's.

119.

Je vous complimente sur votre nouvel établissement. Du *Carl August Platz* à la rue de la Loi il y avait un progrès sensible; mais le boulevard Hausmann vaut mieux encore, car en somme Paris vous convient plus que toute autre ville. »*Prospere procede*«.

Pour ma part je reste enfoui dans les ruines du Forum à *Santa Francesca Romana*. C'est tout l'opposite du boulevard Hausmann et du *Venusberg*, quoique de mes fenêtres on voie un simulacre de plantations d'arbres en guise de boulevard, et que les vieux restes du temple de Vénus et Rome encadrent mon logis. Les étrangers sont émerveillés de ce point de vue qui embrasse du Capitole au Colisée un prodigieux amas de monuments et de ruines, le palais des Césars, l'arc de Titus, la basilique de Constantin etc. etc. — dont l'usufruit quotidien ne me coûte qu'un loyer de 1500 francs par an. Mr de Girardin dit que »Rome sent le mort« et j'y deviens un peu paralytique. Malgré les chaleurs, je ne voudrais pas bouger de l'été, qui est pour moi la bonne saison à cause de la diminution des visiteurs. Le Père Theiner m'invite cordialement de l'accompagner à Ischia, après la St Pierre, et le Cardinal Hohenlohe me propose une villeggiatura à sa Villa d'Este (à Tivoli). Je ne sais si ma paresse de mouvement ne l'emportera pas.

Bravo Mr Langrand! Son Guarnerius est au mieux placé et je me réjouis d'entendre Mr George sur un si bel instrument. Ce sera probablement à Weimar (ou à Munich si vous le préférez), Paris étant complètement en dehors de mon programme. Comme je vous l'ai dit, une ancienne reconnaissance envers le G^d Duc et la G^de Duchesse de Weimar m'engage à remplir leur désir en passant quelque temps près d'eux l'année prochaine. Cela me paraît de mon devoir; par conséquent je n'hésite point. Il s'entend de soi que je ne reprendrai pas à Weimar le service de chapelle que vous m'avez vu faire. J'y vivrai en *retraite* et m'exempterai de toutes les obligations de visites et cérémonies oiseuses. Ma seule ambition consiste à me passer tranquillement de la plupart des choses et des gens, ce qui est bien moins difficile que de s'y accommoder.

On m'écrit de Munich que la 1re représentation des »Meistersinger« aura lieu le 21 de ce mois. Vous me demandez mon opinion sur cette œuvre; ne la savez-vous donc pas déjà? Tenez pour certain que les Meistersinger sont un chef-d'œuvre, »un gran capo d'opera«, comme disent les Italiens. Si j'avais un livre à faire sur Wagner, je prendrais volontiers pour épigraphe ce mot de Victor Hugo au sujet de Shakespeare: »J'admire *tout* — j'admire comme une brute.« Les seules réserves que je garde ne portent nullement sur l'intégralité du génie de Wagner, mais bien sur les facultés intellectives du public.

Merci de vos renseignements de Vienne. Je rencontre quelquefois Mr de Meysenbug, que je connais un peu d'ancienne date. La perte du Comte Crivelli m'est personnellement très sensible. Il me voulait du bien, et n'avait pas oublié nos relations amicales à Lisbonne (en 1845). Vous trouverez le Baron Ottenfels (conseiller de l'Ambassade d'Autriche à Rome depuis 8 ou 10 ans) Ministre en Suisse. Sa belle-sœur, la Duchesse Castiglione-Colonna (qui signe ses œuvres de sculpture *Marcello*) vient de faire ici une charmante statue d'une petite fille, sa nièce, Mlle d'Ottenfels. Je vois assez souvent Mme Colonna, partout et toujours fort entourée d'hommages.

Donnez-moi des nouvelles de Sax — et demandez-lui s'il a dans son atelier de Paris ma statuette. Je lui demanderai de l'offrir à son collègue Mme Colonna-Marcello, à laquelle j'en ai parlé.

Il me souvient que vous étiez en grande amitié avec Disraeli. Croyez-vous qu'il réussisse à tenir sa place?

13 Juin 68. Bien tout à vous F. Liszt.

120.

Voilà de belles vacances pour George et Charles. Vous aurez pris la meilleure part du plaisir que vous leur donniez, et je me figure qu'en voyage vous ressemblez assez à ces mamans, qui ne vont au bal que pour y conduire leurs filles, et finissent par danser de bon cœur elles-mêmes. *Tanto meglio*.

J'ai passé ces deux derniers mois à tenir compagnie à un de mes plus chers amis. Il relevait d'une grave maladie et prétendait se faire besoin de moi. Nous avons commencé par un pèlerinage à la *Madonna della Stella*, site sauvage avec une chapelle taillée dans le roc, où le grand-père de mon ami — l'abbé Solfanelli — est mort à quelque quatre-vingts ans, comme ermite. Après, nous allâmes à Assise et Lorette, en nous arrêtant une couple de jours à Fabriano chez son père, excellent prêtre. Enfin son oncle, le Comte Fenili, nous fit la plus charmante hospitalité du 14 Juillet au 30 Août, à Grotta Mare, aux bords de l'Adriatique. Notre principale occupation de cœur et d'esprit consistait à dire ensemble notre Bréviaire, tantôt sur la plage, tantôt dans quelque verger de citronniers et d'orangers que nous trouvions en chemin.

Revenu à Rome le 1r Septembre, j'y resterai jusqu'à Noël et partirai les premiers jours de Janvier pour Weimar. Le Grand-Duc m'écrit qu'il me fait arranger un logis dans le parc [1]). J'espère y passer plus tranquillement cet hiver que le précédent au *Forum*, devenu quasi insupportable par l'excédant des visiteurs de tous pays qui encombraient mes chambres.

Vous expliquer la *quinte* du grand homme à Lucerne serait difficile. Attribuons-la aux fréquentes bourrasques du lac, et passons. Les pratiques de la civilité puérile et honnête ne sont obligatoires que pour les gens médiocres. Wagner a d'autres martels en tête; il crée des chefs-d'œuvre, des montagnes de diamant. Rien d'étonnant qu'un tel »*opifex*« ne s'assujettisse pas à commercer avec ses admirateurs de

1) Die Wohnung in der Hofgärtnerei, die Liszt von jener Zeit an bis zu seinem Tode regelmässig während seines Aufenthalts in Weimar inne hatte.

passage. Beaucoup s'en plaignent, mais à tort, ce me semble.

L'article à sensation de Girardin n'est pas »*sanglant*«, car il vise à faux. Napoléon peut en rire dans sa moustache et demeure un tout »*altroche*«. Autant vaudrait donner au soleil le titre de »*bien intentionné*« qu'à Lui. Mon opinion sur ce point ne varie pas depuis 18 ans, et je vous suspecte de la partager au fond, quoique par état vous disiez le contraire. — Vive Napoléon *le Victorieux*!

Entendrons-nous Mr George cet hiver?

Bien à vous F. L.

16 Sept. 68. Rome.

121.

[October oder November 1868.]

»Non licet omnibus adire Corinthum«, et en sus, le goût des voyages me manque absolument. Voici sept ans que j'habite Rome, sans aller voir Naples que je ne connais que par descriptions, tableaux, photographies. A moins de raison nécessaire pourquoi me traîner deçà delà? Or, depuis la mort de ma pauvre chère mère, rien ne me ramène à Paris, où je n'ai plus que faire[1]. Ce n'est pas à dire que je déprécie le moins du monde les grandes et merveilleuses choses qu'on y voit, entend, admire; tout au contraire, je confesse ma passion *chauvine* pour Paris — surtout le Paris *impérial* d'à présent — et me plairais mieux à vivre là qu'ailleurs, si le sort n'en avait décidé autrement. Du reste, la plupart de mes amis parisiens étant plus voyageurs que moi, nous pouvons fort bien nous rencontrer par delà les boulevards, ce que vous me prouverez bientôt, j'espère.

Afin d'échapper à l'exorbitance des menues obligations de la civilité puérile et honnête, je me suis retiré pour quelques semaines à la Villa d'Este. Tivoli compte 7 mille habitants,

1) Wenige Monate vor seinem Tode kehrte er gleichwol noch einmal dahin zurück, um daselbst unvergleichliche Triumphe auch als Componist zu ernten.

dit-on, mais je n'en vois guère, excepté à l'église des Franciscains. Cette manière d'existence *segregata* me convient au mieux et je la continuerai, n'importe l'endroit, le reste de mes jours. A la fin Décembre j'irai droit à Weimar (par le Brenner); trois mois suffiront à me mettre en règle avec mes devoirs germaniques, après quoi je reviendrai ici en Avril.

Permettez-moi de vous demander un service d'amitié, et dites-moi si Madame Kreutzer a reçu ma lettre adressée à Ville d'Avray? Quoique mon long éloignement de Paris ait assez détendu mes relations avec Léon et sa femme, je leur ai toujours gardé d'intimes sentiments d'affection et estime, qui seraient certainement devenus plus effectifs à proximité. Il n'y a que Mr de X. et vous, qui sachiez vivre en ubiquistes. Quelle prodigieuse navette diplomatique de Bruxelles à Constantinople, Prague, Londres, Pétersbourg, Paris, Vienne! Je vous félicite sincèrement de tous vos succès, en particulier de l'installation au palais Batthyani. Elle constate l'importance de la position de Mr de X. et j'y applaudis avec un peu d'égoïsme, me flattant que lors de votre voyage à Vienne cet hiver, vous vous arrêterez un peu à Weimar avec Mr George et son Stradivarius. Votre visite me sera un régal spirituel, et davantage.

Bien à vous F. L.

Villa d'Este.

Weimar * Pest * Rom.

122.

M'est avis que vous avez toujours raison, Madame. Je serai très charmé de vous revoir avec Mr George à Vienne, où j'arriverai certainement quelques jours avant l'exécution de *l'Elisabeth*, fixée au 4 Avril. Mon séjour ne se prolongera pas au delà d'une quinzaine, et avant la fin d'Avril je compte être de retour à Rome.

Joseph Servais dont vous me demandez des nouvelles est un charmant violoncelliste, fort en train de devenir un artiste des plus remarquables. On l'apprécie beaucoup ici et il ne chôme pas de musique. Lui et son frère Franz sont de ma petite *chapelle intime*, tous les Dimanches matin [1]. Franz est très heureusement doué pour la composition. Ses *six Lieder* (intitulés »l'âme en fleur« — poésies de V. Hugo) me plaisent.

Connaissez-vous la B^ne de Pirch (née P^cesse Tour et Taxis [2]), femme du Ministre de Prusse à Weimar? Je la vois fréquemment.

Mille affectueux souvenirs, et à revoir à Vienne.

Bien à vous

Weimar, 19 Février 69. F. Liszt.

---

1) Liszt veranstaltete damals noch seine durch lange Jahre fortgesetzten, berühmten sonntägigen Matinéen, in denen man ihn selbst zu bewundern Gelegenheit fand, während hervorragende Gäste und seine besten Schüler das Programm vervollständigten.

2) Auf »Tour et Taxis« bezieht sich wol auch die Bemerkung betreffs der »Regensburger Thürme« in dem Briefe Nr. 105.

123.

Pour rejoindre encore Mr de Bülow à Ratisbonne et assister au concert qu'il y a donné au bénéfice du denier de St Pierre, j'ai dû quitter Vienne précipitamment, quatre ou cinq jours plus tôt que je ne comptais. Veuillez avoir la bonté de m'excuser auprès de Mr de X. de n'être pas revenu le voir, et le remercier de son affabilité. C'est lui qui m'a conduit chez le Cte Beust[1]) et je regrette d'avoir été empêché par d'autres invitations obligatoires de me retrouver dans ce même palaïs avec Mr de X., qui en est une des cariatides! — Après Ratisbonne j'ai passé une quinzaine de jours à Pest (du 21 Avril au 4 Mai); les deux concerts à la grande salle de redoute avec la Messe du couronnement, la Symphonie dantesque et la »*Hungaria*« ont parfaitement réussi.

Avant-hier je suis rentré à Santa Francesca Romana. Si vous avez encore l'idée de venir ici cette année, ne la réalisez pas au mois d'Août, car j'irai probablement alors à Munich, où l'on annonce le »*Rheingold*« pour la fête du Roi (25 Août)[2]). Jusque-là je reste à Rome et y reviendrai en Septembre achever un gros ouvrage musical qui m'occupera l'automne et l'hiver prochains.

A propos d'ouvrage musical, je vous prierai de faire comprendre doucement à Mr B. qu'il m'est impossible d'admirer sa »fiancée de Messine«. Il croit certainement avoir écrit un chef-d'œuvre; puisse-t-il en être ainsi; je serai charmé de me tromper, mais à mon avis cette partition est pleine de vide, et ne saurait rencontrer aucune chance de succès au théâtre. Ne voulant pas lui dire ce que j'en pense, de peur de le blesser sans lui rendre service, je me

---

1) Der damalige österreichische Minister des Auswärtigen und Reichskanzler.

2) Liszt fand sich thatsächlich zur bestimmten Zeit in München ein; doch erst nach wiederholtem Aufschub, am 22. September, erfolgte die erste Darstellung des »Rheingold«, und zwar, da Bülow inzwischen den Hofcapellmeisterstab in München niedergelegt hatte, unter Leitung Wüllner's.

suis borné à la lui faire restituer simplement par le Comte Seilern, qui a bien voulu lui rapporter aussi son Trio et Quatuor. Comme je comptais vous revoir à Vienne, j'avais emporté ce lourd paquet de Weimar. Maintenant je n'ai d'autre conseil à donner à B. que de mieux s'y prendre une autre fois. Son Trio ne manque pas d'un certain mérite; mieux vaut cependant qu'il le garde dans son tiroir, et pour ma part je ne me risquerai point à patroner des œuvres d'un style raide et flasque, tout ensemble. Il pourra prendre sa revanche fort naturelle contre ma sincérité, en déclarant que tous mes ouvrages sont pitoyables — ce qui du reste est l'opinion de la grande critique et de beaucoup de mes bonnes connaissances, auxquelles je serais très obligé de ne plus m'imposer l'ennui de leur fréquentation.

Vos recommandations ont rendu bon service à Y. Z., et j'espère qu'il remontera à flots l'hiver prochain à Vienne. Je lui garde ma vieille affection et désire sincèrement qu'il parvienne à s'estimer ce qu'il vaut, afin de se faire apprécier de même.

Mille bonnes choses à vos fils et bien à vous F. L.

Rome, 12 Mai 69.

Ci-joint deux mots pour B., que je vous prie de lui remettre en les accompagnant du commentaire le plus bienveillant possible.

124.

Chère bienveillante,

Quand vous avez la bonté de vous charger de quelconque chose, on est sûr qu'elle sera faite de la manière la plus parfaite.

Merci de votre obligeante information sur la nouvelle invention friande des pâtés de foie d'écrevisses. Veuillez faire expédier la terrine en suspens *mi-Novembre* à l'adresse de Madame la Baronne de Meyendorff (née Princesse Gortschakoff), Weimar. Auparavant en Septembre, je vous enverrai de Rome les pieux objets que vous attendez. Tout négoce avec vous devient égoïste de ma part, car il tourne toujours à mon avantage spirituel.

Prochainement Mr Louis Cœnen (d'Amsterdam) vous remettra mes deux mots de recommandation. Son talent de pianiste est des plus solidement distingués. Pensionnaire du Roi des Pays-Bas, Vice-directeur des concerts au château du Loo, Cœnen cheminera bien à Paris, où il a rencontré l'hiver passé votre fils George. En choses musicales les rapports de ces deux Messieurs artistes seront aisés et agréables.

Votre très cordialement dévoué vieux serviteur

14 Août 78 — Weimar. F. Liszt.

Dans quinze jours je serai à Rome. Adressez »Hôtel de Rome, Corso«.

125.

Voici le chapelet béni par le Saint Père; un de mes jeunes amis vous le porte. Mr Ettore Pinelli est le chef du *Quatuor romain*, mandé par le gouvernement italien à l'exposition de Paris; il y donnera prochainement plusieurs séances au Trocadéro et vous prendrez plaisir à l'entendre [1]). J'ai parlé à Pinelli, fort en renom ici comme violon, professeur au nouveau Lycée de Ste Cécile, et directeur d'orchestre, du Concerto et du Traité d'harmonie du cher George. Ces deux Messieurs feront aisément bonne connaissance. Pour compléter ma recommandation de Pinelli, j'ajoute qu'il a travaillé quelque temps avec Joachim à Berlin et goûte le plus parfait bonheur conjugal auprès de sa jeune femme qui l'accompagne à Paris.

Je vous ai priée de retarder l'envoi friand (pour Weimar) jusqu'en Novembre, car la destinataire passera tout le mois d'Octobre avec sa mère, Madame la Princesse Gortschakoff, à Baden-Baden.

---

1) Ettore Pinelli (geb. 1843) leitet seit 1872 die »Società musicale romana« in Rom.

Les articles politiques de George m'intéressent; et votre photographie de Salomon me serait une faveur.

Sans variabilité, votre très cordialement dévoué

Rome, 12 Sept. 78. F. Liszt.

La Princesse Wittgenstein vous garde affectueux souvenir.

Ce soir je rentre à la *Villa d'Este* (Tivoli).

Mon pied à terre à Rome, où je reviens pour quelques jours chaque mois, reste:

»Via de' Greci, 43«. Le plus commode est de m'adresser là.

126.

Chère bienveillante,

Transformons l'introuvable »pâté de foie d'écrevisses« en »*Danicheff*« — drame d'Alex. Dumas, dont je me suis permis, la semaine passée, de vous demander le prompt envoi à Madame la Princesse Wittgenstein, Via del Babuino 89, Rome.

Peut-être le fameux pâté d'écrevisses, pompeusement annoncé dans les journaux, se découvrira-t-il plus tard; sa destination est *Weimar* (pour un entre-acte des *deux Faust* de Goethe [1]) avec musique de Lassen). Vous me l'expédierez là, lors de mon retour, en Avril. NB. nulle terrine de Strasbourg ou du Périgord ne saurait prétendre à remplacer la susnommée, qui seule possède l'irrésistible attrait de l'inconnu.

Notre Cavaliere Consolo [2]) m'a parlé de la décoration espagnole décernée à votre fils, et je vous félicite bien cordialement de ce que votre charmant esprit appelle »un bâton de maréchal et de vieillesse«. Le Baron Visconti me disait encore récemment combien S. M. la Reine Isabelle était gracieuse, affable, généreuse, foncièrement bonne et sans nulle aigreur.

. . . .

1) In Otto Devrient's Bühnenbearbeitung.

2) Violinist und Componist orientalischer Symphonien und Phantasien etc., der, in Tunis geboren, nach ausgebreiteten Reisen in Europa und Amerika, in Florenz lebt. Er besuchte Liszt wiederholt in Weimar.

Veuillez avoir la bonté de dire au Vicomte Walsh et au *Commandeur* les affectueux remercîments de votre bien dévoué vieux serviteur F. Liszt.

30 Décembre 78. (Villa d'Este.)

127.

Chère bienveillante amie,

Vos dernières lignes ne me sont parvenues à Rome que la veille de mon départ. Alors la P^cesse Wittgenstein était encore assez souffrante.

Le bon accueil que vous avez fait au *Quatuor italien*, personnifié dans le Cavaliere Pinelli, m'encourage à vous recommander deux jeunes artistes hongrois, qui ont déjà obtenu du succès à Paris. Le pianiste, Mr Aggházy [1]), a travaillé avec moi, et le violon, Mr Huber [2]), avec son père (excellent professeur) et ensuite avec Joachim. Je compte sur les deux pour augmenter le bon renom artistique de mes compatriotes. Si leur talent vous paraît répondre à l'opinion distinguée que j'en ai, vous m'obligerez de parler d'eux favorablement au Comte Beust, auquel je me serais permis de les recommander, n'était-ce mon embarras d'écrire à de hauts personnages.

A Vienne, pour la célébration préliminaire des noces d'argent de Leurs Majestés, la »Gesellschaft der Musikfreunde« m'a demandé de diriger la *Messe de Gran* le 8 Avril. Par exception, j'accepte.

Comme de longue coutume, je serai à Weimar pendant plusieurs mois — de la mi-Avril jusqu'à la fin de Juillet, cette année. Je n'ose pas vous inviter à y revenir, mais si vous en aviez l'idée, ce serait *très charmant.*

Veuillez dire mes vieilles amitiés à votre père et mes affectueux compliments à vos fils.

Votre très respectueusement affectionné F. Liszt.

14 Février 79 — Budapest.

---

1) Jetzt Professor an der Landes-Musikacademie in Budapest.

2) Unter dem magyarisirten Namen Jenö Hubay Geiger von grossem Ruf, auch als Operncomponist (»Alienor«) erfolgreich aufgetreten; unterrichtet jetzt an der Budapester Musikacademie.

128.

Chère bienveillante amie,

Consolo malade et peu consolé me communique vos dernières lignes. J'y réponds en vous priant de mettre aux pieds de S. M. la Reine Isabelle ma très humble reconnaissance de son gracieux souvenir. L'ingratitude ne sera jamais mon fait. D'autres n'ont qu'à en perpétuer la vilaine et banale pratique.

Veuillez avoir la bonté de dire à la Ctesse M[ercy] d'A[rgenteau] [1]) que son rayon d'enchanteresse poésie me reluit toujours.

Sincères hommages. F. Liszt.

14 Mai 80 — Weimar.

Si vous acceptez que je vous ennuie de quelques commissions de livres à m'expédier, je vous en écrirai.

Pour C. je crains d'avoir à lui donner un conseil utile qui le contrariera et le blessera presque: celui de retourner en Turquie, à cause du climat premièrement, et aussi parce qu'il lui sera plus aisé de se caser là qu'ailleurs. Les maladies coûtent cher, et d'ordinaire la composition de Concertos et Fantaisies symphoniques ne rapporte pas d'argent, à moins d'être exécutés en public avec succès plusieurs fois. Voilà le *hic* pour C., auquel sa nervosité fait obstacle.

Après-demain j'irai à Baden-Baden pour la »Tonkünstler-Versammlung«, qui dure 4 ou 5 jours. De la fin Mai jusqu'en Juillet je reste ici et retourne ensuite à Rome.

129.

Très chère amie,

Un douloureux vide se fait dans votre existence. Du solide et bienfaisant lien de la piété filiale vous ne gardez désormais que le souvenir d'une longue intimité et active colla-

1) Bekannte Vorkämpferin für die neurussische Musikschule; sie vertauschte nach dem Tod ihres Gatten (1888) ihre belgische Heimat mit Petersburg, wo sie im November 1890 starb.

boration, admirablement intelligente, fidèle et dévouée. C'est le rayon lumineux et consolant de votre noble cœur. Le vaste et très expérimenté savoir politique de votre père était de grand renom. Il y a 30 ans de cela, un diplomate de haute situation me disait: »Quand on veut se renseigner sur quelconque question obscure, embrouillée, épineuse de la diplomatie du passé et du présent, il faut s'adresser à X.«

Ses Mémoires sont-ils publiés en entier? Je crois vous avoir déjà demandé d'inscrire mon nom parmi les souscripteurs, et vous prie de m'envoyer les volumes ici, Budapest: j'y resterai jusqu'au commencement d'Avril et retournerai ensuite à Weimar.

Autre question, non indiscrète. Vos relations avec Sa très gracieuse Majesté très catholique, la Reine Isabelle, se continuent-elles? Veuillez bien m'en écrire le pied et le pli actuels.

A Madame la Comtesse Louisa de Mercy-Argenteau je vous prie de dire mes très humbles excuses. Ma réponse à la question qu'elle m'adressait l'été dernier ne pouvait guère la satisfaire, et je me sûis abstenu de bavarder par lettres. On a dit de Madame Mercy qu'elle était à la fois Lyre et Muse. Parfaitement vrai: mais son projet tend à un but non lyrique .... de réalisation difficultueuse, quoique possible sous certaines conditions qu'il s'agirait de fixer opportunement. A cet égard votre conseil pourrait la bien servir. Lui prouver en toute circonstance mon sincère et respectueux dévouement reste mon devoir.

Cordial souvenir à vos fils George et Charles de votre très affectionné vieux serviteur

12 Février 82 — Budapest. F. Liszt.

130.

Hélas! les difficultés qui préoccupent maintenant Madame M. d'A. sont fort malaisées à surmonter. Personne plus que moi ne lui souhaite bonne chance; pendant les quelques semaines où je la voyais à Paris (en Février, Mars 66) elle s'est toujours montrée noble, généreuse, ravissante, quasi inspirée; par conséquent je n'aurais d'autres pierres que des diamants à lui jeter. Toutefois je partage entièrement votre judicieuse opinion sur le gâchis matrimonial que vise Mme M. Le *positivisme* moral de la haute compagnie contre lequel ses singuliers calculs positifs s'aheurtent lui fera tenace résistance, et je ne me trouve pas en situation pour la servir selon mon gré .... Expliquez-lui cela le plus doucement possible.

Mon cordial souvenir à George et Charles. Quand George publiera quelqu'article de majeure importance, vous m'obligerez de me l'envoyer sous bande. Beaucoup de journaux parisiens se trouvent ici au cercle français dont je suis membre, non assidu, car je sors le moins possible.

Merci de cœur, et constante amitié.

17 Février 82, Budapest. F. Liszt.

Bülow a passé 3 jours ici et donné un superbe concert. Somme toute, l'ensemble de ses facultés et talents le place au premier rang de l'extraordinaire. Vous savez que sa chapelle de Meiningen, dont il est à la fois l'intendant, l'inventeur et le chef actif, a fait récemment des merveilles. A Berlin 9 concerts surpleins, avec acclamation; à Hambourg, Leipzig et ailleurs même succès, qui tient du prodige et continuera moyennant la capacité hors ligne de Bülow.

Munkacsy [1]) est arrivé hier à Budapest. On le fêtera magnifiquement de toute manière, même par un splendide bal costumé, donné en son honneur au »Künstler-Haus«, nouveau bâtiment contigu à l'Académie royale hongroise de musique qu'habite votre bien dévoué serviteur F. L.

131.

[1882 oder 1883.]

Chère bienveillante amie,

Votre lettre me touche et me charme. Gardez-moi votre précieuse amitié et disposez de la mienne, inaltérable. Avec

1) Der in Paris lebende berühmte ungarische Maler.

vous point de »*brodo lungo*« à craindre. Vous comprenez et dites les choses sur un rythme admirable: mieux que Raff, un peu interloqué après son concert à Weimar de votre compliment: »Weiss ich, was das bedeutet?«

La publication des Mémoires de votre père ne perdra pas au retard, puisque vous les rédigerez. George vous sera un bon collaborateur. Nulle fierté plus noble et juste que celle qui vous autorise à dire de vos fils: »J'en ai fait des hommes«.

Votre »position exceptionnelle« résulte de votre intelligence très exceptionnelle.

Si je revenais à Paris, je vous prierais de me présenter de nouveau à la Reine Isabelle que je n'ai vue qu'à un concert de Cour à Madrid, en 1845. La très gracieuse bonté que Sa Majesté daigna me témoigner alors me reste en mémoire reconnaissante[1]).

132.

22 Mai 86 — Weimar.

Très chère amie,

Lassen me communique votre charmante lettre avec la citation du Maréchal Mac Mahon: »Que d'eau!« Pour les incroyables concerts de Rubinstein disons: »Que de beau!« Ne le chicanons point sur quelques singularités, que son extraordinaire talent comporte!

A mon retour ici j'ai revu ma fille. Je serai à Bayreuth le 3 Juillet aux noces de ma petite-fille, Daniela de Bülow, avec Mr Thode — un parangon de mérites et qualités, dit-on.

Du 5 au 18 Juillet mes excellents amis Munkacsy m'hébergeront dans leur brillant château de Colpach (Luxembourg) — et du 20 Juillet jusqu'au 23 Août j'assisterai au cycle complet des représentations de *Parsifal* et *Tristan*.

Bien à vous

F. Liszt.

Mille choses affectueuses à vos fils.

---

1) Schluss des Briefes fehlt.

133.

Grand Duché de Luxembourg,
7 Juillet 86.

Votre dernière lettre, très chère amie, m'a charmé. Deux ou trois personnes auxquelles je me suis permis d'en montrer »la digression politique« ont été frappées de l'admirable justesse et perspicacité de votre esprit.

L'expulsion des Princes me répugne comme une mesure de pratique monarchique surannée, par conséquent très anti-républicaine.

L'affaiblissement de mes yeux m'empêche encore d'écrire. Demain je dicterai quelques lignes, résumant ma conversation avec Madame Wagner à Mr Wilder[1]. Elle s'en tient à la traduction de Nuitter[2] du Lohengrin, que fera prochainement représenter à Paris, au théâtre de l'Eden, Mr Lamoureux.

Pour les ouvrages subséquents, Madame Wagner se réserve le droit de choisir entre les traductions. Je n'ai pu contester son droit, mais aurais préféré mander à Wilder un plus agréable résultat.

Cordialement affectionné dévouement. F. Liszt.

Comme à Paris, les Munkacsy sont établis princièrement à Colpach. J'y ai retrouvé mon très gracieux et bienveillant protecteur et ami — depuis 25 années — le Cardinal Haynald.

Le mariage de Daniela de Bülow avec Mr Thode s'est conclu sous les plus heureux auspices, Dimanche dernier à Bayreuth. Par son remarquable ouvrage sur St François d'Assise et son influence sur les arts pendant la période de la renaissance, Thode s'est acquis un rang distingué parmi les »*Kunsthistoriker*« d'Allemagne.

Madame de Munkacsy me charge de vous dire ses affectueux compliments.

Veuillez bien dire à vos fils George et Charles mon cordial souvenir.

---

1) Victor Wilder (1835—1893), Musikschriftsteller in Paris.
2) Charles Nuitter, Bibliothekar der Pariser Opéra.

* * *

Damit enden die Briefe Liszt's an eine Freundin. Noch nicht vier Wochen später, nachdem jener letzte Brief geschrieben wurde, hatte der große Künstler und Mensch aufgehört zu sein.

Namenregister.

1195443R0

Printed in Germany by
Amazon Distribution
GmbH, Leipzig